NEW
TOEIC
多益必考
文法攻略

Alex 堯　◎著

晨星出版

Contents 目次

二、常考文法概念

作者序

　　Hi，我是 Alex，一位英文教學者。十多年前正式踏入補教人生的行列，主要從事成人英文教學。從那一刻起，我就在思考一件事情——要怎麼把英文，尤其是英文文法——講得夠白話，讓學習者容易理解。很多人都會說：「英文文法國高中都學過，還需要再說嗎？」其實不然，像我也早就忘記國中理化在說什麼了。不過沒關係，好險我找工作不需要考一張理化檢定。

　　我理解很多對英文一點都沒有興趣的朋友們，卻需要一張多益證照來開啓未來求職或升遷道路的無奈。那就來聽我說多益文法吧！以我教多益這十幾年來的心得，和至少考了快 20 次多益正式考試（從 950 分到 990 分之間的分數都被我考到了 XD）的心得，直接告訴你要考到一張好用的多益證照（550～700 分）需要知道哪些英文文法。

　　在這本書中，我不但幫你把題型整理出來，直接告訴你我在補習班教學員們的解題技巧，更重要的是，我會告訴你怎麼分析閱讀測驗中的複雜句子。所以，如果你已經了解很基本的文法，例如名詞單複數的變化、動詞過去式的變化等，那就給我一次機會來跟你聊聊多益文法吧！書裡聊天的語氣和幾篇關於我自己成長或英文有趣的事情，都讓這本英文文法書不像其他書那麼生硬。

　　這本書是我十多年來多益教學的總整理，謝謝很多學員們的回饋、讓我知道這樣說文法真的可以讓他們理解英文句子在供蝦毀，而且真的會在多益解題時快速上手！讀完這本書後，我不敢說你會喜歡上英文，但是希望你會覺得英文文法似乎沒那麼討厭了。

　　最後，感謝現在或曾經讓我有機會上多益課的補教機構，有了這些機會，我才能夠好好研究多益考試。我更要感謝給我回饋的學員們，你們的鼓勵、肯定和建議，都讓我更確定自己選擇的這條路很有意義。最後，感謝自己這十多年一步一腳印的努力，從不放棄！

Facebook

Instagram

YouTube

推薦語

張先生

美商助理工程師
多益 **620** 分

　　我很推薦 Alex 老師的多益文法書。我一開始的程度不太好，連基礎文法（例如 be 動詞的使用）都會搞混。上過一些老師的課之後，發現 Alex 老師的教學方式很適合我，我就跟著他的文法和多益課開始建立基礎和熟悉多益。

　　如果跟我一樣程度不好，但是因為需要證書而考多益的人，短時間內想要有明顯進步且打穩文法基礎的人，我很推薦 Alex 老師的這本文法書。老師有很豐富的多益考試經驗，常常不定時就去考多益，掌握最新考題的類型及改變，抓到多益考試的精髓！

　　考取到多益這張證書，不僅讓我短時間內就拿到了外商公司的 offer，同時也順利到外商公司上班！真的大力推薦 Alex 老師的教學，很適合我這種想考取多益但是程度比較基礎的人，真的很有幫助，讓我可以用輕鬆的方式釐清搞不懂的多益文法觀念！

張小姐

網頁設計

多益 **815** 分

　　濃縮多益考試範圍，準備起來更有方向，配合必考文法讓解題速度加快不少，推薦給需要短期拉高多益分數的同學們！

曾小姐

採購管理師

多益 **810** 分

　　有系統跟隨著 Alex 老師的引導，困難的文法術語都可以化繁為簡，因為能理解而逐漸喜歡學習英文，而老師的解題方式清楚且具邏輯性，解題技巧方面更是厲害。向老師學習半年後，我的多益成績從 350 分進步到 810 分，運用於在學或職場皆無往不利。

陳小姐

會計師

多益 **845** 分

　　多益裸考只有 200 多分的我，是如何快速到達 800 分呢？ Alex 老師精確掌握考題方向，鞏固學生基礎觀念後，透過試題教導我們解題技巧，不論題型如何變化都能迎刃而解。剛進入職場的我，一些商用英文都能派上用場，非常推薦跟著 Alex 老師學習英文。

前言　不容錯過的 CH0

　　在哥跟你各位聊文法前，先快速讓你各位知道哥寫這本書的概念，以及讓你各位知道不同程度的人可以怎麼讀這本書會比較有效率。

I 聊聊多益文法

Q1. 為什麼準備多益要買多益文法書？為何不是買更全面的文法書？

A1. 哥整理了歷屆官方試題，和其他國家發行的 ETS 官方試題，發現如果要針對 Part 5 和 Part 6 文法題目來看，大概會有一半（約 19 ~ 23 題）是考文法題。只有這樣的題目量，不需要涵蓋到所有的文法觀念。哥在教多益後，考了很多次多益正式考試，也整理官方試題，發現多益考的文法觀念可以整理出這樣的表格：

● 必考文法

詞性判斷	人稱代名詞 / 不定代名詞
連接詞	動詞相關概念

● 常考文法

不定詞 / 動名詞	形容詞子句
比較級 / 最高級	分詞作形容詞

● 偶爾出現

名詞子句

這些文法概念下當然還有細項概念，書裡會慢慢聊。哥考了那麼多次多益以來，發現必考文法是一定會考的，然後會搭配一、兩個常考文法。所以不會每一個常考文法每一次都會考到，有時候考這兩個，有時候考不同的兩個。

　　你各位有注意到嗎？以前在學校學過的有些文法，真的不會考。例如「與事實相反的假設語氣」，哥在正式考試中真的沒看過。或是有的文法印象中只出過一兩次，所以如果你各位是要專攻多益考試，實在不用花心思在出題頻率低的文法，因為投資報酬率太低。

> 1. 多益不考的文法不是不重要喔！只是多益不考！
> 2. 哥這裡的題型整理是看正式考試和官方試題。而不是坊間的多益模擬題本。

Q2. 我買這本書只是為了這 19～23 題目，值得嗎？

A2. 你錯了！文法書的重點永遠不該只放在解決選擇題。文法還有個重點就是要看得懂句子。要能看懂句子一定要理解句子結構，尤其是結構複雜的例句，在 Part 7 閱讀文章的時候一定躲不掉。因此，哥這本書不但告訴你怎麼考、怎麼解題，必要章節還會手把手告訴你怎麼解讀句子結構。這裡放個哥的講解讓你各位先聞香一下：

● **When asked about the affair with his secretary, the president of High Tech put on a long face and left the meeting room.**

這個句子的 when 是連接詞，後面應該是要加個句子─有主詞和動詞。不過這個句子的 when 後面沒有主詞，這個時候你各位就要想到主詞是被省略了，而且省略的主詞跟逗號後主要句子的主詞是一樣的─the president of High Tech。所以 "When asked about the affair with his secretary" 是分詞片語，後面的 asked 是 p.p.，表示 "the president of High Tech" 是「被問」。主要句子是在逗號後，主詞是 "the president of High Tech"，動詞是 "put on"。

總裁被問

When asked about the affair with his secretary, the president
S

of High Tech put on a long face and left the meeting room.
V

當被問到與祕書之間的緋聞時，High Tech 公司的總裁擺臭臉並且離開會議室。

其實哥一邊寫書，一邊思考為什麼多益文法主要考這些。哥認為，因為這些文法是英文句子中最常用到的結構和概念。所以你各位也不能忽略「名詞子句」的章節，因為雖然多益選擇題很少考到名詞子句，但名詞子句是在句子中很常出現的結構。

Ⅱ　怎麼讀這本書比較有效率

1. 章節規畫以及閱讀順序

　　這本書的每個章節都會分為兩個部分：**Part 1** 「秒懂文法概念」以及 **Part 2** 「多益怎麼考」。 **Part 1** 會把這個文法一定要知道的概念跟你各位聊一次。不過一樣的文法概念，可以有不同考法，所以 **Part 2** 就會告訴你各位這樣的觀念在多益中會出現哪些題型。你當然可以按照順序讀。但有時候哥會在 **Part 1** 中間，就建議你可以先做 **Part 2** 的哪些題型，印象會更深刻。如果你覺得自己有一定的程度，可以先做 **Part 2** 的題目，遇到問題再翻回 **Part 1** 把觀念搞清楚。

2. 特別設計的各項指標

　　(1) 善用指標快速找到想看的重點

　　哥知道你各位有些人對英文沒什麼興趣，只是想買一本書考到自己要的多益證照，一步步換到更好的工作，然後實現財富自由的夢想！所以你一定希望哥就告訴你多益考什麼就好了，其他的不用。哥已經盡力達到這個目標，這也是這本書的概念。但有時候文法概念的重點不是題目，而是語意理解。有的文法概念最好還是要知道一下，雖然多益不會放在選擇題考你。有的文法題型較進階，想要考到 700 分以上的人再了解就好。有的文法觀念真的只是哥比較囉嗦，所以隨口跟你聊聊。由於以上種種原因，為了方便你各位在某些內容上做取捨，於是在書中會看到很多類似這樣的標示：

Hen 重要！　　　　重點放在理解句子的意思！！

看過去就好！　　　700 分以上必讀！

　　這些指標可以讓你各位知道某些內容要把重點放哪，或是如果只要考個600 分的話，某些內容就可以跳過。

(2) **Part 2** 題型旁邊的星星★

在 **Part 2** 「多益怎麼考」的部分，你各位會看到旁邊有星星。

星星不是裝飾！ 星星不是裝飾！ 星星不是裝飾！

每個文法觀念哥都會跟你各位聊哥在多益考試中或整理官方試題的時候遇到什麼題型。不過，不是每個題型的出題頻率都是一樣的。星星越多，表示出題頻率越高。哥建議你各位**三顆星星以上的題型（包括三顆星）要熟讀**。如果你時間很緊迫，或是還沒想考 700 分以上，可以忽略二星以及一星的考題。哥再強調一次，多益不考或少考的文法概念不是不重要，只是在多益測驗的出題頻率不高而已。

III 英文文法記號

你各位之前一定也讀過文法書，也看過那些書拆解句子的時候提到的文法代號。為了以後我們聊文法方便，哥很快地跟你解釋一下這些代號和涵義。放心，比較複雜的概念（主詞補語、受詞補語）在書中會一再提到，也常常再把這些概念快速說一次。

(I) 詞性代號

● 每一個字詞都會有詞性。哥把書裡面會看到的詞性代號跟你各位說明：

詞性	代號	詞性	代號
名詞	n.	副詞	adv.
動詞	v.	介系詞	prep.
形容詞	adj.		

還有一種詞性是「不定詞」to。不定詞和後面加上的原形動詞會稱為「不定詞」片語，哥在聊不定詞的章節時會直接用 "to V" 來表達不定詞片語，這樣比較清楚易懂。

● 動詞相關變化：

「現在分詞」或「動名詞」	V-ing	過去分詞	p.p.

(II) 句子角色代號

　　每個字詞都有詞性。但這些字詞在句子中，會擔任不同的角色，這些角色分別為「主詞」、「受詞」、「動詞」和「補語」。

1. 主詞和受詞

　　(1) 主詞：代號 S，是一個句子的主角，出現在主要動詞前。除了「祈使句」，每個英文句子一定會有主詞。祈使句沒有主詞是因為省略了。

　　(2) 受詞：代號 O，接受動作者。受詞除了放在動詞後，也會放在介系詞後（介系詞和後面加的受詞會稱為「介系詞片語」，在句子中會作「形容詞」和「副詞」的角色）。

2. 動詞：代號 V

　　(1) 每個句子不會只有一個動作。但**只會有一個主要動詞**。每個句子只能有一個時態，因此每個句子只會有一個主要動詞。

　　(2) 動詞依照語意需要，有的不能加上受詞，稱為「不及物動詞」；有的一定要加上受詞，稱為「及物動詞」。有的動詞，如 give「給」、offer「提供」……等，需要兩個受詞。例如：

> I gave Mary a book.
> S　V　O1　O2
> 我給 Mary 一本書。

　　在這個例句中，Mary 和 book 都是動詞 gave 的受詞，都接受 gave 的動作。

3. 補語：代號 C

　　補語可以直接看作「補充說明」的概念。補語又分為兩種：

　　(1) 說明主詞的是「主詞補語」，代號 S.C.（因為主詞是 S）。例如：

Tom is a student.
S V   S.C.
Tom 是個學生

　　"a student" 其實就是 Tom，也等於 Tom，所以 "a student" 就是「主詞補語」。

　　(2) 說明受詞的是「受詞補語」，代號 O.C.（因為受詞是 O）。例如：

I consider Tom a good student.
S V   O   O.C.
我認為 Tom 是個好學生。

　　這個句子中，Tom 是 consider「認為」的受詞。不過 Tom 後面還有個名詞 "a good student"。"a good student" 就是 Tom，也等於 Tom，所以 "a good student" 就是「受詞補語」。

4. 其他重點

　　(1) 了解這些概念可以用在句子看不懂的時候分析句子來了解句子結構。但記得，要看不懂句子的時候再分析就好，不要走火入魔。

　　(2) 分析句子的時候，先找出一個句子的主要動詞（表達整個句子的時態的那個動詞），主要動詞前都是「主詞」的結構。

　　(3)「主詞」和「受詞」的詞性一定是「名詞」。動詞的詞性一定是「動詞」……嗯……好像在說廢話。「補語」的詞性則不一定。例如：

I consider the girl beautiful.
S V   O   O.C.
我認為這個女孩很漂亮。

　　這個句子的 beautiful 是形容詞，在這個句子中就扮演「受詞補語」的角色。

　　有了這些概念後，就開始咱們的多益文法的文青之旅吧！！

一

必考
文法概念

0%
100%

CH1 詞性判斷

　　「詞性判斷」是必考文法中出題數最多的文法，Part 5 和 Part 6 加起來常常會遇到 5 到 7 題。在聊詞性判斷之前，哥要先跟你各位聊聊英文單字是怎麼組成的。不曉得你有沒有聽過英文字是由「字首（前綴）—字根—字尾（後綴）」組合而成的。「字根」提供最主要的意思，而「字尾」可以看出這個字的詞性。哥來舉個例子：字根：-cav-「中空的」（有個字你各位一定知道—— cave 「洞穴」）。從這個字根，就可以延伸出幾個單字：

cavity n 蛀牙
（名詞字尾）（牙齒上的空洞）

excavate v 挖掘
（字首：出來）（動詞字尾）（挖出空洞）

excavator n 挖土機
（名詞字尾：表示「東西、人」）（挖洞的機器）

　　字尾雖然會有些微語意，但主要是表達詞性的概念。詞性判斷的考題重點就兩個：判斷出選項的詞性、該詞性的位置。所以等一下哥也會用這樣的概念來跟你各位聊這個考題。

你各位都怎麼背單字的呢？很多人喜歡用諧音法背單字，有一派人覺得諧音法背單字太搞笑。但哥覺得，只要能把單字背起來的方法就是好方法，只不過諧音法有時候真的很難想！哥這裡來跟你聊個諧音來背單字：

> **dilemma [dɪˈlem.ə] n**
> 兩難、左右為難

這個字念起來像「地雷馬」。就是在戰場上有一匹馬，誤入地雷區，向左走會爆炸，向右走也會踩到地雷，向左走也不是，向右走也不是，真的是左右為難。所以「dilemma = 地雷馬 = 左右為難」！是不是很好背呢？不過這個單字在多益中的頻率極低……你如果背起來的話可以忘掉了……呵呵！

想學更多字根、字首幫助背單字的話，可以訂閱哥的 YouTube 頻道：ET_Alex，來一起解鎖多益實用單字喔！

Part 1 秒懂文法概念

哥分為「名詞」、「動詞」、「形容詞」和「副詞」四個部分來跟你各位聊，哥再強調一次，這個考題的重點是每種詞性在多益中常考的字尾，以及每種詞性在考題中常考的位置。哥建議你各位讀完一種詞性後，就去 Part 2 練習該詞性的題目。不過哥要先跟你各位說三件事情：

1. 為了提高你各位準備多益的效率，哥這裡提到的詞性字尾是多益考題常看到的，不是所有英文的字尾喔！
2. 你各位可以把背到的多益單字，挑自己特別容易忘記的寫到對應的詞性字尾表格中，這樣這本書就更有意義了。
3. 哥會跟你說那些字尾比較常用在什麼詞，意思就是如果考題遇到了詞性判斷的題目，選項的單字是你不熟悉的，就依照這個選項的字尾，歸類到這個字尾較常出現的詞性。

Ⅰ　名詞

1. 多益考題中常見的名詞字尾

(1) 以下的名詞字尾都有「人」的意思：

字根	例子
-er, -or	courier 快遞人員、contractor 承包商
-ee	employee 員工、attendee 參與者
-ist	receptionist 接待人員、specialist 專家
-an, -ian	technician 技術人員
-ant ★ -ant 較常作為「形容詞」詞綴	accountant 會計、consultant 顧問
-ive ★ -ive 較常作為「形容詞」詞綴	representative 代表人
-ate ★ -ate 較常作為「形容詞」和「動詞」詞綴	candidate 候選人、delegate 代表人
-ic ★ -ic 較常作為「形容詞」詞綴	mechanic 技師、critic 評論家

(2) 其他多益考題常見的名詞字尾：

字根	例子
-ity, -ty	priority 優先事項、specialty 專長
-ence, -ency	preference 喜好、efficiency 效率
-ance, -ancy	significance 重要性、vacancy 空缺
-ion	renovation 翻新、occupation 職業
-ment	management 管理階層 achievement 成就

-al ★ -al 較常作為「形容詞」詞綴	renewal 更新、appraisal 評鑑、rival 競爭對手、removal 移除、rental 出租、approval 允許、periodical 期刊、tutorial 輔導課程、arrival 到達、withdrawal 退出、professional 專家、potential 潛能 ★ 一定要記得這些字都是名詞喔！ ★ professional 也可以是形容詞，意思是「專業的」。 ★ potential 也可以是形容詞，意思是「潛在的」。
-ary, -ory ★ -ary, -ory 較常作為「形容詞」詞綴	contemporary 同儕、documentary 紀錄片、factory 工廠、accessory 配件
-sis	diagnosis 診斷、analysis 分析
-th	strength 力量、length 長度
-ism	enthusiasm 熱忱、optimism 樂觀
-ness	happiness 快樂、tidiness 整潔

　　名詞字尾 -sis 還有一個單字，是字典中最長的單字，你各位可以把這個字背起來去跟朋友炫耀。

> pneumonoultramicroscopicsilicovolcanoconiosis n
> [ˌnjuːmənoʊˌʌltrəˌmaɪkrəˈskɒpɪkˌsɪlɪkoʊvɒlˌkeɪnoʊˌkoʊniˈoʊsɪs]
> 火山矽肺病

　　背起來的話，私訊哥的 ig 跟我說……。

2. 有時候會遇到考題要考的是名詞

　　不過有兩個字尾都是名詞的選項，這個時候就要用單字的意思來判斷。例如 instruction（指示）和 instructor（講師）兩個都是名詞，卻都出現在選項中。

account 帳戶、accountant 會計、accounting 會計工作
analysis 分析、analyst 分析家
creation 創作 (物)、creativity 創意
consultation 諮詢、consultant 顧問
critic 評論家、criticism 批評
employment 僱用、employee 員工
expertise 專長、expert 專家
identity 身分、identification 辨認
installation 安裝、installment 分期付款
occupation 職業、occupancy 佔用、使用率、occupant 占用者
operation 操作、operator 操作員、接線生
provision 條款、provider 供應商
performance 表演、表現、performer 表演者
permission 允許、permit 許可證
product 產品、produce 農產品、production 生產、productivity 生產力
project 企畫、projection 投射、預測
representation 代表、representative 代表人
residence 居住、resident 居民
rivalry 競爭、rival 競爭對手
supervision 督導、supervisor 管理人、主管
tutorial 輔導課程、tutor 家教

這個表格中是考題比較常遇到的選項。你各位有沒有發現，這幾個單字比較中，常有一個跟「人」相關的單字。在考題中，如果你忘記了單字意思，或許可以看一下是不是有個名詞字尾表示「人」的意思，然後靠題目句意來判斷空格是不是跟「人」的語意相關。

3. 名詞在句子中的位置

(1) 名詞在句子中會出現的位置如下：

● 主詞 （主要動詞前）

The manager asked his subordinates to attend the meeting.
     S   V
經理要求他的屬下參加會議。

● 受詞 （動詞後、介系詞後）

The manager asked his subordinates to attend the meeting.
          V   O   V   O
經理要求他的屬下參加會議。

在這個例句中，名詞 "his subordinates" 當作動詞 asked 的受詞。名詞 "the meeting" 當作動詞 attend 的受詞。

● 主詞補語 （接在「連綴動詞」後）

John is a company president.
              S.C.
John 是一位公司總裁。

這個例句中，名詞 "a company president" 是主詞補語，接在連綴動詞 is 後，說明主詞 John。

如果你各位對「主詞補語」還不熟悉的話，要去 CH0 複習喔。如果只是要分析句子的話，哥認為不用把哪些是「連綴動詞」背起來，讀句子的時候，當你發現這個動詞後接的名詞，說的是主詞的情況，或根本等於主詞，那這個名詞就是「主詞補語」的角色。例如：

The boy | became | a doctor.
　　　　　V　　　　S.C.
這個男孩成為了一位醫生。

　　就算你不知道 became（變成）是連綴動詞，透過語意也能知道 "a doctor" 就是在說主詞 "the boy"，因此 "a doctor" 在句子中的角色就是「主詞補語」。

● 受詞補語

We | consider | Mr. Simpson **a good supervisor.**
　　V　　　　　O　　　　　　O.C.
我們認為 Simpson 先生是個好的主管。

　　這個例句中，名詞 "a good supervisor" 在說明受詞，在句子中是「受詞補語」的角色。

　　雖然 CH0 已經說過，但哥還是很雞婆的再大概說一次。「主詞補語」說明主詞，那「受詞補語」就是在說受詞囉。當你各位發現在一個句子中，受詞後面還加上另一個名詞，這個名詞說的是受詞的情況，或根本等於受詞，那這個名詞就是「受詞補語」的角色。

　　知道名詞在句子中的角色主要是方便分析句子。不過，如果以「詞性判斷」考題來看的話，多益最常考名詞放在「主詞」和「受詞」的位置。所以「主詞」和「受詞」的位置是你各位要特別留意的不過只有知道名詞的位置無法快速解題。來跟大家聊聊怎麼看考題可以爽爽速解。

(2) 寫考題的時候這樣看更快 要更注意這個！！

　　剛剛跟你各位聊到了名詞在句子中可以出現的位置，不過在考試的時候，為了講求速度，也可以這樣看——思考名詞前面可能會出現的字詞。名詞常會出現在這樣的結構：

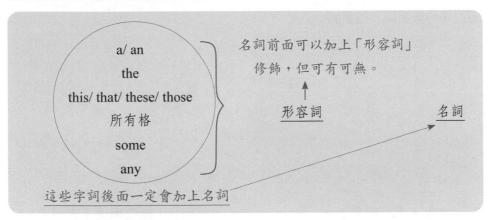

　　用表格和圖示表達似乎比用文字描述更加清楚，當你各位看到空格前面有圓圈圈裡面的字詞，那空格應該就是要填入名詞，因為這些字詞後面一定要加上一個名詞。這些是最常在考題中遇到的字詞，當然可能不只這些，像是「量詞」如 many、a lot of 等，和「數詞」如 three、ten 等，後面都要加上一個名詞，其實你各位一定知道，要舉一反三喔！

4. 名詞其他重點

　　多益就考題而言其實不常出現考名詞概念的考題，或者可以這樣說，有些概念不會考在考題中，但是算是你各位在準備考試時就已經知道的概念，例如名詞有「可數」和「不可數」之分等等。哥很快地跟你各位聊考多益一定要知道的，除了詞性判斷外的其他名詞概念。

(1) 名詞有「可數」和「不可數」之分。而可數名詞又有單數和複數的變化。
　　多益不會特別考哪個名詞是可數，哪個名詞是不可數，也不會特別考可數名詞單複數變化的規則變化和不規則變化，不過這是準備這個考試前就已經要有的先備知識。

(2) 英文的量詞和與可數名詞和不可數名詞的搭配

　　英文中的量詞（quantifier）要依照名詞的可數或不可數來搭配。有的量詞可以同時搭配可數和不可數名詞。哥用表格的方式幫你各位整理一次：

加上「可數名詞」的量詞

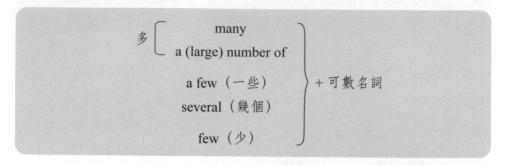

- 「many + 名詞複數」= 「many a + 名詞單數」，後者用於正式用法。例如 "many students" 也可以用 "many a student" 來表達。
- "a few" 表達「一些」的概念，而 few 是強調「非常少、幾乎沒有」。

加上「不可數名詞」的量詞

$$\text{少}\begin{array}{c}\text{多}\left[\begin{array}{c}\text{much} \\ \text{a (great) deal of} \\ \text{an amount of} \\ \text{a little （一點／一些）}\end{array}\right. \\ \text{少}\left[\begin{array}{c}\text{little} \\ \text{a bit of}\end{array}\right.\end{array}\right\}+\text{不可數名詞}$$

- "a little" 表達「一點、一些」的概念，而 little 是強調「非常少、幾乎沒有」。

加上「可數和不可數名詞」的量詞

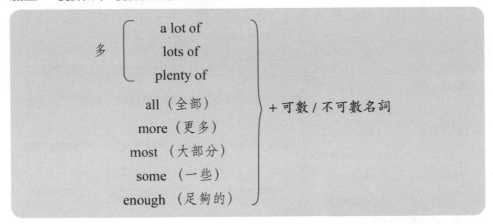

哥建議你看完名詞的內容後，先去 **Part 2** 練習名詞詞性判斷的考題加深印象喔！

II 動詞

1. 多益考題中常見的動詞字尾

字根	例子
-ate	accommodate 容納、nominate 提名
-ize（美式拼法） -ise（英式拼法）	emphasize 強調、specialize 專精
-ify	identify 辨認、certify 證實
-en	lengthen 延長、strengthen 增強
-ish	accomplish 完成、refurbish 翻新、整修

2. 動詞重要觀念

　　雖然這部分和詞性判斷的考題沒有太相關，不過也是先備知識，迅速幫你各位複習以前學校學過的重要概念。這裡只是讓你各位先了解大概念，動詞有很多相關的重要概念都會是考題，也會出現在之後的章節。

(1) 動詞的型態

動詞會有五種型態： 原形、現在式、過去式、現在分詞、過去分詞。

原形	現在式	過去式	現在分詞 (V-ing)	過去分詞 (p.p.)
accomplish 完成	accomplish accomplishes	accomplished	accomplishing	accomplished
refurbish 翻新	refurbish refurbishes	refurbished	refurbishing	refurbished
choose 選擇	choose chooses	chose	choosing	chosen

● 原形：動詞原本的樣貌（例如蜘蛛精的「原形」是蜘蛛。）
● 現在式：主詞單數時，動詞在字尾加上 -s 或 -es。
● 過去式：在動詞字尾加上 -d 或 -ed，會有不規則變化。
● 現在分詞與過去分詞：現在分詞在動詞字尾加上 -ing，過去分詞在動詞字尾加上 -d 或 -ed，會有不規則變化。**現在分詞和過去分詞是沒有時態的，也跟「現在式」與「過去式」無關。**分詞可以搭配表達時態，也可以當作形容詞修飾名詞。**分詞的概念會在 CH10 細說。**

不過，be 動詞的變化比較特別，這裡整理起來：

原型	現在式	過去式	現在分詞 (V-ing)	過去分詞 (p.p.)
be	am/ is/ are	was/ were	being	been

跟一般動詞不同的是，在現在式中，be 動詞有三種變化：am 用在第一人稱（I）；are 用在第二人稱或複數（you, teachers）；is 用在第三人稱或單數（he, she, it, a teacher）。而在過去式中，be 動詞有兩種變化： was 用在第一人稱、第三人稱或單數；were 用在第二人稱或複數。

(2) 主要動詞

　　你各位可能有發現哥在這裡沒有跟在聊名詞的時候一樣，跟你聊動詞在句中的位置。因為動詞的位置似乎沒什麼考點，動詞的重點是「主詞動詞一致」、「主動被動」和「時態」，會在之後的章節聊到。就「詞性判斷」的考題而言，有機會遇到要你各位判斷主詞後面要填入「主要動詞」的概念，所以哥來聊主要動詞。

　　你各位以前一定聽過你的英文老師們碎碎唸：「英文句子要有主詞、動詞。」這個動詞的就是在說「主要動詞」。「主要動詞」很重要的一個概念就是帶出一句話的時態。因此，從這個動詞看出整句話的時態，該動詞就是「主要動詞」，出現在主詞後面。例如：

The boy wanted to go home.
這男孩想要回家。

　　哥問你個簡單的問題，這句話是什麼時態？好的，沒錯，是「過去式」。你會知道是「過去式」是因為看到 wanted，所以知道整句話的時態。而 wanted 就是這個句子的「主要動詞」（當然在解析句子的時候，還是會說「主詞動詞」，而不會特別說「主要動詞」）。知道怎麼找主要動詞很重要，因為主要動詞前就是主詞，有利於分析句子。例如：

The proposal to merge with Wilson Technology has been approved by the president.
跟 Wilson 科技公司合併的提案已經被總裁核准。

　　如果覺得這個句子太長，很難解讀，就先找出主要動詞。從 "has been approved" 看出整句話的時態，主要動詞前面的 "the proposal to merge with Wilson Technology" 都是主詞。

　　所以重點就是主要動詞表達一個句子的時態，而且主要動詞一定要有時態。**英文的時態會在 CH4 細說。**

(3) 及物動詞與不及物動詞

　　英文的動詞有很多種分類方法。你各位一定要知道可以依照動詞後面要不要加上受詞分為「及物動詞」和「不及物動詞」。前者要加上受詞才能讓動詞的語意完整，後者不能加上受詞。例如「看到」see 就是及物動詞，因為一定要說看到「什麼」，對方才聽得懂你在說什麼。而「發生」happen 就是不及物動詞，在 happen 後面不能直接加上受詞。

III 形容詞

　　形容詞在修飾名詞。形容詞的樣貌可以是單字、片語和子句。片語和子句形式的形容詞之後跟你各位聊，這裡的重點先放在單字形式的形容詞。

1. 多益考題中常見的動詞字尾

字根	例子
-able -ible	available 可利用的、eligible 符合資格的
-ate	passionate 熱情的、accurate 準確的
-al	confidential 機密的、professional 專業的 ★ professional 也可以是名詞，意思是「專家」
-ic	economic 經濟上的、specific 特定的
-ous	numerous 大量的、advantageous 有好處的
-ive	innovative 創新的、alternative 替代的 ★ alternative 也可以是名詞，意思是「替代選擇」
-ary -ory	necessary 必要的、compulsory 強制性的
-ant -ent	important 重要的、proficient 熟練的
-ly ★ -ly 較常作為「副詞」詞綴	costly 昂貴的、friendly 友善的、lively 精力充沛的 ★一定要記得這些字都是形容詞喔！

-id	valid 有效的
-ful	regretful 遺憾的

在多益考題中常常可以透過「副詞」的選項來判斷形容詞。在形容詞的字尾加上 -ly 就會形成副詞，因此，如果看到選項中有 -ly 結尾的副詞，將 -ly 去掉的選項就是形容詞。不過偶爾不一定會一起出現副詞的選項，所以哥建議你各位還是了解一下多益考題中常出現的形容詞字尾比較安心。

2. 有時候會遇到考題要考的是形容詞，不過有兩個字尾都是形容詞的選項，這個時候就要用單字的意思來判斷。這個表格對多益考題中考單字的考題也很實用喔！

confident 有信心的、confidential 機密的
considerate 體貼的、considerable 相當大的 / 相當多的
comprehensive 全面的、comprehensible 可理解的
economic 經濟上的、economical 經濟實惠的
potent 強效的、potential 有潛力的 / 潛在的
preferred 被喜歡的、preferential 優先的 / 優待的
industrial 工業的、產業的、industrious 勤奮的
reliant 依賴的、reliable 可靠的
respective 各別的、respectful 表示尊敬的 respected 備受尊敬的
related 相關的、relative 相對的 ★ relative 雖然也有「相關的」的意思，但最主要的意思是「相對的」，有「比較」的概念。
successful 成功的、successive 連續的

3. 形容詞在句子中的位置

(1) 形容詞在句子中會出現的位置如下：

● 放在名詞前修飾

potential clients
修飾
潛在客戶

● 當作主詞補語 （接在「連綴動詞」後）

The investment is **profitable**.
　　　S　　　V　　S.C.
這個投資是有賺錢的。

這個例句中，形容詞 profitable 是主詞補語，接在連綴動詞 is 後，說明主詞 "the investment"

● 當作受詞補語

I consider the paper supplier **reliable**.
　　V　　　　O　　　　　O.C.
我認為這個紙張供應商很可靠。

這個例句中，形容詞 reliable 是受詞補語，說明受詞 "the paper supplier" 。

(2) 寫考題的時候這樣看更快

剛剛聊到形容詞在句子中的位置，但如果要針對多益考題的話，**你各位要留意「形容詞放在名詞前修飾」和「形容詞作主詞補語」這兩個重點**。很偶爾才會遇到「形容詞作受詞補語」的考題。哥就以最常考的這兩個重點再說詳細些：

● 形容詞放在名詞前修飾

　　當你各位看到空格後是名詞時，空格要放形容詞。

● 形容詞作主詞補語

　　在聊名詞的時候也有提到主詞補語，因為名詞也可以當作主詞補語的角色。而且哥在聊名詞作主詞補語的時候也提到，主詞補語會放在「連綴動詞」後，那個時候哥跟你說不用知道連綴動詞有哪些，不過在形容詞的考題中，你各位要知道多益常考形容詞放在那些連綴動詞後。

連綴動詞

be

become　變成

keep　保持

remain　保持　　　}＋形容詞

seem　似乎

appear　似乎

prove　證明

　　連綴動詞不只這些，但多益很常考這些連綴動詞後面加上形容詞。

　　哥知道你會想問我，be 動詞後面不是也可以加上「名詞」嗎？（還是你根本沒有要發問的意思 XD）。如果你有思考這個問題的話，你的想法沒錯。但是哥整理了一堆多益考題，發現多益很喜歡考這些連綴動詞後面加上形容詞。那我們是否該投其所好呢？此外，名詞的考題最主要的判斷方法是哥在名詞那裡提到，看到空格前有 a、the 等等的字詞，空格會填入名詞。因此名詞的考題不需要顧慮連綴動詞。

　　哥建議你看完形容詞的內容後，先去 Part 2 練習名詞詞性判斷的考題加深印象喔！

　副詞

副詞主要修飾動詞、形容詞或是副詞。有的副詞可以修飾整個句子。跟形容詞一樣，副詞的樣貌可以是單字、片語和子句。哥在這裡先把重點放在單字形式的副詞。

1. 多益考題中常見的副詞字尾

你各位最熟悉的副詞字尾，應該就是在形容詞之後加上 -ly 後變成副詞的字尾。英文表示副詞的字尾當然不只 -ly，但以詞性判斷考題而言，只會要你各位判斷 -ly 是副詞字尾。

2. 副詞變化以及語意比較

以下這個表格跟你各位整理的重點有兩個：

(1) 形容詞變成副詞是不規則變化，或是不變。例如：good (adj.) / well (adv.)；hard (adj.) / hard (adv.)

(2) 形容詞有兩種副詞形式並且比較這兩種副詞語意的比較。例如：hard (adj.) / hard (adv.) 努力地；hardly (adv.) 幾乎不

形容詞	副詞 (1)	副詞 (2)
good 好	well 很好地	

We solved the problem **well**.
我們處理問題處理得**很好**。
★ well 作形容詞時是「健康的」。

hard 堅硬的、困難的	hard 努力地	hardly 幾乎不

The man works **hard** to get a promotion.
這男子為了得到升遷而**努力**工作。
Because of the downpour last night, I could **hardly** fall asleep.
因為昨晚的暴雨，我**幾乎無法**睡著。

形容詞	副詞 (1)	副詞 (2)
late 晚的	late 遲地	lately 最近

He was fired because he usually went to work **late**.

他被開除因為他常上班**遲到**。

I have been busy **lately.**

我**最近**很忙。

形容詞	副詞 (1)	副詞 (2)
high 高的	high 高	highly 相當地

He jumped **high** to cross the fence.

他跳**高**來越過圍欄。

The man is **highly** respected in the field.

這位男子在這個領域**相當地**受到尊敬。

形容詞	副詞 (1)	副詞 (2)
close 接近的、密切的	close 靠近地	closely 密切地、仔細地

Please don't sit too **close** to me.

請不要坐得離我那麼**近**。

I examined the figures **closely** before submitting the report.

我繳交報告前**仔細地**檢查了數字。

形容詞	副詞 (1)	副詞 (2)
most 最多的、大部分	most 最	mostly 主要、通常

Among all the paintings, I like the one by Picasso **most**.

在所有的畫作中，我**最**喜歡畢卡索的那幅畫。

The employees in our office are **mostly** women.

我們辦公室裡的員工**主要**是女生。

★這裡順便整理 almost。

almost (adv.) 幾乎

Almost all the students in the class are from America.

這個班上**幾乎**所有的學生都來自美國。

形容詞	副詞 (1)	副詞 (2)
even 相等的、均衡的	evenly 平等地	even 甚至

I asked my father not to distributed his property **evenly**.

我要求爸爸不要**平等地**分配他的財產。

He had changed so much that I couldn't **even** recognize him.

他改變很多，我**甚至**無法認出他。

near 近的、接近的	near 靠近地、接近地	nearly 幾乎

Stand **near** so that you can see clearly.

站**近**一點，你才能看得清楚。

I have **nearly** finished the book you lent me.

我**幾乎**快讀完你借我的書了。

★ near 可用作「介系詞、形容詞、副詞」。

3. 副詞在句子中的位置

(1) 一開始有跟你各位聊到，副詞可以修飾動詞、副詞、形容詞和一個句子，因此副詞在句子中的位置如下：

● 放在動詞前後，修飾動詞

修飾

Because of the downpour last night, I could **hardly** fall asleep.

因為昨晚的暴雨，我幾乎無法睡著。

修飾

The man works **hard** to get a promotion.

這男子為了得到升遷而努力工作。

在第一個例句中，副詞 hardly 往後修飾動作 "fall asleep"；第二個例句裡，副詞 hard 往前修飾動作 works。

● 放在形容詞前，修飾形容詞

> 修飾
> These paintings are **quite** beautiful.
> 這些圖畫相當漂亮。

在這個例句中，副詞 quite 往後修飾形容詞 beautiful。

● 放在另一個副詞前，修飾副詞

> 修飾
> Kevin drove **really** fast last night.
> Kevin 昨晚開車開得相當快。

在這個例句中，副詞 really 往後修飾副詞 fast。

● 放在整個句子前，修飾整個句子

有些副詞會放在整個句子之前，來修飾整個句子

> **Unfortunately**, the event was canceled because of the storm.
> 很不幸地，因為暴風雨，活動被取消了。

副詞的重點是「修飾」。不了解句意或在解題的時候，有必要知道副詞是在修飾動詞、形容詞還是副詞。不過在解讀修飾整個句子的副詞時，重點擺在了解語意就好。

(2) 寫考題的時候這樣看更快

哥剛剛跟你各位聊到副詞在句子中常見的修飾對象以及位置，如果要更專注於「詞性判斷」的考題來討論的話，**多益最常考副詞修飾形容詞和動詞的概念**。偶爾會遇到副詞修飾句子的考題。哥就這三個重點再說詳細些：

● 副詞修飾形容詞

當你各位看到考題中，空格後面是形容詞，就填入副詞的答案。

● 副詞修飾動詞

副詞可以修飾動詞。這裡哥要提醒你各位，只要是動詞相關的任何變化都要用副詞來修飾。也就是說，原形動詞、動詞過去式、過去分詞、現在分

詞以及動名詞，都要用副詞修飾。在上一個重點哥有提到，副詞可以放在動詞的前後作修飾，所以解題技巧也有兩個：

(i) 副詞往後修飾動詞

→ 空格後面有任何動詞的形式，就填入副詞的答案。

(ii) 副詞往前修飾動詞

→ 哥在這個章節聊「動詞」的時候有跟你各位提到，動詞可以依照後面不加受詞或加上受詞分為「不及物動詞」和「及物動詞」。因此副詞往前修飾動詞的考題可以看到兩種情況：

✦ 空格前是動詞

不及物動詞不會加上受詞，因此當你各位看到空格前有動詞時，就填入副詞的答案。例如：

They are dancing _____.
(A) happy (B) happily (C) happiness

這個例題中，看到空格前面有 dancing，是動詞（哥剛剛有提到只要是任何動詞的形式就算是動詞，所以這裡不用細分 dancing 是「現在分詞」），因此就選擇 (B) happily。這個例題完整句子如下：

修飾
They are dancing **happily**.
他們正開心地跳舞著。

✦ 空格前面是名詞 （不是因為副詞往前修飾名詞喔！）

如果考題中遇到的是及物動詞，也就是動詞後面要加上受詞，那動詞會先加上受詞後，再用副詞修飾，呈現這樣的結構：

修飾
[動詞 + 受詞] 副詞

受詞的詞性是名詞，所以當你各位看到空格前面是名詞的時候，要往前走幾步路找動詞，看看是不是「動詞 + 受詞」的結構。例如：

They do the housework _____.
(A) happy (B) happily (C) happiness

這個例題中看到空格前面有名詞 housework，你各位就要聯想到有可能是「動詞 + 受詞」的結構。往前找，就找到了 "do the housework"。

$$\underset{\text{V}}{\text{do}}\ \underset{\text{O}}{\text{the housework}}$$

因此要選擇 (B) happily，用副詞往前修飾動作 "do the housework"。這個例題完整句子如下：

修飾
They do the housework **happily.**
他們開心地做家事。

● 副詞放句首修飾整個句子

這個考題偶爾會遇到。副詞放句首修飾整個句子的時候，**空格後會有逗號**，然後加上完整句子。例如：

Unfortunately, the event was canceled because of the storm.
很不幸地，因為暴風雨，活動被取消了。

因此，當你各位在詞性判斷的考題中遇到空格放句首，然後空格後有逗號，就填入副詞的答案。

4. 副詞其他重點 （這裡看過去就好！）

哥來跟你各位聊聊副詞的種類。副詞可以依語意和功能分成很多類，例如你各位常聽到的「時間副詞」、「地方副詞」等。以下來跟你各位聊幾類重要的副詞。

(1) 頻率副詞

● 頻率副詞用在說明一個動作或事情發生的規律。常見的頻率副詞如下：

總是	常常、時常	有時 偶爾	很少、 幾乎不	從不
always	usually often frequently	sometimes occasionally	seldom scarcely rarely hardly	never

● 頻率副詞在句子中，大部分會放在「be 動詞和助動詞之後」或是「一般動詞前」。

(1) be 動詞 助動詞 + 頻率副詞	(2) 頻率副詞 + 一般動詞

➤ 頻率副詞放在 be 動詞後

Jack is **usually** a talkative person.

Jack 常常是個健談的人。

➤ 頻率副詞放在一般動詞前

We **always** do the housework on weekends.

我們總是在週末的時候做家事。

(2) 連接副詞

連接副詞主要連接上下兩個句子的語意，我們在連接詞的章節和多益 Part 6 的章節都會再次提到，這裡先跟你各位聊多益中常看到的連接副詞，草草看過就好，不必認真讀。

此外	in addition, additionally, besides, furthermore, moreover
然而	however, nevertheless, nonetheless
因此	as a result, as a consequence, consequently, thus, hence, therefore

相反地	conversely, on the contrary, in contrast
在此同時	meanwhile, in the meantime
另一方面	on the other hand
換句話說	in other words
否則	otherwise

(3) 有些副詞可以隨心所欲地修飾　⟨ 當作故事看過去 ⟩

　　哥在跟你各位聊「副詞在句子中的位置」的時候，跟你各位提到副詞主要修飾動詞、形容詞和副詞，有的時候也會修飾一整個句子。不過有的副詞可以想修飾誰就修飾誰，可以修飾動詞、形容詞和副詞之外，也可以修飾名詞或是介系詞片語。在多益中最常遇到的這類副詞是 "focusing adverbs" 和 "intensifiers"。使用的時候，看說話者依照適當語意想要修飾哪個字詞，就放在前面修飾。有些修飾的詞性有限，有的可以修飾較多種詞性。不過這種副詞現階段你各位不用了解。哥就用「主要地」mainly 和「絕對、肯定」definitely 來舉例句說明就好。

　　Definitely「絕對、肯定」：

> ➤ 放在「名詞前」加強語氣
> Alex is **definitely** a good English teacher.
> Alex 肯定是一位很好的英文老師。
>
> ➤ 放在「動詞前」加強語氣
> I will **definitely** ask that girl out on a date.
> 我絕對會邀請那位女孩去約會。

　　老實說 focusing adverbs 和 intensifiers 在多益「詞性判斷」偶爾遇到。不用緊張，哥會把這種副詞題目放在 **Part 2** 「進階考題」跟你聊！

　　哥建議你看完副詞的内容後，先去 **Part 2** 練習名詞詞性判斷的考題加深印象喔！

Part 2 多益怎麼考

　　哥在這個章節一開始就跟你各位提到，詞性判斷考題的重點是「判斷選項詞性」和「每種詞性在句子中的位置和功能」。所以這裡就是把 **Part 1** 聊到的概念用題目的方式來讓你各位練習應用。

　　哥這裡會跟你各位分兩個部分聊多益考題：第一部分的「基本題」是練習 **Part 1** 中說到的概念，也是你各位在多益 Part5 和 Part6 主要會遇到的考題。不過會有少數的題目考出 **Part 1** 中說到的概念，哥把這些概念放在第二部分，視為「進階題」。如果你覺得太複雜的話，先弄熟第一部分的「基本題」。不過在練習題目之前，先跟你各位提醒三個重點：

1. 在寫多益 Part5 和 Part6 的考題的時候，每一道題目一定要先看選項，因為要先知道這一題是考「單字」還是「文法」，如果是考文法，也可以從選項的安排來推測是考什麼文法觀念，然後就回憶這本書裡跟哥共同度過的快樂時光中提過的解題技巧。
2. 當你各位看到四個選項的每個字都長得很像，只有字尾詞不一樣的時候，就要想到詞性判斷的概念。
3. 有的字詞不會有該字詞的字尾。例如這個字明明是形容詞，但是字尾卻沒有形容詞常見的詞綴，不要緊張，可以用一些相關變化來思考。例如你看到這組選項：

(A) secure (B) securely (C) secured (D) security

　　當哥看到這組選項的時候，心裡會有這些 OS：

- 嗯……（哥的 OS 也會有語助詞 XD）……每個選項都很像，只有字尾不一樣，所以是考「詞性判斷」。
- 如果只看詞綴，只看得出 (B) 是副詞、(D) 是名詞。
- 從 (B) 可以推測 (A) 是形容詞，因為「形容詞 + ly = 副詞」。

● 但是從 (C) 也可以推測 (A) 也能當動詞，因為只有動詞能在字尾加上 -ed 和 -ing 作改變。

　　secure 這個字確實能當「動詞」也能用作「形容詞」。只要習慣觀察其他選項，就能看出來啦！阿拉 SO？

← 這是一句韓文～

I　基本題

名詞 ★★★★★

　　哥再跟你各位提示一次重點：

1. 要熟記 **Part 1** 中提到的表示名詞的字尾。
2. 如果選項有兩個名詞字尾，要用意思判斷（熟記哥在 **Part 1** 整理的比較表格）。
3. 多益考題常考的名詞的位置
   (1) 作主詞（空格在句首，而且後面接著動詞）
   (2) 作受詞（動詞後、介系詞後）
   (3) 熟悉名詞周圍常出現的字詞（務必熟悉這個判斷方法）

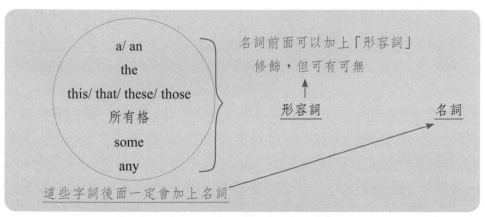

(4) 英文的量詞和與可數名詞和不可數名詞的搭配。

● Practice 名詞

1. We usually place orders with A&W Supply because it is a reliable
    _____.
    (A) provides (B) provision (C) providing (D) provider

2. A number of financial _____ predict that house prices will keep rising
    next year.
    (A) analysis (B) analysts (C) analyze (D) analytic

3. Customers who are interested in our service can ask our _____ for
    more information.
    (A) consult (B) consultation (C) consultants (D) consulted

4. The committee will consider every possibility before they make an
    important _____ on this issue.
    (A) decision (B) decisive (C) decide (D) decided

● 解析

1. **Ans: (D)**，先觀察選項。每個選項都長得很像，只有字尾的詞綴不同，
    就想到詞性判斷的考題。空格前的 reliable 可以判斷其字尾 -able 知道是
    形容詞，形容詞後會加上名詞修飾。或可以這樣判斷，空格前面有 a，a
    之後一定要加上名詞，所以選擇 (B) 或 (D)，因為用字尾判斷出兩者皆是
    名詞。判斷語意，選擇 (D) 較恰當。

    (譯) 我們通常跟 A&W 用品公司訂購用品，因為 A&W 是家可信賴的廠
    商。

2. **Ans: (B)**，先觀察選項。每個選項都長得很像，只有字尾的詞綴不同，
    就想到詞性判斷的考題。空格前的 financial 可以判斷其字尾 "-al" 知道
    是形容詞，形容詞後會加上名詞修飾。所以選擇 (A) 或 (B)，因為用字尾
    判斷出兩者皆是名詞。判斷語意，選擇 (B) 較恰當。或可以這樣判斷，"a
    number of"「很多」後面要加上「複數名詞」，因此就算忘記 (A) 和 (B)
    的語意，也能判斷出要選擇 (B)。

    (譯) 很多財經分析家預測房價明年會持續上漲。

3. **Ans: (C)**，空格前有所有格，因此可以判斷出空格要加上「名詞」。所以選擇 (B) 或 (C)，因為用字尾判斷出兩者皆是名詞。判斷語意，選擇 (C) 較恰當。

（譯）對我們的服務有興趣的顧客可以向我們的顧問詢問更多資訊。

4. **Ans: (A)**，空格前的 important 是形容詞，形容詞後會加上名詞修飾。或是可以這樣判斷，空格前的 an 後面一定要加上一個名詞。因此選擇有名詞詞綴的 (A)。

（譯）委員會在對這個議題做出重要決定前會把每個可能性列入考慮。

動詞 ★★★

　　動詞在多益考題中最重要的概念不是詞性判斷。動詞最重要的概念是「主詞動詞一致」、「主動被動」和「時態」。動詞在詞性判斷題會搭配要你各位判斷空格是「主要動詞」，就是接在主詞後面的動詞。所以當你各位看到整個句子都沒有動詞（就是沒有時態的意思），那這題詞性判斷就是要你選出「動詞」！

● Practice 動詞

1. The heart-shaped trees in the botanical garden _____ thousands of visitors every year.
   (A) attraction (B) attract (C) attractive (D) attracting

2. The project manager _____ a team of five members.
   (A) supervises (B) supervision (C) supervisor (D) supervisory

● 解析

1. **Ans: (B)**，整個句子沒有動詞（沒有時態），所以可以推測空格是「主要動詞」。可由 (D) attracting 判斷出 (B) 是動詞。另外，從字尾可以看出 (A) 是名詞、(C) 是形容詞（從詞綴判斷詞性的功力要很熟練）。

（譯）這個植物園中，外觀呈現心形的樹，每年吸引好幾千名參觀者。

2. **Ans: (A)**，整個句子沒有動詞（沒有時態），所以可以推測空格是「主要動詞」。可以用刪去法，(B) 和 (C) 是名詞，(D) 的詞綴 -ory 是形容詞詞綴，所以 (A) 是動詞。

> 譯 這名專案經理督導一個有五位成員的團隊。

形容詞 ★★★★★

重點提示：

1. 雖然考題選項常常可以從副詞的選項去掉副詞詞綴 -ly 來看出形容詞的選項，但哥還是建議你各位知道哪些是常見的形容詞詞綴。
2. 如果選項有兩個名詞字尾，要用意思判斷（熟記哥在 Part 1 整理的比較表格。）
3. 多益考題常考的形容詞的位置
   (1) 形容詞會修飾名詞。空格後面有名詞，空格要選形容詞。
   (2) 形容詞會放在連綴動詞後作為主詞補語，題目中常見到這幾個連綴動詞後加上形容詞：

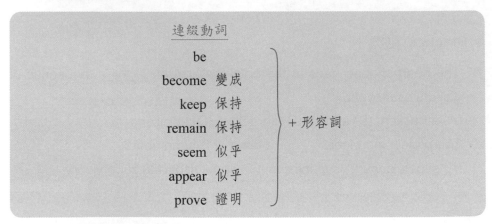

連綴動詞	
be	
become 變成	
keep 保持	
remain 保持	＋形容詞
seem 似乎	
appear 似乎	
prove 證明	

　　多益雖然也會考形容詞當作「受詞補語」的情況，但就哥考正式考試經驗和整理官方試題發現出題機率相當低，所以這裡先專注練習這兩個重點。

● Practice 形容詞

1. We usually place orders with A&W Supply because it is a _____ provider.

   (A) reliance (B) rely (C) relying (D) reliable

2. Although the mayor proposed several plans to boost tourism, many citizens were _____ about the feasibility of the plans.

   (A) doubt (B) doubtful (C) doubtfully (C) doubted

3. When faced with such an urgent situation, the manager still remained _____ and reacted to the situation wisely.

   (A) calm (B) calmed (C) calmly (D) calmness

● 解析

1. **Ans: (D)**，空格後是名詞，因此空格應填入形容詞。可由詞尾判斷 (D) 是形容詞。

   譯 我們通常跟 A&W 用品公司訂購用品，因為 A&W 是家可信賴的廠商。

2. **Ans: (B)**，空格前面有 be 動詞 were，連綴動詞（be 動詞也是連綴動詞的一個），多益常考「連綴動詞 + 形容詞」，因此空格後面加上形容詞。除了從字尾判斷詞性之外，也可以從副詞 (C) doubtfully 去掉 -ly 之後判斷出 (B) 是形容詞。

   譯 雖然這位市長提出一些計畫來推動觀光，很多市民對於計畫的可行性感到懷疑。

3. **Ans: (A)**，空格前面有 remained，連綴動詞，多益常考「連綴動詞 + 形容詞」，因此空格後面加上形容詞。可以從副詞 (C) calmly 去掉 -ly 之後判斷出 (A) 是形容詞。

   譯 當面對如此急迫的情況時，這位經理依然保持冷靜並對這個情況做出有智慧地回應。

副詞 ★★★★★

重點提示：

1. 在多益詞性判斷考題中，看到字尾是 -ly 的選項就是副詞。不過要留意有的形容詞字尾也是 -ly（在 Part 1 「形容詞」有提到用 -ly 作詞綴的形容詞，要留意）。

2. 要注意 Part 1 提到的副詞語意比較的整理表格，單字考題會遇到。

3. 多益考題常考的副詞的位置：

   (1) 副詞會修飾形容詞：空格後有形容詞，空格填入副詞。

   (2) 副詞會修飾動詞：空格後有動詞或任何和動詞變化相關的字詞，空格都填入副詞。

   (3) 副詞可以由後往前修飾動作，由於動詞的及物和不及物，會遇到兩種情況：

● 空格前是動詞，空格填入副詞。例如 "dance happily"。

● 如果是「及物動詞」，及物動詞後面要加上受詞後才會再加上副詞修飾。因此，空格前有名詞，往名詞前面找動詞，確認是「動詞 + 受詞（名詞）」的結構，則空格填副詞。例如 "[do the house work] happily"。

   (4) 有些副詞常放在句首，打上逗號後再加上完整句子 ➜ 空格放句首，空格後有逗號後加上完整句子，則空格填入副詞。（這個解題技巧在多益考題 Part 6 考到「連接副詞」的考題會更常用到。）

● **Practice 副詞**

1. The manager _____ pointed out that several revisions needed to be made in the draft.

   (A) specify (B) specific (C) specifically (D) specification

2. The smartphones manufactured by Pineapple Inc. are _____ criticized for their lack of innovation.

   (A) persistent (B) persistently (C) persistency (D) persist

3. Thanks to the marketing strategy, the sales of the new lines of digital cameras have been increasing _____

   (A) steadiness (B) steady (C) steadily (D) steadied

4. It is necessary for managers to distribute assignments _____ to their subordinates.

   (A) equality (B) equalize (C) equal (D) equally

5. _____ the president of Wise Investment chooses candidates to fill managerial positions through in-house employment.

   (A) Generalize (B) General (C) Generally (D) Generality

● 解析

1. **Ans: (C)**，空格後面有 pointed，看到 ed 知道跟動詞相關，因此空格填入副詞。

   譯 經理明確地指出這個草稿需要做一些修正。

2. **Ans: (B)**，空格後面有 criticized，看到 ed 知道跟動詞相關，因此空格填入副詞。

   譯 Pineapple 公司製造的手機不斷地被批評缺乏創新。

3. **Ans: (C)**，空格前面有 increasing，看到 ing 知道跟動詞相關，因此空格填入副詞。

   譯 幸虧有 Harrison 先生提出的行銷策略，新系列的數位相機的銷售量穩定增加。

4. **Ans: (D)**，空格前面有名詞 assignments，往前找動詞看能不能找到「動詞 + 受詞（名詞）」的結構。assignments 前面有 distribute，distribute assignments 就是「動詞 + 受詞（名詞）」的結構，「動詞 + 受詞」是一個動作，因此用副詞往前修飾動作。

   譯 經理平均地分配任務給屬下是必要的。

5. **Ans: (C)**，空格在句首，而且空格後有逗號加上完整句子，因此空格選
    擇副詞。

    譯 大致上，Wise 投資公司透過內部徵選來選擇擔任管理職的人選。

整合練習

你各位對每種詞性的用法都熟悉後，咱們來把每種詞性考題混在一起複
習。不過，哥這裡要分享一個超勁爆、超屌的解題技巧。

當你各位判斷選項，知道考題在考「詞性判斷」後，就用這個口訣思考
答案：**「先看空格後，後面只要名形動。再看空格前」**

遇到詞性判斷的考題的時候，先看空格後面，如果看空格後有名詞（不
包括「代名詞」）、形容詞、動詞（不包括 be 動詞），就可以解題了。因為：
● 空格後是形容詞 → 空格填入副詞。
● 空格後是動詞或任何動詞相關變化 → 空格填入副詞。
● 空格後是名詞 → 空格填入形容詞。

如果空格後面沒有名詞、形容詞或動詞，那就看空格前的提示：
● 空格前有形容詞，或是可以加上名詞的字詞（a / an、the、所有格等）→
  空格填入名詞。
● 空格前是動詞或任何動詞相關變化 → 空格填入副詞。
● 空格前是名詞，往前找動詞，確認有「動詞 + 受詞」的結構 → 空格填入
  副詞。

這個口訣很好用，不過有三種情況要注意一下，可能口訣看不出來：
● 整個句子沒有主要動詞，那就是在考你各位空格要填入動詞。
● 空格在句首，空格後沒有名詞、形容詞或動詞，那空格要填入名詞。因為
  句首會放主詞，主詞的詞性是名詞。
● 空格在句首，空格後有逗號，逗號後是完整句子，那要填入副詞。
  嘮叨那麼多，來實戰演練就知道會不會解題了。

● Practice 整合練習

1. Because of the rising unemployment rate, citizens in the city urge the government to come up with _____ solutions to deal with the situation.

    (A) practice (B) practicality (C) practically (D) practical

2. The advertising campaign proved _____ as sales increased by 20%.

    (A) succeed (B) successful (C) successfully (D) successive

3. _____ in the community should not park their cars on the street.

    (A) Residents (B) Residence (C) Reside (D) residing

4. Wilson Biotech Inc. _____ with Seoul National University to develop a dietary supplement that effectively improves digestion.

    (A) cooperative (B) cooperatively (C) cooperated (D) cooperation

5. The manager reminded the interns to complete their tasks _____

    (A) efficiency (B) efficiently (C) efficient (D) more efficient

6. Please be _____ to other passengers and keep your voice down when talking on the phone.

    (A) considerable (B) considerably (C) consideration (D) considerate

7. We provide economical solutions for our clients during their _____ about interior design.

    (A) consult (B) consulted (C) consultant (D) consultation

8. The manager was unable to find an eligible _____ for the position.

    (A) applied (B) applicable (C) applicant (D) application

9. To ensure confidentiality, the project participants are asked to work _____ and not allowed to discuss the project with one another.

    (A) separate (B) separately (C) separating (D) separation

10. All the provisions in the contract should be _____ agreeable to both parties.

    (A) complete (B) completion (C) completed (D) completely

● 解析

1. **Ans: (D)**，觀察選項，發現是「詞性判斷」的考題時，就想到口訣「先看空格後，後面只看名形動。再看空格前。」空格後的 solutions 是名詞，因此空格填入形容詞。

    譯 由於失業率上升，這個城市的市民敦促政府想出可行的解決方案來處理這個情況。

2. **Ans: (B)**，「先看空格後，後面只看名形動。再看空格前。」空格後的 as 不是「名、形、動」，因此往空格前找線索。空格前的 proved 是連綴動詞，因此後面加上「形容詞」，因此選擇 (B)。(D) 也是形容詞，但語意不適合這個句子。

    譯 由於銷售量增加了百分之二十，這個廣告活動結果是成功的。

3. **Ans: (A)**，「先看空格後，後面只看名形動。再看空格前。」空格後的 in 不是「名、形、動」，因此往空格前找線索。雖然空格前沒有線索，但空格位置在第一個字，句子的第一個字是主詞，因此考慮名詞 (A) 或 (B)。(A) 的語意較符合題目的意思。

    譯 這個社區的居民不應該將他們的車停在街道上。

4. **Ans: (C)**，整個題目都沒有動詞（主要動詞），因此空格要填入動詞。或可以由空格前 "Wilson Biotech Inc." 是主詞，來判斷空格要填入動詞，也就是主要動詞。

    譯 Wilson 生物科技公司與首爾大學合作研發一項營養補充品來有效地促進消化。

5. **Ans: (B)**，「先看空格後，後面只看名形動。再看空格前。」空格後沒有線索，因此看空格前。空格前面有名詞 tasks，往前找動詞看能不能找到「動詞＋受詞（名詞）」的結構。找到 complete，complete their tasks 就是「動詞＋受詞（名詞）」的結構，「動詞＋受詞」是一個動作，因此用副詞往前修飾動作。

    譯 經理提醒實習生們要有效率地完成任務。

6. **Ans: (D)**，「先看空格後，後面只看名形動。再看空格前。」空格後的 to 不是「名、形、動」，因此往空格前找線索。空格前的 be 是連綴動詞，因此後面加上「形容詞」，因此選擇 (D)。(A) 也是形容詞，但語意不適合這個句子。

   譯 請體貼其他乘客並且在講電話時壓低音量。

7. **Ans: (D)**，空格後的 about 不是「名、形、動」，因此往空格前找線索。空格前的 their 是所有格，因此空格填入名詞，考慮 (C) 和 (D)。(D) 較符合題目語意。

   譯 在客戶諮詢室內設計的時候，我們提供省錢的方法給他們。

8. **Ans: (C)**，空格後的 for 不是「名、形、動」，因此往空格前找線索。空格前的 eligible 是形容詞（可由詞綴 -ible 判斷），因此空格填入名詞，考慮 (C) 和 (D)。(C) 較符合題目語意。

   譯 這個經理無法找到符合這個職缺資格的求職者。

9. **Ans: (B)**，空格後的 and 不是「名、形、動」，因此往空格前找線索。空格前的 work 是動詞，因此空格填入副詞。

   譯 為了確保機密性，這個專案的參與者被要求各自進行工作，而且不被允許互相討論各自的進展。

10. **Ans: (D)**，空格後的 agreeable 是形容詞，因此空格填入副詞。

   譯 合約中的所有條款應該被雙方接受。

　　哥把三種題型當作進階題。其實進階題不是多難，而是用到的概念是在基礎題的部分沒有說到的。這裡也要提醒你各位，基礎題是考比較多的。所以要先把基礎題真的搞清楚後，再來練習進階題喔！

題型一 ★★★★
空格該填名詞，卻沒有常見的名詞字尾

　　這個題型幾乎每次考試都會遇到一題。哥在 Part 1 整理了多益考題常見的名詞詞綴。不過有很多名詞後面不會有名詞詞綴。多益考題中蠻常遇到「動詞和名詞同一個字」的考題。例如 increase 「增加」、decrease 「減少」等，這些字可以當作動詞，也可以當作名詞。意思可能一樣，也可能不一樣。哥整理一些在多益考題中這類常見的單字：

access	v / n 進入、使用	measure	v 測量 n 措施
account	v 說明 n 描述、帳戶、客戶	practice	v 練習、實行、執業 n 練習、實施
decrease	v / n 減少	produce	v 生產 n 農產品
decline	v 下降、拒絕 n 下降	process	v 處理 n 過程
estimate	v 估計 n 估計、估價單	progress	v / n 進展、進行
interest	v 使……有興趣 n 興趣、利息、利益	request	v / n 要求
increase	v / n 增加	research	v / n 研究
lecture	v / n 演講、講課	search	v / n 搜尋

這些單字在這一類題目常看到，也同時是多益的高頻單字。但哥再怎麼列，也不可能把所有字典中可以當動詞也可以作名詞的字列出來。所以給你各位魚，不如教你各位捕魚的技巧：**「空格是名詞，但選項沒有名詞字尾，要考慮動詞和名詞是同一個字的情況。」**

也就是說，如果選項沒有名詞詞尾，那就選動詞的選項。通常多益會給其他的選項來提示動詞選項（例如其中一個選項是動詞的過去式形式）。

不過考題如果再機車一點，就會出現「兩個選項都是名詞，其中一個動詞和名詞是同　個字，另一個選項有名詞詞詞尾」，這時就要留意。例如：

account	Ⓥ 說明	measure	Ⓥ 測量
	Ⓝ 描述、帳戶、客戶		Ⓝ 措施
accountant	Ⓝ 會計	measurement	Ⓝ 測量
lecture	Ⓥ / Ⓝ 演講、講課	process	Ⓥ 處理
			Ⓝ 練過程
lecturer	Ⓝ 講師	procession	Ⓝ 隊伍

● Practice

1. Mr. Harrison was designated to supervise the _____ of the project.

   (A) progressive (B) progressively (C) progress (D) progressed

2. There are fragile items in the box, so please move the box with _____

   (A) care (B) cared (C) careful (D) carefully

3. The renowned pop singer extended gratitude for all the _____ from her fans throughout these years.

   (A) supporter (B) support (C) supported (D) supportive

4. All the students are asked to strictly comply with these _____ to ensure safety when doing experiments.

   (A) measures (B) measurement (C) measured (D) measurable

● 解析

1. **Ans: (C)**，「先看空格後，後面只看名形動。再看空格前。」空格後的 of 不是「名、形、動」，因此往空格前找線索。空格前有 the，因此空格填入「名詞」。選項沒有名詞詞尾，想到「動詞和名詞是同一個字」的情況。可由 (D) 判斷出 (C) 是動詞，而 (C) 也可以作名詞。

   譯 Harrison 先生被指派來督導專案的進展。

2. **Ans: (A)**，空格前的 with 是介系詞，因此空格填入「名詞」。因為介系詞後會加上名詞作受詞。選項沒有名詞詞尾，想到「動詞和名詞是同一個字」的情況。可由 (B) 判斷出 (A) 是動詞，而 (A) 也可以作名詞。

   譯 箱子裡有易碎的物品，因此請小心地搬動這個箱子。

3. **Ans: (B)**，空格前有 the，因此空格填入「名詞」。選項沒有名詞詞尾，想到「動詞和名詞是同一個字」的情況。可由 (C) 判斷出 (B) 是動詞，而 (B) 也可以作名詞。要注意的是 (A) 也是名詞，但 (A) 語意「支持者」不符合題目語意。

   譯 這位知名的流行歌手對她的歌迷這些年來所有的支持表達感謝。

4. **Ans: (A)**，空格前有 these，因此空格填入「名詞」。選項沒有名詞詞尾，想到「動詞和名詞是同一個字」的情況。可由 (C) 判斷出 (A) 是動詞，而 (A) 也可以作名詞。要注意的是 (B) 也是名詞，但 (B) 語意「測量」不符合題目語意。

   譯 所有的學生被要求在做實驗時嚴格遵守這些措施以確保安全。

題型二 ★★ 名詞 + 名詞　　700 分以上必讀！

　　當作詞性判斷的題目時，名詞前面會加上形容詞修飾。不過，多益在詞性判斷的考題偶爾會考你各位「複合名詞」。複合名詞有很多種形式，而多益最常考「名詞 + 名詞」的形式。「名詞 + 名詞」的形式又可以分為「合在一起」的形式，例如 basketball 「籃球」就是 basket 和 ball 兩個名詞結合在一起所形成的。「名詞 + 名詞」的複合名詞也可以是分開的形式，例如 "train station"「火車站」，而分開形式的複合名詞也會在多益考題中看到的。

「名詞＋名詞」的複合名詞有很多種解釋方法。其中一種解釋是，「名詞＋名詞」的第一個名詞表達的是種類。例如 "horror movie"「恐怖電影」中第一個名詞 horror「恐怖」，說的就是電影的種類。還有一種解釋是，第一個名詞表達的是功能。例如電影「哈利波特」中的「隱形斗篷」，英文是 "invisibility cloak"。 第一個名詞 invisibility「隱形」說的就是斗篷的功能。第一個字如果用形容詞 invisible「隱形的」會很奇怪喔，因為 "invisible cloak"「隱形的斗篷」，是指斗篷本身是看不到的。所以哈利波特的寶物如果是 "invisible cloak" 那就糟了，因為這斗篷連看都看不到，要怎麼穿上去躲佛地魔呢？

　　說到恐怖片，如果你跟哥一樣喜歡看鬼片的話，大力推薦 2005 年《陰宅》（The Amityville Horror）。哥看過那麼多鬼片，這一部仍然是哥覺得最恐怖的。哥還發現有時候鬼片的故事會照著一個 SOP 進行。通常一開始就是有一家人要搬家，然後很不幸的就是搬進了一棟鬧鬼的房子。鬼片裡鬧鬼的房子常常有的特色就是會有一個陰森森的地下室，或是有一個小孩偶然玩耍而誤闖的閣樓……我看我下一本書來個學英文跟鬼故事的結合好了。

　　多益考題考複合名詞的時候，可能會考第一個或第二個字要放名詞。你各位要特別留意第一個名詞不能選成形容詞的選項。

　　哥這裡整理一些多益考題要特別注意的「複合名詞」：

customer satisfaction	顧客滿意度
consumer testimonial	消費者評價
consumer preference	消費者喜好
repeat customer	常客、回流客
retention rate	（顧客）保留率
occupancy rate	佔有率、住房率
interest rate	利率

employee evaluation/ appraisal	員工評鑑
employee recognition	員工表揚
performance evaluation	表現評鑑
advertising campaign	廣告活動
advertising manager	廣告（部門）經理
accounting department	會計部門
marketing strategy	行銷策略
★這裡的 V-ing 是「動名詞」當作名詞使用。	
acceptance letter	接受信、錄取通知書
recommendation letter	推薦信
safety specification	安全規章
safety/ security gear	安全裝備
security purpose	安全目的
admission fee	入場費
assembly line	生產線
application form	申請表格
budget constraint	預算限制
confirmation number	確認號碼
deadline extension	期限延長
expansion project	擴展專案
expiration date	有效日期、截止日期
identification card	身分證
management style	管理風格
produce section	農產品區

　　哥要說一句你不想聽的話：就算哥再怎麼盡力整理多益常見到的複合名詞，這個表格整理不完的。「複合名詞」可以在背多益單字的時候多累積和熟悉。

題型三 ★★★
不按牌理出牌的副詞

700 分以上必讀！

還記得哥在基本題中跟你各位一起練習了多益考題中，常考到副詞在句中的位置嗎？那時候說到考題中常考的副詞位置有這些：

……讓哥把剛剛的內容複製貼上……

1. 副詞會修飾形容詞：空格後有形容詞，空格填入副詞。

2. 副詞會修飾動詞：空格後有動詞或任何和動詞變化相關的字詞，空格都填入副詞。

3. 副詞可以由後往前修飾動作，由於動詞的及物和不及物，會遇到兩種情況：

● 空格前是動詞，空格填入副詞。例如 "dance happily"。
修飾

● 如果是「及物動詞」，及物動詞後面要加上受詞後才會再加上副詞修飾。因此，空格前有名詞，往名詞前面找動詞，確認是「動詞 + 受詞（名詞）」的結構，則空格填副詞。例如 "[do the house work] happily"。
V　　O　　修飾

4. 有些副詞常放在句首，打上逗號後再加上完整句子 ➜ 空格放句首，空格後有逗號後加上完整句子，則空格填入副詞。

不過哥在 Part 1 聊副詞的時候也有提到，有的副詞不會放在這些位置。例如擺放隨興的 "focusing adverbs" 和 "intensifier"，還有放在「助動詞和 be 動詞後、一般動詞前」的頻率副詞（如果聽不懂哥這裡在唸什麼經的話，一定要去 Part 1 聊副詞的地方再看一次喔！）這些種類的副詞會遇到，也不可能把這些副詞全背起來，不過哥先告訴你副詞的一個概念。從這個概念出發，就可以解決了：「副詞在句子中可有可無。」

意思就是，基本上副詞不會影響整個句子的結構，因為很多副詞只是用來「修飾」或「強調」用。這裡來舉個例子：

I did the housework **happily**.

I did the housework.

你各位應該可以看出第一個句子的副詞 happily 往前修飾 "did the housework"。不過相信你也能同意就算第二個句子中沒有 happily，整個句子還是合乎文法的。

哥知道形容詞放在名詞前修飾的時候，形容詞也是可有可無，例如 "Tom is a cute boy." 中，把 cute 刪除，整個句子也是符合文法。不過形容詞的位置你各位一定看得出來，所以當然就不用討論了。

所以，當你各位發現，詞性判斷的考題用口訣「先看空格後，後面只看名形動。再看空格前。」無法解題，或是想選的答案放入整個句子似乎不恰當，或是考題也不是在考剛剛提到的「名詞 + 名詞」的結構，那請你跟我這樣做：**「把空格遮住，如果發現少了這個空格，句子也是很完整，則填入『副詞』。」**

這裡來個例題：

> Mark is _____ a good boy.
> (A) certainly (B) certain (C) certainty

如果你用「先看空格後，後面只看名形動。再看空格前。」，會選擇 (B)，因為空格在 be 動詞後。不過試著把 (B) 帶入題目，應該會覺得念起來怪怪的。別慌！還不是慌張的時候！把空格遮住試試看！沒有空格，"Mark is a good boy." 還是個完整個句子。那答案就填入「副詞」，因此選擇 (C) certainly。

這個例題完整句子如下：

> **Mark is certainly a good boy.**
> Mark 確實是個好孩子。

你各位要記住哦，「先看空格後，後面只看名形動。再看空格前。」這個口訣能解題的概念才是主要會考的重點。要這個口訣無法解題，才想到「把空格遮住，如果發現少了這個空格，句子也是很完整，則填入『副詞』。」的解題方法喔。

● **Practice** （題型二、題型三）

1. This special offer is available _____ to our club members.
   (A) exclude (B) exclusion (C) exclusively (D) exclusive
2. Works are required to wear _____ gear when working in the factory.
   (A) secure (B) securely (C) secured (D) security
3. The crew members had a long meeting yesterday, from 1 p.m. to _____ 8 p.m.
   (A) approximate (B) approximately (C) approximated
   (D) approximation
4. Because of heavy workload, Ms. Smith requested a deadline _____ from her manager to finish the assigned project.
   (A) extend (B) extensive (C) extension (D) extended

● **解析**

1. **Ans: (C)**，這一題無法用「先看空格後，後面只看名形動。再看空格前。」看出答案。把空格遮住，可以發現就算沒有空格的字詞，整個句子依然通順，因此選擇副詞。

   譯 這個特別優惠只有給社團成員。

2. **Ans: (D)**，「先看空格後，後面只看名形動。再看空格前。」空格後的 gear 「裝備」是名詞，但空格不能填入形容詞 (A)，因為這題是考「複合名詞」"security gear"「安全裝備」。

   譯 工人們被要求在工廠裡面工作時穿著安全裝備。

3. **Ans: (B)**，這一題無法用「先看空格後，後面只看名形動。再看空格前。」看出答案。把空格遮住，可以發現就算沒有空格的字詞，整個句子依然通順，因此選擇副詞。

   譯 這一組的成員們昨天開了一個冗長的會議，從下午一點到大約晚上八點。

4. **Ans: (C)**，這一題是考「複合名詞」"deadline extension"「期限延長」。
   若判斷不出來，可以用「先看空格後，後面只看名形動。再看空格前。」
   的口訣搭配刪去法作答後選出 (C)。

   (譯) 由於工作量太大，Smith 小姐向經理要求延長期限來完成指派的專案。

● Overall Practice （基本題、進階題）

1. We place orders with suppliers whose products are _____ priced.

   (A) moderation (B) moderately (C) moderate (D) moderating

2. Because of recent decline in sales, the president seems _____ about
   expanding his business overseas.

   (A) hesitant (B) hesitantly (C) hesitate (D) hesitation

3. In his book, Mark Isenberg points out some commercial _____ that
   business owners should follow.

   (A) practical (B) practically (C) practiced (D) practices

4. Sales of Forward Auto's newest four-door sedan have increased
   _____ since the successful marketing campaign.

   (A) substance (B) substantially (C) substantiate (D) substantial

5. To achieve sustainable development, the government encourages the
   use of _____ energy such as solar energy.

   (A) renewal (B) renewable (C) renewing (D) renew

6. Several politicians hope that the mayor can listen to their _____ and
   make modifications to the new policy.

   (A) suggestions (B) suggestive (C) suggested (D) suggestively

7. In order to incorporate benevolence into company culture, the
   president encourages his employees to _____ participate in corporate
   philanthropy.

   (A) activate (B) activation (C) active (D) actively

8. The president of Laura Auto has yet to respond to the public's _____ about his plan to build a manufacturing plant near a conservation area.

   (A) criticize (B) critical (C) critic (D) criticism

9. Students who are admitted to York University will receive an _____ letter at the end of the month.

   (A) accept (B) acceptance (C) acceptable (D) to accept

10. We charge our members a _____ fee for the service.

    (A) nominate (B) nominal (C) nominally (D) nomination

11. The _____ time from Taichung to Taipei by train is about two hours.

    (A) approximate (B) approximately (C) approximated

    (D) approximation

12. Having engaged in internships is _____ an advantage for job seekers.

    (A) definition (B) definite (C) definitely (D) definitive

13. The entrepreneur is known for his _____ different management style.

    (A) distinct (B) distinctively (C) distinctive (D) distinction

14. Most employees in the office _____ the digital marketing workshop.

    (A) attention (B) attended (C) attentive (D) attentively

15. Several market analysts suggest that Pineapple Inc. should give _____ to product innovation.

    (A) priority (B) prior (C) prioritize (D) prioritized

● 解析

1. **Ans: (B)**，「先看空格後，後面只看名形動。再看空格前。」空格後面的 priced 可由 -ed 看出是動詞相關變化，因此空格選擇副詞。

   譯 我們向產品價格合理的廠商下訂單。

2. **Ans: (A)**，「先看空格後，後面只看名形動。再看空格前。」空格後的 about 不是「名、形、動」，因此看空格前。空格前的 seem 後面要加上形容詞，因此空格選擇形容詞。除了可以用詞綴判斷外，也可以由副詞選項 (B) 去掉字尾 -ly 後看出 (A) 是形容詞。

   譯 由於最近銷售量下降，總裁似乎對於把公司擴展到海外有些猶豫。

3. **Ans: (D)**，空格前面有形容詞 commercial（可由字尾 -al 判斷出來），因此空格填入「名詞」。選項沒有名詞詞尾，想到「動詞和名詞是同一個字」的情況。可由 (C) 判斷出 (D) 是動詞，而 (D) 也可以作名詞。

   譯 Mark Isenberg 在他的書中提到一些商業上業主該遵循的慣例。

4. **Ans: (B)**，空格後的 since 不是「名、形、動」，因此看空格前。空格前的 increased 可由 -ed 看出是動詞相關變化，因此空格選擇副詞。

   譯 自從這個成功的行銷活動，Forward 汽車公司最新的四門轎車的銷量大幅增加。

5. **Ans: (B)**，「先看空格後，後面只看名形動。再看空格前。」空格後的 energy「能源」 是名詞，因此空格選擇形容詞。要注意的是，選項 (A) 是名詞。

   譯 為了達到永續發展，政府鼓勵使用像是太陽能的可再生能源。

6. **Ans: (A)**，空格後的 and 不是「名、形、動」，因此看空格前。空格前的 their 是所有格，因此選擇名詞。

   譯 有幾位政客希望政府可以聽從他們的建議，並對這個新政策做修正。

7. **Ans: (D)**，空格後的 participate「參加」是動詞，因此空格選擇副詞。

   譯 為了將慈善融入公司文化，這個總裁鼓勵員工積極地參與公司慈善活動。

8. **Ans: (D)**，空格後的 about 不是「名、形、動」，因此看空格前。空格前的 public's 是所有格，因此空格選擇名詞。(C) 和 (D) 都是名詞，但 (D) 的語意「批評」較符合題目語意。

   譯 Laura 汽車公司的總裁尚未回覆大眾對於他計畫在保育區附近興建製造廠的批評。

9. **Ans: (B)**，空格後的 letter「信」是名詞，但空格不能填入形容詞 (C)，因為這題是考「複合名詞」"acceptance letter"「錄取通知書」，因此選擇 (B)。

   譯 被約克大學錄取的學生將會在月底收到錄取通知書。

10. **Ans: (B)**，空格後的 price「價格」是名詞，因此空格選擇形容詞。除了用詞綴判斷外，也可以由副詞選項 (C) 判斷出 (B) 是形容詞。

   譯 我們這項服務會對會員象徵性的收取一點費用。

11. **Ans: (A)**，空格後的 time「時間」是名詞，因此空格選擇形容詞。可以由副詞選項 (B) 判斷出 (A) 是形容詞。

   譯 從台中到台北搭火車的時間大約是兩小時。

12. **Ans: (C)**，這一題無法用「先看空格後，後面只看名形動。再看空格前。」看出答案。把空格遮住，可以發現就算沒有空格的字詞，整個句子依然通順，因此選擇副詞。

   譯 曾經參與實習對求職者而言絕對是一項優勢。

13. **Ans: (B)**，空格後的 different「不同的」是形容詞，因此空格選擇副詞。

   譯 這個企業家因為他特別不同的管理風格而聞名。

14. **Ans: (B)**，整個句子沒有動詞（沒有時態），所以可以推測空格是「主要動詞」。若看不出 (B) 是動詞，可以用刪去法。 (A) 是名詞，(C) 是形容詞，(D) 是副詞。

   譯 辦公室中大部分的員工參加了數位行銷的工作坊。

15. **Ans: (A)**，「先看空格後，後面只看名形動。再看空格前。」空格後的 to 不是「名、形、動」，因此看空格前。空格前的動詞 give「給」要加上一個受詞，因此空格選擇名詞選項。

   譯 有幾個市場分析家建議 Pineapple 公司應該將產品創新視為首要事項。

歡樂兒美補習班

相信你各位很多人小時候都有經歷過去兒美補習班上英文。兒美補習班有個很重要的重點是要讓孩子在快樂學習中培養出學英文的興趣。外師是兒美補習班的一大亮點，因為活潑的教學方式會吸引孩子喜歡上英文。

哥大概小學二、三年級的時候也去過兒美補習班學英文。記得我很喜歡一位女外師，她叫 Cat。她上課會帶很多遊戲。令哥到現在都無法忘記的遊戲是「吊死鬼背單字」的遊戲。Cat 會在心裡想一個剛剛教過的單字，然後她要我們猜她在想什麼。她會在白板畫一個吊刑台，如果我們猜的字母沒猜到，就會畫上一個人頭，如果再沒猜到，就再畫身體。如果最後 Cat 畫出一個完整的人形，我們就輸了。大概長這樣：

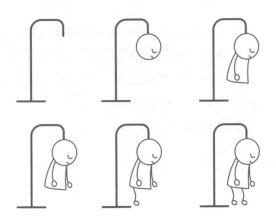

那個補習班會要求外師上課點名的時候順便問學生一個問題，增加學生練習口說的機會。我記得 Cat 每個禮拜問的問題幾乎都是 "How old are you?" ……嗯……現在想一想這方面有點混 XD……。我哥跟我上同一班，他英文不錯但喜歡耍小聰明。常常旁邊的同學回答不出來這個問題的時候，我哥會戴上暖男的面具，很熱心的幫旁邊的同學。

我哥：「你就跟著我唸就好了。I am...」
抓到浮木的同學：「I am...」
我哥：「one hundred...」
抓到浮木的同學：「one hundred...」
我哥：「years old...」
抓到浮木的同學：「years old...」

　　通常這些同學們回答完問題後，會露出鬆了一口氣的表情，殊不知自己上了賊船！然後我哥因為如此調皮，又喜歡下課後找 Cat 聊天，下場就是 Cat 會把他從腳舉起來。這一定要是孔武有力的人才能做到的，因為我哥很胖。我到現在還不明白，Cat 明明看上去身材苗條，到底怎麼做到的。……嗯……大概是舉重選手退休後來台灣教英文吧。

　　補習班下課前，家長會拿錄音機圍在 Cat 身邊，Cat 會把那一天講到的課文錄起來，讓孩子回去可以聽著複習。哥發現似乎從那時候，自己就會玩當老師的遊戲，總是會在家裡扮演 Cat，教空氣學生英文，然後玩累了就覺得該下課了，就會說 "Recording!（錄音）"，然後把課文也唸一次錄起來。嗯……原來長大後會當老師不是沒有原因的。哥現在想一想，以前還喜歡學老師改考卷，學老師寫分數（一個老師寫出好看的分數才是專業的！）也還好以前喜歡玩對空氣教書的遊戲，養成自言自語的習慣，不然現在台下學生常不理哥，哥早就玻璃心碎了。哈！

CH2 代名詞

　　英文中的代名詞可以分為「限定」和「非限定」兩大類。你各位可以參考下面的圖表：

> 限定 ：┌ 人稱代名詞
> 　　　　│ 指示代名詞 （this 、 that 、 these 、 those）
> 　　　　└ 關係代名詞 （CH8 會說明）
> 非限定 ： 不定代名詞

　　「限定」就是這個代名詞指的是特定的人事物。例如：

> **Jane is cute. I like her.**
> Jane 很可愛，我喜歡她。

　　這個例句中的「人稱代名詞」 her 指的就是前一個句子的 Jane。

　　相反的，「非限定」就是這個代名詞沒有指特定的人事物。例如：

> **I don't have a pencil. Could you lend me one?**
> 我沒有鉛筆。你可以借我一枝嗎？

　　這個例句中的「不定代名詞」 one 代替的是「一枝筆」。這個代名詞並沒有指特定的哪一枝筆，所以「不定代名詞」是「非限定」的代名詞。

　　圖表中的「關係代名詞」在 CH9 形容詞子句的章節會探討，所以這個章節，哥就把重點放在「人稱代名詞」、「指示代名詞」和「不定代名詞」。

I 人稱代名詞

哥在這裡先假設你各位對這個表格不陌生：

人稱		主格	受格	「所有格」相關概念		反身代名詞
				所有格	所有格代名詞	
單數	1	I	my	my	mine	myself
	2	you	your	your	yours	yourself
	3	he	his	his	his	himself
		she	her	her	hers	herself
		it	its	its	its	itself
複數	1	we	our	our	ours	ourselves
	2	you	your	your	yours	yourselves
	3	they	their	their	theirs	themselves

除了「人稱」（例如 I 和 we 為第一人稱）、「性別」（he「他」、she「她」）之外，人稱代名詞的主要重點就是「格位」的用法。你各位在了解格位的時候，要把重點放在每個格位在句中的位置。哥以下就把每個格位的重點跟你各位快速說明：

(I) 主格

主格放在「動詞前」。例如：

I kiss Mary every day.
我每天親 **Mary**。

這個例句的 kiss 是動詞，因此前面的人稱代名詞要放「主格」的格式。

(II) 受格

受格要放在「動詞後」或「介系詞後」。例如：

Mary is cute, so John kisses **her** every day.
Mary 很可愛，所以 John 每天親她。

Mary is cute, so John goes to school with **her** every day.
Mary 很可愛，所以 John 每天跟她去學校。

這兩個例句中，第一句的 kisses 和第二句的 with 分別是「動詞」和「介系詞」，所以後面的人稱代名詞要放「受格」的格式。

(III)「所有格」相關概念

這個概念包括「所有格」和「所有格代名詞」。「所有格代名詞」的概念在正式多益考試中，哥印象中好像沒有出現過，不然就是次數少到哥忘記出現過。所以「所有格代名詞」的重點可以放在了解概念後用來理解語意就好。不過要知道哪一些單字是「所有格代名詞」，因為「所有格代名詞」常會放在選項裡混淆視聽。

1. 所有格

● 「所有格」表達「擁有」的概念，例如 my（我的）、his（他的）。所有格要加上「名詞」。例如：

The manager has approved **my** proposal.
經理已經核准了我的提案。

這個例句裡的 proposal 是名詞，所以前面的人稱代名詞要放「所有格」的格式。

● 所有格有一個片語──"on one's own"，表示「獨自」的意思。例如：

I am assigned to complete the task **on my own**.
我被指派要獨自完成這項任務。

● 多益的文法題也常出現「搭配字詞」的概念。所有格後面常會加上 own 來更加強調「所有權」的概念。例如：

> I want to have a car of **my own** at the age of 30.
> 我想要在三十歲的時候擁有自己的車。

　　「所有格 + own」也可以強調其他概念，但這裡就不再深入的探討了。

2. 所有格代名詞 〈 多益不常考的重要觀念！！ 〉 〈 700 分以上看一下 〉

　　先來解釋一下「所有格代名詞」怎麼來的。咱們來看下面這個句子：

> John's car is red, and my car is blue.
> John 的車是紅的，而我的車是藍的。

　　你各位有發現有哪個字重複了嗎？不要跟我說是 is，哥問的是哪個「名詞」重複了。對的，car 重複了。因此，要想個方式把的二個 car 替換掉但是又要表達是「我的」車。因此，my car（所有格＋名詞）就可以寫成 mine（所有格代名詞）。哥再把重點強調一次：

> ## 所有格 ＋ 名詞 ＝ 所有格代名詞

　　很多人分不清楚「所有格」和「所有格代名詞」的區別。經過哥的解釋，你就可以知道**所有格後「要」加上名詞**；但是所有格代名詞本來就已經表包含所代替的名詞了，因此**所有格代名詞後面「不能」再有名詞了**。

哥提供你個小撇步

　　這裡哥提供你一個比較容易記起來的方法：

● 「所有格」：雖然哥不喜歡這樣解釋，但上課的時候發現這樣說好像學習者比較容易記起來。你各位就把所有格看作跟「形容詞」一樣，後面要加個名詞。但記得喔，所有格跟形容詞是完全不同的兩個東西。

● 「所有格代名詞」：你仔細觀察這個中文名稱。哥問問你，「所有格代名詞」是「所有格」還是「代名詞」？很難回答對不對，那哥在問你，「雲豹」是「雲」還是「豹」？當然是「豹」才是重點，對嗎？

　　用這個觀察名稱的方法來看，「所有格代名詞」的重點是「代名詞」，也就是「名詞」。名詞後面基本上就不會再加上名詞了。只不過「所有格代名詞」是個「包含所有格概念的代名詞」。

哥再用一個例句來加深你的印象：

If your computer is out of order, you can use **mine**.
如果你的電腦故障了，你可以用我的。

這個例句的 mine 就是「所有格代名詞」，指的就是「我的電腦」my computer。

(IV) 反身代名詞

「反身代名詞」就是「自己」的意思，例如「我自己」myself、「我們自己」 ourselves。在多益考試中，反身代名詞要注意三個重點：

1. 反身代名詞的位置跟受格一樣，也是放在「動詞後」或是「介系詞後」。
  例如：

My manager <u>considers</u> **himself** to be a responsible supervisor.
我的主管認為自己是個負責的主管。
The child talks to **himself** every now and then.
這孩子時不時地會跟自己講話。

例句裡的 considers 和 to 分別是「動詞」和「介系詞」，所以後面可以加上反身代名詞。

哥剛剛提到「受格」和「反身代名詞」都是放在「動詞後」或是「介系詞後」，你會想問我什麼問題嗎？……該不會在你各位腦裡的問題是「哥今年幾歲」吧……？不要問，你會怕！

如果「受格」和「反身代名詞」在句子中位置一樣，那兩者差別是什麼呢？或者你可能更在意的是，如果選項同時出現「受格」和「反身代名詞」，該怎麼選擇呢？先給你各位一個簡潔有力的判斷方法。其實用中文念念看就好了。多益的考題出題謹慎，語意會很明確。因此你各位可以試著把題目翻成中文，空格的部分帶入「自己」語意比較通順的話，可以更確定答案是「反身代名詞」。不過哥這裡再提供一個很文青的判斷方法，你各位欣賞一下。先看看下面這兩個句子：

> **John argued with Mary, and Mary hit him**
> John 跟 Mary 爭吵，然後 Mary 打了他。
>
> **John hit himself.**
> John 打了他自己。

　　第一個例句中的「受格」him 指的是前一個句子的 John ，如下面美美的圖示：

> John argued with Mary, and Mary hit **him**.

　　而第二個和第三個例句中的「反身代名詞」指的是同一個句子的 John，如下圖：

> John hit **himself**.
>
> I asked John to take care of **himself**.

　　所以這裡得到一個結論：「**受格**」的指涉對象在<u>不同的句子</u>；「**反身代名詞**」在一句話中當受詞的時候，指涉對象會在<u>同一個句子</u>。

　　這個結論的最大重點是「不同的句子」和「同一個句子」。

2. 在多益考試中，會看到反身代名詞的一個重要片語──「**by ＋ 反身代名詞**」表示「靠自己」。例如：

> **I have to complete the task by myself.**
> 我必須靠自己完成這項任務。

　　表達這個片語的時候 by 可以省略，因此這個例句也可以寫成：

> **I have to complete the task myself.**

3.「反身代名詞」可以加在「名詞」後面強調，當然，這個反身代名詞可有可無。例如：

> The president welcomed the new hires at the meeting.
> 總裁在會議中歡迎新進人員。

如果你想強調是總裁「親自」做這件事情，就可以在「名詞」"The president" 後面加上「反身代名詞」來強調這個名詞：

> The president **himself** welcomed the new hires at the meeting.
> 總裁在會議中歡迎新進人員。

以上就是要考多益一定要知道的「人稱代名詞」的精華重點嚕！你各位可以一氣呵成先翻到 **Part 2** 來看「人稱代名詞」在解題時候的重點和技巧。

你各位有沒有曾經有這種感覺，就是英文的人稱代名詞真是麻煩，除了要分「性別」之外，還要分「格位」，哪像中文多方便，例如「我」，不管在主格或受格都用「我」。但哥跟你說，英文的變化算少得了，很多歐洲語言不只「人」有分性別，連「物體」也有分性別！！有一位在德國工作過的朋友跟我分享，德國的蛋糕如果沒有奶油是男的，有奶油的是女的！！所以在溝通的時候就要用正確的人稱代名詞來稱呼。

II 指示代名詞

指示代名詞是從「指示詞」來的。指示詞的「指」就是「手指」。指近的東西是「這個、這些」，指遠的東西是「那個、那些」。指示詞有「限定」的概念，例如「這本書」或「那枝筆」指的是特定的書和筆。指示詞後面會加上名詞，但如果不影響溝通，就可以把後面的名詞省略，指示詞就成了代名詞，所以稱呼為「指示代名詞」。這個概念應該有些人不陌生，不過別忽略重點概念，指示代名詞在多益的「句子填空」題型很重要喲！哥就跟你快速整理：

1. this（這個）、 these（這些）

● 後面加名詞的時候，「this +『可數單數名詞』或『不可數名詞』」而「these
　+ 可數複數名詞」。因此當作代名詞的時候，this 代替單數名詞或不可數
　名詞，而 these 代替可數複數名詞。例如：

> A: I've got some flowers for you.　我有一些花要給你。
> B: Thanks! The flowers are so pretty. I will give **these** to my mother
> 　as a gift for Mother's Day.
> 　謝謝！這些花好漂亮。我會把這些給我媽媽當作母親節禮物。

　　這個例子中，小氣的 B 說的 these 就是代替前一句的 the flowers。

　　哥查到有一名網紅所做的統計數據，發現媽媽們在母親節最不想收到的
禮物是花！你各位猜猜看媽媽們最想都到的禮物是什麼，這個禮物真的是禁
得起時代的考驗，而且不分年齡都愛的！沒錯，就是錢！

2. that（那個）、 those（那些）

● 後面加名詞的時候，「that +『可數單數名詞』或『不可數名詞』」而
　「those + 可數複數名詞」。因此當作代名詞的時候，that 代替單數名詞
　或不可數名詞，而 those 代替可數複數名詞。例如：

> Don't take the money on the table. **That** doesn't belong to you.
> 不要拿桌上的錢。那不是你的。

　　這個例子的 that 代替前一句話的不可數名詞 money。

● those 當作代名詞的時候，如果沒有上下文，指的是「那些人」。例如：

> **Those** who intend to apply for the scholarship have to submit an
> application form online.
> 想要申請獎學金的人必須在網路上繳交一份申請表單。

　　這個例句沒有上下文，those 後面又沒有加上名詞，表示是當作「代名
詞」使用，那 those 就是指「人」。

III 不定代名詞

　　大部分的不定代名詞，本來後面可以加上名詞，但因為溝通不會影響，因此可以把後面的名詞省略，於是就變成了代名詞。你各位可以先把不定代名詞想成本來是形容詞，所以後面會加上名詞。可以這樣理解，但是要知道不定代名詞跟形容詞是不一樣的喔……，然後你各位有沒有覺得其實剛剛提到的「指示代名詞」也是這樣的……。

　　會稱呼為不定代名詞是因為這類的代名詞沒有限定的概念。以下哥把多益中常看到的不定代名詞跟你各位講解一下：

> 　　等一下會提到的不定代名詞種類很多，你各位要把重點放在下面這幾點：
>
> **1.** 當形容詞的時候，後面是加上「單數名詞」、「複數名詞」、「不可數名詞」？
> **2.** 當不定代名詞的時候，是代替「單數名詞」、「複數名詞」、「不可數名詞」？
> **3.** 要注意有的有些代名詞意思相近，而區別是一個代替「兩者」，另一個是代替「三者或以上」。

(I) one

1. one 是代替可數單數名詞。例如：

> Jane: Do you want some apples? 你要些蘋果嗎？
> Kate: Yes. Please give me **one**. 好的。請給我一顆。

　　Kate 的句子的 one 代替的就是「一顆蘋果」one apple。而 one 沒有特別指哪顆蘋果，因此是「不定代名詞」。

Three of the students in the photo are Kevin's children.
這張照片中的三個學生有三個是 Kevin 的小孩。

這個例句的 Three 代替 "three students"，因此 three 也是不定代名詞。

(II) each

● each 是「每一個」的意思，後面加名詞是加上「可數單數名詞」。

● each 當作代名詞的時候，也是單數，因此**後面搭配的動詞字尾要加上 s**。

Each of the employees <u>was</u> responsible for one booth at the job fair last weekend.
每個員工在上週末的就業博覽會都負責一個帳篷。

● every 也是「每一個」，後面也是加上「可數單數名詞」。但 every 不能夠當作代名詞使用（every 後面一定要加上一個「名詞」）。因此剛剛的句子**不能**寫成：

✕ **Every** of the employees was responsible for one booth at the job fair last weekend.

這個句子是錯的！

● "each other" 表示「互相」。例如：

Don't talk to **each other** in class.
在課堂中不要互相交談。

(III) another

1. another 是「另一個」的意思，本來後面可以接「單數可數名詞」。例如：

I can't lift the heavy box by myself. I need **another** <u>person</u> to help me.
我無法獨自抬起這個箱子。我需要另一個人幫我。

2. another 當作代名詞的時候，代替「單數可數名詞」。你各位就這樣記：
another 本來後面接「單數可數名詞」，因此當作代名詞的時候也是代替
「單數可數名詞」。例如：

This pen is out of ink. Could you lend me **another**?
這枝筆沒水了。你能借我另一枝嗎？

　　這個例句的「另一枝」another 指的就是「另一枝筆」another pen，而
且並沒有限定是要哪一枝筆，因此例句的 another 就是「不定代名詞」。

　　每次說到文具，哥就會想到小時候很愛很很精緻然後貴森森的文具，例
如很細很短但是很可愛的自動鉛筆，一枝好像要 60 元，但是因為很細很短，
所以其實不好寫。還有「搖搖筆」也是哥的最愛。然後小學開學前一定要媽
媽帶我去書局買「哈比書套」，還要雙層的那一種。不曉得你各位有沒有很
有共鳴。這本書是滿滿的回憶殺，其實哥這本書提到的文法也是國高中的英
文回憶殺，只是你各位可能忘記了而已。別緊張，哥最厲害的就是喚起記憶！

(IV) other
　　依照哥的經驗，很多學習者對 other 的使用方法比較模稜兩可，例如「什
麼時候用 other ，什麼時候用 others 」等。以下跟哥一次搞清楚 other 的使
用方法，就不用抱著矇矇看的心態了。

1. other 是「其他的」的意思，後面加上「可數複數名詞」或是「不可數名
詞」。例如：

This item is currently unavailable in our store. You can try **other**
stores.
這個商品目前在我們店裡買不到。你可以去其他家店看看。

> Please provide me with **other** information.
> 請提供我其他資訊。

　　第一個例句的 other 加的是「可數複數名詞」stores，而第二個例句的 other 加的是「不可數名詞」information。

　　不過在這裡，你各位要先記得「other ＋可數複數名詞」，因為等一下的重點是從這裡延伸的，而且這個也是多益的重點。

2. 既然 other 有個用法是「other ＋可數複數名詞」，other 當作代名詞的時候，代替「可數複數名詞」，而且要**寫成 others**。你各位就這樣記，other 本來後面接「可數複數名詞」，因此當作代名詞的時候也是代替「可數複數名詞」，然後因為代替的是名詞複數，因此 **other 當作代名詞時要加上 s ，寫成 others**。例如：

> Some students go to school on foot, and **others** go to school by bus.
> 有些學生走路上學，有的坐公車上學。

　　這個例句中的 others 就是代替 "other students"。

　　此外，如果要有「限定」概念的話，可以加上 the ，寫成 "the others"。

　　這裡哥要提醒你各位，**other 後面接名詞的時候，不能加上 s** ，例如 "the others students"；other 當作代名詞的時候，主要都代替複數名詞，因此 **other 當作代名詞時要加上 s ，寫成 others**。

哥提供你個小撇步

　　還記得哥一開始的時候就有提到這些不定代名詞本來大部分後面都能加上名詞，所以可以看作是「形容詞」的用法嗎？這裡派上用場了：
● 「other ＋可數複數名詞」的用法時，other 後面加上名詞，因此 other 是「形容詞」，形容詞不會加上 s，例如你沒有看過 "beautifuls girls"，對嗎？有看過的話哥就把書吞給你看。（⋯⋯愛下賭注的作者⋯⋯）

所以「other ＋可數複數名詞」的時候，**other** 不會加上 **s**，因為形容詞不會加上 **s**。但是哥要再三強調 other 絕對不是形容詞喔，只是這樣思考，好像學習者比較好理解。

● others 是「代名詞」，就是「名詞」。名詞後面就不會再加上名詞了。例如 "the others ~~students~~"。

　　不過你各位一定有人看過 other 當作代名詞的時候沒有加 s。是的，你沒記錯，以下哥來跟你聊這個用法。不過先說，這個用法雖然生活種蠻實用的，但不常在多益考題看到，所以不想搞混的話可以先略過以下這個框框部分。

　　other 也會出現在一個用法，這個用法的先決條件是「有固定的範圍」，並且描述範圍中的個體，描述到最後剩下的個體，如果剩下一個就是 "the other" 表達，如果剩下兩個以上則是複數，可用 "the others" 表達。用 A、B 兩種狀況來舉例：

A.

There are three images in the picture. One is a circle. Another is a square. **The other** is a triangle.
這個圖片裡有三個圖像。一個是圓形。另一個是正方形。還有一個是三角形。

　　首先，這個句子有個限定範圍，就是在討論這張圖片。接著開始描述範圍裡面的個體，也就是圖片裡面的圖像。說到了圓形和正方形後，剩下「三角形」，而且剩下一個，所以用 "the other"。

　　你各位有注意到這裡的 "the other" 是代名詞，但沒有加上 s 嗎？不過要符合這樣的使用情況喔！

B.

There are four images in the picture. One is a circle. Another is a square. **The others** are triangles.

這個圖片裡有四個圖像。一個是圓形。另一個是正方形。還有兩個是三角形。

　　這個句子同樣有個限定範圍，就是在討論這張圖片。接著開始描述範圍裡面的個體，也就是圖片裡面的圖像。說到了圓形和正方形後，剩下「三角形」，而且剩下兩個，是複數，所以用 "the others"。

　　這個概念在生活中很實用喔，例如你有三個朋友，然後跟對方描述每位朋友做什麼職業，就可以這樣來描述：

I had three friends in senior high. One became a teacher. Another became a diplomat. The other became a singer.

我在高中時有三個朋友。一個成為了老師，一個成為了外交官。還有一個當了歌手。

　　瞧，這個例句範圍就有限定了，哥聊高中時的那三個朋友，並且分別描述三個人的狀況，一個是老師，一個是外交官，剩下一個，所以用 "the other"。

　　不過哥真的有一位同學變成了歌手，而且得過金曲獎喔！他很有才華，作詞作曲都行。哥跟他很有緣，國小同班過、國中隔壁班，高中又同班一年，但是跟他一點都不熟，哈，因為哥太孤僻了。你各位可以猜猜看是哪個歌手。

3. other 其他常見用法

● "each other" 表示「互相」，用法跟 "one another" 一樣。

● 「every other + 單數名詞」表示「每兩個有一個」或是「每隔一……」。

例如：

We hold a seminar every other year.
我們每兩年舉辦一場研討會。

(V) any

　　any 表示「任何」，你各位一定對這個字詞不陌生，但用法可能不是很清楚。any 後面可以加上「不可數名詞」、和「可數名詞單複數」，例如：

Do you have **any** pens?
你有筆嗎？

I don't have **any** information about the company.
我沒有任何關於這家公司的資訊。

　　這兩個例句中，第一句的 any 後面加上「可數名詞」，第二句則是加上「不可數名詞」。

● 因為 any 可以加上「不可數名詞」和「可數名詞」，所以 any 作不定代名詞的時候，可以代替「不可數名詞」和「可數名詞」。例如：

The company president didn't respond to **any** of the questions
mentioned by the specialist.
這個公司總裁在記者會中並沒有回覆任何這個專家提出的問題。

　　這個例子中，any 就是代替 "any questions"。

　　那 any 什麼時候會加上「單數名詞」呢？
　　哥這裡先不聊這個用法了。你各位先把 "any" 的重點放在剛剛提到的內容。

(VI) either

　　這個字是「兩者中任何一個」的意思。有些人對這個字當作代名詞的用法比較不熟悉，哥來跟你說明：

● either 後面加名詞的時候，要加「可數單數名詞」，例如：

Either <u>candidate</u> is qualified for the position.
這兩名求職者任何一位都有資格承接這個職位。

● 當作「代名詞」時，either 代替「可數名詞」，而且要注意 cithcr 表達「兩者中任何一個」，因此當作不定代名詞時**代替的名詞的總數一定只有兩個**。
例如：

A: Would you like to have a cup of tea or coffee?
你想喝杯茶或咖啡嗎？
B: **Either** will do. Thanks!
哪一個都行。謝謝！

　　B 提到的 either 代替的就是「茶或咖啡任一」。

(VII) both, all

　　Both 和 all 都是表達「都」的概念，但是要注意兩者在用法上的差異：

both

● 意思是「兩者都」，所以後面接「可數複數名詞」。例如：

Please bring a red pen and a blue pen because you will need **both** colors to take notes.
請帶一枝紅筆和一枝藍筆，因為兩種顏色你都會需要來做筆記。

● 當作「代名詞」時，both 代替「可數名詞」，而且要注意 both 表達「兩者都」，因此當作不定代名詞時**代替的名詞的總數一定只有兩個**。例如：

There are two qualified candidates for the position, and **both** have 10 years of related working experience.

有兩位符合這個職位資格的人選，這兩位都有十年的相關工作經驗。

這個例子中，both 就是代替前一句的 "two qualified candidates"。全部就是「兩位」人選，因此要用 both，不能用 two 喔！

因為哥是如此貼心的人，這裡放個句子供你各位參考：

There are ten qualified candidates for the position, and **two** have 10 years of related working experience.

有十位符合這個職位資格的人選，有兩位有十年的相關工作經驗。

在這個例子中，two 就是代替前一句的 "qualified candidates"。因為有「十位」人選，因此要用 two，不能用 both。

all

● 意思是「全部都」，後面可以接「不可數名詞」或「可數複數名詞」。而且你各位要留意的是，all 後面如果加上可數名詞，名詞的總數一定要是三個或是以上。例如：

All equipment should be used with caution.

所有器材都應該小心使用。

This lotion is good for people of **all** ages.

這乳液對各年齡層的人都是好的。

這兩個例句中，第一句的 all 後面加上「不可數名詞」equipment（equipment 是「不可數名詞」喔！）；第二句的 all 後面加上「可數名詞」ages。「各年齡層」不是只有兩種年紀，因此要用 all 而不是 both。

● 當作「代名詞」時，all 代替「不可數名詞」或「可數名詞」，而且哥再提醒你各位一次，all 當作不定代名詞時<u>**代替的名詞的總數是三個或三個以上**</u>。例如：

All of the money raised will be distributed to several charities.
所有募款得到的錢將會分配給幾個慈善機構。

All of my family members enjoy traveling.
我的家人們都喜歡旅行。

　　這兩個例句中，第一個例句的 all 代替不可數名詞 money；第二個例句的 all 代替可數名詞 "family members"。你各位要注意第二句這樣寫，表示家庭成員總共不只兩個人。

(VIII) neither, none
　　這兩個字是表達「都不」的意思，來瞧瞧哥替你整理的重點：

neither
● 意思是「兩者都不」。
● 當作「代名詞」時，neither 代替「可數名詞」，而且要注意 neither 表達「兩者都不」，因此當作不定代名詞時代替的名詞的總數一定只有兩個。例如：

Neither of my parents enjoy reading novels.
我爸媽都不喜歡讀小說。

　　在這個例子中，「爸媽」總共就兩個人，所以可以用 neither。哥再嘮叨一點就好了，剛剛提到 neither 就是 not either，所以 neither 就已經自帶否定了，句子就不能再有 not。所以剛才的例句不能是這樣：

Neither of my parents doesn't enjoy reading novels.
　　　　　　　　　　　　➤ 醬寫是錯的喔！

none

● none 當作代名詞的時候，表示「都不」或「任何一個都不」，代替的是「不可數名詞」或「可數名詞」，代替「可數名詞」的時候，**代替的名詞的總數是三個或三個以上**。例如：

> There were many novels on the bookshelf, but **none** of them interested me.
> 書架上有很多本小說，但沒有任何一本讓我有興趣。

　　跟剛剛的 neither 一樣，none 就已經自帶否定了，句子就不能再有not。

(IX) 有些「量詞」也能當作「不定代名詞」

　　在 CH1「詞性判斷」跟你各位聊「名詞」的時候有提到「量詞」，例如 many 和 some 等等。有些量詞也可以當作不定代名詞，當作代名詞的時候，也要符合這些字詞用在可數名詞或不可數名詞的用法。例如：

> Many people had registered for the seminar, but only **few** were present.
> 很多人報名參加這場研討會，但只有少數的人出席。

　　這個例句的 few 代替的就是 few people。因為 people 是可數名詞，所以要用 few 代替，不能用 little。

　　哥再來個例句：

> We need more paper to make copies. Please put some into the copy machine.
> 我們需要更多紙來影印。請放一些到影印機。

　　這個例句的 some 是代替 some paper。some 加上名詞的時候，可加上「可數名詞」或「不可數名詞」，因此當作代名詞的時候，也是代替「可數名詞」或「不可數名詞」。

　　這個章節的重點就是 **Part 1** 中提到的「人稱代名詞」和「不定代名詞」的使用，哥這裡就不用題型來分類，而是分別把這兩種代名詞特別注意的事情，和考題解法報呼你哉。「指示代名詞」考得不多，而且重點會是在「句子填空」的題型，所以哥這裡就不特別聊指示代名詞的題目了。

人稱代名詞 ★★★★★

　　多益考題中，「人稱代名詞」的題目常常會有兩三題，很好拿分的。如果粗心錯的話，真的會氣到想剁手手啊！你各位都已經了解 **Part 1** 中提到的「人稱代名詞」各種格位的使用時機的話，這裡哥要跟你各位聊聊答題時的重點：

1. 雖然每種格位在考題中都有可能出現，但哥發現多益很喜歡考所有格。因此建觀察題目的步驟是**先檢查空格後面有沒有「名詞」**，如果空格後面是名詞，那答案是所有格。**如果空格後不是名詞，就看空格前面的環境。**

　　對了，哥一定要提醒你，不要單純的以為「名詞」就是只有名詞那一個單字喔。多益很喜歡在名詞前面加上形容詞，「形容詞 + 名詞」整個解構也是名詞，空格也是要寫「所有格」。例如這個例題：

> The manager threw a party for Mr. Mario to celebrate _____
> outstanding sales performance.
> (A) him (B) his (C) he (D) himself

　　這個例題中，空格後面的 "outstanding sales performance"，就是「形容詞 + 名詞」，整體還是要看作「名詞」，因此要選擇所有格的選項 (B)。這個題目完整句子如下：

> The manager threw a party for Mr. Mario to celebrate his
> outstanding sales performance.
> 這個經理為 Mario 先生舉辦一場派對來慶祝他傑出的業績。

此外，會提醒你各位「如果空格後不是名詞，就看空格前面的環境」是因為哥看過很多朋友粗心錯了下面這種題目而懊悔：

I like my teachers. Some of _____ are humorous.
(A) they (B) them (C) their (D) theirs

對英文不是那麼熟悉的話，可以跟著哥的步驟解題：空格後面不是名詞，因此不能選擇所有格的 (C) 選項。空格後不是名詞就往空格前看。空格前面有介系詞 of，介系詞後面要加上受格，因此選擇 (B)。這個題目完整句子如下：

I like my teachers. Some of them are humorous.
我喜歡我的老師。他們之中有的人很幽默。

有些人這個題目會粗心錯是因為看到空格後是動詞 are 馬上想到動詞前面加上主格，於是選擇 (A) 就可惜了。所以你各位一定要小心點，這一題可能就跟金色證書擦身而過了啊啊啊啊啊！……我是愛嚇人的作者，哈！

2. 雖然你各位可能對「所有格代名詞」不熟悉，這個概念在多益也真的考很少。不過，一定要熟記那些單字是所有格代名詞，因為在選項中常出現，有些朋友會把「所有格代名詞」的選項和「所有格」的選項搞混。

3. 有些朋友對「反身代名詞」的用法較不熟悉，尤其是「反身代名詞放在名詞後面強調」這個用法，要多留意。在 Part 1 也有跟你各位提到這個用法只是強調用，所以可有可無，意思就是這個空格就算沒有，整個句子也是完整的。因此，**當你各位發現空格在名詞後面，而且空格可有可無，就放心大膽地選反身代名詞。**

● **Practice 不定代名詞**

1. The conference coordinator told me that he could help _____ arrange transportation.
   (A) ours (B) our (C) we (D) us

2. At Ms. Watson's retirement party, the president granted her a plaque to appreciate _____ 30-year contribution.

   (A) her (B) hers (C) she (D) herself

3. At first, Mr. Harrison didn't consider Ms. Kilmet eligible for the position, but now _____ is quite certain that she is competent at her job.

   (A) him (B) himself (C) he (D) his

4. Since the company is currently understaffed, every staff member has to pick up extra shifts, including the manager _____

   (A) her (B) herself (C) hers (D) she

5. Most of the people surveyed said they weren't satisfied with their income and that they couldn't afford to buy their _____ houses.

   (A) others (B) many (C) own (D) a lot of

6. Although it was not the driver's fault, he driver still blamed _____ for the accident.

   (A) himself (B) he (C) his (D) him

7. Please provide the new employees with sufficient assistance because they may not be able to get the project done by _____ .

   (A) them (B) theirs (C) themselves (D) their

8. The manager needs your laptop to make a presentation to the board, and in the meantime, you can use _____ if necessary.

   (A) I (B) me (C) mine (D) my

● 解析

1. **Ans: (D)**，先看空格後面是動詞，不是名詞，因此看到空格前面的 help，就要選擇受格選項 (D)。再次提醒你各位不要因為空格後面是動詞，就直接選擇主詞喔！

   譯 會議籌辦者告訴我他可以幫我們安排交通。

2. **Ans: (A)**，空格後面 "30-year contribution" 是名詞，因此選擇所有格選項 (A)。

譯 在 Watson 小姐的退休派對上，總裁給她一塊匾額來感謝她三十年來的貢獻。

3. **Ans: (C)**，空格後面是動詞，但先檢查空格前面，連接詞 but 後會連接一個句子，句子第一個字是主詞，因此空格確定要選擇主格選項 (C)。

    譯 一開始，Harrison 先生不認為 Kilmet 小姐有資格擔任這個職位，但現在他相當確定她能勝任她的工作。

4. **Ans: (B)**，空格前面有名詞 manager，可以想到「名詞後面加上反身代名詞強調」的概念，而且這個空格可有可無，更可以確定是考這個概念，因此選擇 (B)。

    譯 因為公司目前人員短缺，每位員工必須多輪班次，包括經理本身。

5. **Ans: (C)**，觀察選項可能會認為是在考單字，但空格前有所有格 their，所有格後面可以加上 own，而且語意也符合，因此選擇 (C)。

    譯 接受調查的人之中，絕大部分說他們不滿意自己的收入而且他們無法買得起自己的房子。

6. **Ans: (A)**，空格在動詞 blamed 的後面，因此空格可以選擇「受格」或「反身代名詞」。但這個空格指的就是同一個句子的主詞，因此因該選擇「反身代名詞」。此外，從語意的角度來看，前一句提到「不是駕駛的錯」，下一句應該是「駕駛仍然責備自己」，因此更可以確定要選擇「反身代名詞」的選項 (A)。

    譯 雖然不是駕駛的錯，但駕駛還是為了這場意外責怪自己。

7. **Ans: (C)**，看到空格前的 by，並且確認語意是「靠自己」可以確定應該選擇「反身代名詞」的選項 (C)。

    譯 請提供新員工足夠的協助，因為他們可能無法靠自己完成這項專案。

8. **Ans: (C)**，空格後面沒有名詞，因此不能選擇所有格。空格前有動詞 use，文法上可以選擇受格，但語意不搭（選擇 (B) 就是「你可以使用我」，怎麼有令人想像的空間……）。因此可以考慮「所有格代名詞」，也就是選項 (C)，「所有格代名詞」是「所有格 + 名詞」，這裡的 mine 是指 "my laptop"。

    譯 經理需要你的筆電來向董事會做簡報，在此期間，如果必要的話，你可以用我的筆電。

「所有格代名詞」是很常用到的概念，但以多益的正式考題而言真的很少出現。哥當然希望你能了解這觀念，但如果讀英文對你是到有點痛苦的地步的話，那先跳過「所有格代名詞」的題目吧！

不定代名詞 ★★★★

如果你有好好看哥在 Part 1 跟你各位提到的不定代名詞，哥以下跟你提到的重點，你會很清楚哥在說什麼。來瞧瞧吧：

1. 一開始跟你各位提到可以先把不定代名詞看作是形容詞，因為大部分的不定代名詞後面原本可以加上名詞的。因此，要留意不定代名詞後面加的名詞是要加「可數名詞單數」、「可數名詞複數」還是「不可數名詞」。
2. 這個不定代名詞是代替「可數名詞單數」、「可數名詞複數」還是「不可數名詞」。例如，some 可以代替「可數名詞複數」或是「不可數名詞」；another 作代名詞時是代替「可數名詞單數」。
3. 如果不定代名詞是主詞時，要注意「主詞動詞搭配」，也就是「現在式的情況下，主詞是單數時，動詞要搭配加上 s」。
4. 要特別注意「兩者」或「三者或三者以上」的區別。例如，both 是「兩者都」，而 all 指的是「三者或三者以上都」。因此 both 作代名詞時代替的名詞的總數一定只有兩個，而 all 作代名詞時代替的名詞的總數是三個或三個以上。……有沒有發現這句話被複製貼上很多遍……。
5. 熟悉 other 的用法。到底什麼時候要用 other，什麼時候用 others 要清楚。

● Practice 不定代名詞

1. Sanderson Image designed two logos for our corporation, and _____ fit our corporate spirit.

    (A) both (B) none (C) all (D) other

2. We make certain that _____ product undergoes the procedure of quality inspection before they are shipped to distributors.

    (A) some (B) both (C) other (D) each

3. Two scholars were invited to present at the biotechnology seminar, but
    _____ turned down the invitation because they had to attend other
    academic conferences on that day.
    (A) every (B) all (C) other (D) both

4. Twenty undergraduates attended the internship program, and _____
    of them showed interest in applying for a position in our company.
    (A) some (B) every (C) both (D) neither

5. Although Mr. James put forth many ideas about marketing the new
    product, _____ were considered feasible by his supervisor.
    (A) either (B) few (C) all (D) neither

6. Employees are not allowed to chat with _____ during the meeting.
    (A) other (B) one another (C) no (D) every

7. Two interns were hired after their internship. One had a degree in
    biotechnology, and the _____ had a degree in chemistry.
    (A) one (B) another (C) other (D) each

● 解析

1. **Ans: (A)**，第一句話提到 "two logos"，因此最適合搭配 (A) both ，因為
   (B) 和 (C) 都是代替三者或三者以上，而 (D) other 除了語意不搭之外，後
   面會加上名詞。

   (譯) Sanderson Image 公司為了我們公司設計了兩款標誌，這兩款標誌
   都符合我們的企業精神。

2. **Ans: (D)**，空格後面有可數單數名詞 product，因此不能選擇 (A) 和 (B)。
   (C) other 之後要加上複數名詞。

   (譯) 我們確認每個產品在被運送到經銷商之前經過品質檢查的程序。

3. **Ans: (D)**，第一句話看到 two scholars，因此不能選擇 (B) all ，因為總
   共只有兩位學者。(A) every 不能當作代名詞，而 (D) other 除了語意不
   搭之外，後面會加上名詞。

   (譯) 兩位學者被邀請在這個生物科技研討會發表演講，但兩位都婉拒邀
   約因為兩位在那一天都要參加其它學術會議。

4. **Ans: (A)**，看到 "twenty undergraduates"，因此不能選擇 (C) 和 (D)，因為這兩個選項會用在名詞總數是兩個的情況。

    譯 二十名大學生參加了實習計畫，有些人有興趣申請我們公司的職缺。

5. **Ans: (B)**，第一句話看到 "many ideas"，因此不能選擇 (A) 和 (D)，因為這兩個選項會用在名詞總數是兩個的情況。此外，(A) either 作主詞時是單數，不能搭配 were。(C) all 則是語意不搭。

    譯 雖然 James 先生提出了很多行銷新產品的建議，只有少數被他的主管認為是可行的。

6. **Ans: (B)** 可以先從語意判斷選出 (B) one another 「互相」。 其他三個選項後面都要加上名詞才會合乎文法。

    譯 員工不被允許在會議間互相交談。

7. **Ans: (C)**，第一句話已經侷限了一個範圍在討論兩位實習生。第二句分別描述兩位實習生的狀況。第一位描述後，剩下另一位使用 the "other"。

    譯 有兩位實習生在實習結束後被雇用。一位主修生物科技，而另一位主修化學。

● **Overall Practice**

Part 5

1. Success Consulting holds a monthly workshop to help young entrepreneurs start _____ own businesses.
    (A) their (B) theirs (C) them (D) themself

2. Although Mr. Jackson wasn't scheduled to work yesterday, the manager asked _____ to do some work.
    (A) he (B) him (C) his (D) himself

3. According to the company spokesperson, the president _____ will negotiate the merger terms with Wilson Food.
    (A) he (B) him (C) his (D) himself

4. Because of _____ rising popularity, the award-winning singer has decided to release two albums next year.

   (A) she (B) her (C) hers (D) herself

5. Ms. Sandra, a renowned biologist, claims that part of her essay has been copied by Professor Mora because the theory in Mora's essay is quite similar to _____ .

   (A) she (B) her (C) hers (D) herself

6. Andrew Hilton and Edward Lu will collaborate with _____ to write a series of fantasy books , which is great news for their fans.

   (A) each other (B) other (C) all (D) no

7. Milton Jonathon had appointments with several potential clients and was pleased that _____ of them decided to place orders the next day.

   (A) none (B) each other (C) all (D) every

8. _____ of the English learning books written by Alex Yao , a renowned English teacher, are considered comprehensible and helpful by most English learners.

   (A) Each (B) All (C) No (D) Other

9. Creation Technology will open two new branches, and _____ of them will be located in Busan.

   (A) all (B) none (C) both (D) every

10. _____ who want to know more about the product can consult the salespeople after the product demonstration.

    (A) Those (B) Other (C) Each other (D) Another

11. Three experts will be the keynote speakers in the workshop. One specializes in marketing, and the _____ specialize in financial management.

    (A) another (B) others (C) all (D) every

● 解析

1. **Ans: (A)**，先看空格後，空格後看到 own，可以確定空格要搭配「所有格」。

    (譯) Success 顧問公司每個月舉辦工作坊來幫助年輕的企業家開始自己的公司。

2. **Ans: (B)**，空格前是動詞 asked，因此空格該填上受格的選項 (B)。動詞後也可以搭配反身代名詞，但這裡的語意很明確，經理是要求他 (Jackson 先生)，而不是要求他自己，因此不選擇反身代名詞。

    (譯) 雖然 Jackson 先生昨天沒有排班，經理要求他做些工作。

3. **Ans: (D)**，空格後面是動詞 "will negotiate"，但絕對不可以馬上選擇主格，要先檢查空格前。空格前面有名詞 president，而且該空格可有可無，因此可以確定是「反身代名詞放在名詞後強調」的概念，因此選擇 (D)。

    (譯) 根據公司發言人，總裁會親自跟 Luke 食品公司合併的協商合併的條款。

4. **Ans: (B)**，先看空格後，空格後看到名詞 "rising popularity"，因此選擇所有格。

    (譯) 因為人氣漸漲，這個得獎歌手決定明年要發行兩張專輯。

5. **Ans: (C)**，空格前有介系詞 to，因此可以先考慮受格和反身代名詞的選項，但語意都不搭。這一題是「所有格代名詞」的概念，選項 (C) hers 指的是 "her theory"。

    (譯) 著名的生物學家 Sandra 小姐聲稱她的論文部分被 Mora 教授抄襲，因為 Mora 教授論文中的理論和她的理論相當相似。

6. **Ans: (A)**，可以直接從語意判斷。

    (譯) Andrew Hilton 和 Edward Lu 會互相合作來寫一系列奇幻書籍，對他們的書迷而言是很棒的消息。

7. **Ans: (C)**，(A) 語意不搭。(D) every 不能當作代名詞。

    (譯) Milton Jonathon 跟幾位可能的客戶見面，並且很高興他們全部隔天決定下訂單。

8. **Ans: (B)**，(C) 和 (D) 後面都要加上名詞。(A) 符合語意，但是是單數，要將動詞改為 is。

譯 著名的英文老師 Alex Yao 寫的英文學習書全部都被大部分的英文學習者認為是可理解而且有幫助的。

9. **Ans: (C)**，第一句有 "two new branches"，因此最適合選擇 (C)。

譯 Creation Technology 會開兩個分公司，兩個都位於釜山。

10. **Ans: (A)**，(B) Other 和 (D) Another 後面都要加上名詞。答案 (A) Those 是指「那些人」。

譯 那些想要對於產品了解更多的人可以在產品使用示範後諮詢業務人員。

11. **Ans: (B)**，第一句話將範圍限定在三位專家。第二句話開始描述每個專家的狀況。說明完一個後，剩下兩個要用 "the others"。

譯 有三名專家會在工作坊擔任主講者。他們三個中，有一個專精於行銷，其他兩個專精於財務管理。

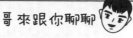
快樂學英文

　　哥不否認，快樂地學英文確實會讓學習者對英文更有興趣，尤其是年齡比較小的學習者。記得我小學的時候，我媽請她們學校一位年輕漂亮的英文老師來家裡跟我幫我上英文課（老媽是學校老師），也不是特別針對課業，主要就是用英文對話，或是讀故事書，一起讀完後，老師會要我用英文以自己的方式再描述一次書本的內容。我都叫這位老師 Miss Yang。

　　印象深刻的是，從我第一次看到 Miss Yang，她就從來沒有跟我說過一句中文，如果我跟她說中文，她會露出納悶的表情，似乎聽不懂我在說什麼，我就要想辦法用英文，用別的方式解釋我想表達的事情。老媽跟我說，Miss Yang 從小在國外長大，因此不是很能理解中文。我也就信了。不過我總是納悶，當老媽用中文跟 Miss Yang 交談的時候，她好像就聽得懂，然後還用英文回覆，但我也沒有多想什麼。

　　到了國中的時候，因為哥的理化實在不是普通的爛（那時候很無法理解為什麼理化老師會說物理很生活化，因為物理就在生活中。所以我很能體會跟我學英文的朋友跟我說文法不生活化，都要死背！），所以老媽又幫我請了她們學校一位教自然的老師來輔導我理化課業（所以理化老師跟 Miss Yang 是同事）。閒聊的時候，我們聊到了 Miss Yang。

　　老師：「Miss Yang 來教你英文的時候你們全部都講英文？」
　　我：「對啊！她好像不太會說中文，也聽不太懂。」
　　老師：「她裝得也太好了吧！」

我（義憤填膺樣）：「她沒有裝！！！她真的聽不懂！」
老師：「我跟她是同事耶！我跟她都說中文啊！」

我馬上打電話給 Miss Yang 跟她說我知道她會說中文的事情，但是她裝到底，還是否認。幾天後她來家裡上課，她告訴我她一直打那個自然老師。我心想，對嘛，Miss Yang 不會騙我。

但事實是殘酷的。有一次我偷聽到 Miss Yang 跟老媽在電話裡說話……嗯……她的中文說得很好！

原來一切都是處心積慮的大騙局！！！

雖然那時候有點失望，但最後也就接受這個事實
（有沒有覺得哥是深情的男子？）

現在有時候想起跟 Miss Yang 學英文的那段日子，回憶裡都是學習的樂趣，而且那時候以為她不會講英文，因此讓我必須使用英文跟她溝通，盡力的表達，也就不會怕說英文了。（我也記得我以為她不會說中文，就用英文跟她抱怨過老媽，反正她也無法跟老媽告狀）不會怕說英文對於學習者而言是非常重要的，而且「不會懼怕」這件事情不是老師要學生不要怕就可以做到的，是自然而然發生的。

謝謝 Miss Yang。

動詞

　　說到英文的動詞，你各位會想到什麼觀念呢？哥猜：你的回答一定是「時態」，對嗎？

　　如果你的回答是「主詞動詞一致」，那你一定是有偷看到標題，嘿嘿！當你看到考題的選項跟動詞相關的時候，腦中的解題跑馬燈要跑過三個動詞相關概念：主詞動詞一致、時態、主動被動。哥建議你要先想到「主詞動詞一致」和「主動被動」，因為你各位一定常常忽略這兩個。

　　以下這三個章節，哥就來跟你各位好好聊聊動詞的概念。

CH3 動詞 1：主詞動詞一致

Part 1 秒懂文法概念

　　其實你各位一定知道「主詞動詞一致」是什麼，只是不知道原來這個文法概念就叫做主詞動詞一致。別懷疑，你一定知道。下面有個句子，錯在哪呢？

> ✗　The boy go to school on foot every day.

　　你各位一定在想：「廢話，當然是 go 要改成 goes！」Yes! 這一題是現在式，主詞 "the boy" 是「單數」，所以要跟動詞搭配，主詞和動詞互相搭配就是「主詞動詞一致」。不過雖然你各位很熟悉這個概念了，但哥還是要再嘮叨一次：

　　主詞動詞一致：在「現在式」的情況下，如果主詞是單數或第三人稱，則主詞要跟動詞搭配，動詞在字尾要加上 s。（「be 動詞」在過去式的情況下也要注意主詞動詞的搭配喔！）

　　當然，多益在考這個概念的時候會更複雜一點，所以哥就來跟你聊聊在考題中可能會遇到的情況。為了讓你各位更有效率的了解這個概念，哥把內容分成兩個小部分，**第 I 部分**：多益考題最常考的觀念，**第 II 部分**：非官方試題比較常遇到。雖然**第 I 部分**看起來是直搗考題核心的重點，但這兩個部分在解讀句子的時候都是很重要的，畢竟一個句子讀不懂的時候，就是從先找到主詞、動詞來分析。

(I) 名詞 + 介系詞片語

多益考題中，常看到名詞後面加上修飾語的結構，名詞後面可以加上的修飾語的結構如下：

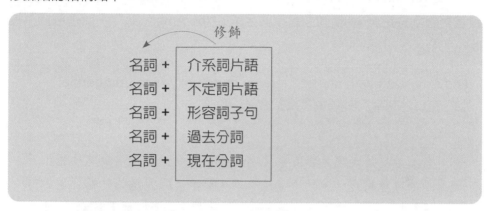

這些修飾語出現在名詞的後面，從後面修飾名詞，通常文法書稱為「後位修飾」。這些修飾語其實就是「形容詞」的概念，只不過，這些形容詞的長相不是你各位所熟悉的。有關形容詞修飾的概念，哥會在「CH7 不定詞和動名詞」和「CH9 形容詞子句」，到時候再來好好聊聊。

上述這些概念中，在「主詞動詞一致」的考題裡，最常看到的是「名詞 + 介系詞片語」的結構。其實概念很單純，咱們來瞧瞧下面的例句：

The boy **likes** Mary.
這個男孩喜歡 Mary。

The boy in jeans **likes** Mary.
這個穿著牛仔褲的男孩喜歡 Mary。

在第二個例句裡， "the boy in jeans" 就是「名詞 "the boy"+ 介系詞片語 "in jeans"」的結構。很多朋友因此被騙了，以為動詞要搭配的是 jeans 。不過你各位可以這樣思考：「名詞 + 介系詞片語」的結構中，「介系詞片語」只是作修飾用，重點還是前面的「名詞」，對嗎？所以只要看到介系詞前面的名詞，就可以秒選答案了。

我們再來練習一個例子：

The American with strange tattoos <u>is / are</u> actually nice and gentle.

這個例子中，主詞是 "the American with strange tattoos"，也是「名詞 "the American" + 介系詞片語 "with strange tattoos"」的結構，再來，跟著哥看到介系詞 with 前面是單數名詞 "the American"，於是動詞選擇 is，完整句子如下：

The American with strange tattoos **is** actually nice and gentle.
那位有奇怪刺青的美國人事實上很親切和藹。

　　哥看過有的美國人會刺中文字在身上，中文字是很優美沒錯，不過哥有時候會納悶，他們不考慮一下這個字詞的意思嗎？哥看過的刺青有「龜」、「卒仔」，上網看了一下，還有的美國人刺「宦官」和「賤人」……。

因此，哥來下個結論：當我們發現選項跟動詞相關的時候，先思考「主詞動詞一致」，因為多益常出現「名詞 + 介系詞片語」的結構，因此解題技巧如下：

看到介系詞為止，前面的名詞是單數或複數決定答案。

咱們立馬來現學現賣：

The identification badges on the desk _____ to the new hires already.
(A) distributes (B) was distributed (C) have been distributed
(D) distributing

看到選項是動詞，要先思考主詞動詞一致。腦中跑馬燈馬上閃過解題技巧「看到介系詞為止」。於是，看到介系詞前面的名詞 badges 是複數，於是立馬選擇 (C) have been distributed。(A) 和 (B) 的選項都不能搭配複數名

詞。瞧！這一題選項有著不同的時態，但我們不用思考時態就秒解了。是不是有一種「答案來得太快，就像龍捲風」的感覺。這個例題完整句子如下：

> The identification badges on the desk **have been distributed** to the new hires already.
> 桌上的識別證已經發給了新進人員。

不過，更正確的步驟是，看到選項考動詞，要先把 (D) distributing 刪除，因為動詞一定要有時態，而如果只有 "V-ing" 或 "to V" 是沒有時態的。

回到「名詞 + 介系詞片語」的結構，**多益最喜歡考這個結構**，但哥要來跟你各位比較一下兩個也是有介系詞片語的結構，可別錯亂囉。

< 比較一 >

哥先給你個例題，複習一下剛剛說過的：

> The number of people registering for the annual seminar this year _____ to increase by 10%.
> (A) is expected (B) are expected (C) to be expected
> (D) have expected

同樣地，先刪掉 (C) to be expected ，因為動詞一定要有時態，只有 "to V" 或 "V-ing" 是沒有時態的，刪去 (C) 後就可以享受快速解題的爽感了。說出主詞動詞一致的解題技巧，全場一起來：看到介系詞為止！介系詞 of 前面的名詞 "the number" 是單數，所以不囉嗦直接選 (A) 。但哥要提醒你，之後有的題目也要一起思考「主動被動」和「時態」。這個例題完整句子如下：

> The number of people registering for the annual seminar this year **is expected** to increase by 10%.
> 今年報名年度研討會的人數預計會多 10%。

這題除了練習外，也是要切入比較的重點。哥把這一題的主詞換一兩個單字，答案就不一樣了。你各位思考一下這個例題：

A number of people registering for the annual seminar this year **is / are** undergraduates.

這題答案是 are 。哥先用一個表格，讓你各位比較一下：

- The student in jeans **goes** to school by bus.
- The number of books in the library **is** 500.

- A lot of students **go** to school by bus.
- Plenty of books in the library **are** donated by local residents.

這個表格中，上方表格都是「名詞 + 介系詞片語」的結構，所以動詞的搭配是看到介系詞前：

The student in jeans **goes** to school by bus.
　　　　 N　　　介系詞片語
那個穿著牛仔褲的學生搭公車上學。

The number of books in the library **is** 500.
　　　　　 N　　　介系詞片語
圖書館中的書的數量是 500 本。

不過，下方這個表格的結構就不是「名詞 + 介系詞片語」的結構了。例如第一個句子 "A lot of students go to school by bus."，你總不會跟哥說看到介系詞 of 前的 "a lot" 是單數，所以動詞用 goes。如果你這樣覺得，你學校的英文老師會哭給你看喔！你各位在解讀下面的表格的句子時，應該是這樣思考的：

> 很多 學生
> (複數)
>
> A lot of students **go** to school by bus.
> 很多學生搭公車去學校。

　　你各位一定會把 "a lot of" 理解成一個片語，表示「很多」，「很多學生」自然就是「複數」的概念了。同樣的，下面表格的第二個句子如此，"plenty of" 應該視為同一個單位的片語，在說後面的書，「很多書」自然也是「複數」的概念。

> 很多 書
> (複數)
>
> Plenty of books in the library **are** donated by local residents.
> 圖書館中很多書是由當地居民所捐贈的。

　　哥來介紹一個片語，"a number of" 也是「很多」的意思。請你各位來比較一下這兩句話的結構哪裡不同：

> The number of books is 500.
> 書的數量是 500 本。
>
> A number of books **are** donated by local residents.
> 很多書是由當地居民所捐贈的。

　　"the number of Ns" 和 "a number of Ns" 雖然只差一個字，但意思差很多。第一句話的結構長這樣：

這個句子的主詞結構就是「名詞 + 介系詞片語」，所以可以快速的用哥之前說的解題技巧「看到介系詞」為止。「介系詞片語」先視為「修飾」前面的名詞 "the number"，因此重點還是 "the number"，是單數，因此 be 動詞搭配 is。

第二句話的結構長這樣：

片語 "a number of" 跟 "a lot of" 或是 "plenty of" 都表示「很多」，所以主詞是「很多書」，當然視為「複數」，因此 be 動詞搭配 are。

這裡，哥也要提醒你各位，"a / the majority of"「大多數、大部分」也是片語，結構也是跟 "a number of" 和 "a lot of" 一樣。例如：

<比較二>

哥要跟你各位比較的第二個結構看上去也是「名詞 + 介系詞片語」，不過說得更仔細一點的話是「不定代名詞 + 介系詞片語 of」。先給你各位造個例句：

One of my colleagues **was** a flight attendant.
我的同事中，其中有一個以前是空服員。

這句話的主詞 "one of my colleagues" 是「不定代名詞 (one) + 介系詞片語 (of my colleagues)」的結構，其實也可以看成「名詞 + 介系詞片語」，因此跟一開始一樣，可以看到介系詞前的 one 就可以了，不過當然有些要注意的地方，否則哥就不用那麼囉嗦地跟你各位聊這個比較了。

哥先說明一下這個例句的概念。這個例句要傳達的是：「我要在同事中，選一位同事來描述，他之前是空服員。」哥用下面這張圖來跟你各位說明：

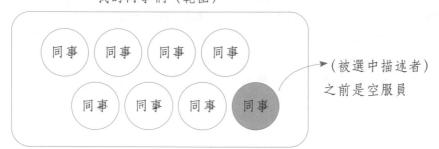

你各位要知道 of 有一個用法是表達「範圍」的概念。因此，"of my colleagues" 就是指「在我同事中」這個範圍，而不定代名詞 one 代替的是 "a colleague"，也就是被選出來要描述的那一位同事。因此「不定代名詞 + 介系詞片語 of」的結構，你各位要了解前面的不定代名詞是從範圍中選出來的。會這麼嘮叨是因為讓你各位比較一下下面這兩題題目：

1. Most of my colleagues _____ (was/ were) flight attendants.
2. Most of the land in this area _____ (is/ are) used for agriculture.

這兩題雖然動詞都是搭配不定代名詞 most ，但是這兩題的 most 有一個視為單數，有一個視為複數，你各位看出來了嗎？先提醒你一下，most 可以是「可數」，也可以是「不可數」。要如何判斷這裡 most 的用法，就要思考這兩個句子各自的範圍了。以第一題而言，範圍 "of my colleagues" 在說的是「同事」。剛剛哥曾提到，不定代名詞 + 介系詞片語 of」的結構中的不定代名詞是從範圍中選出來的。因此 "most of my colleagues" 的 most 是從範圍 "of my colleagues" 中選出來的，而同事是可數名詞，所以**從可數的範圍中選出來的，當然也是可數了**。因此第一題的 most 是複數，因此要搭配的選項是 were。第一題完整句子如下：

Most of my colleagues **were** flight attendants.
我的同事中，大部分的人以前是空服人員。

第二題的概念也是一樣的。most 是從範圍 "of the land" 中選出來，而 land「土地」是不可數名詞（也可以這樣思考：如果是可數名詞的話，字尾就會加上 s 了），所以**從不可數的範圍中選出來的，當然也是不可數了**。因此第二題的 most 代替的是不可數名詞視為單數，因此要搭配的選項是 is。第一題完整句子如下：

Most of the land in this area **is** used for agriculture.
這個地區大部分的土地是農業用途。

(II) "N, N, V" 的結構

除了「名詞 + 介系詞片語」的結構之外，還有一個結構是重要的，在多益考題中也會出現。哥先給你個簡單的句子：

My brother, Jack, is a businessman.
我的哥哥，Jack，是個商人。

這裡的主詞不是兩個人喔。Jack 就等於前面的 "my brother"。所以動詞要搭配 "my brother"（單數），因此要使用的 be 動詞是 is。

因此，下次你各位看到 "N, N, V..." 的結構的時候，要知道第二個名詞就在說明第一個名詞，因此這兩個名詞是一樣的人或物，在讀文章的時候也常看到喔。

這裡就來現學現賣吧。來個例題：

Kevin Xu, the financial consultant of several corporations, _____ several conferences on financial management.
(A) coordinate (B) was coordinated (C) has coordinated (D) to coordinate

在這個例題中，"the financial consultant of several corporations" 就等於第一個名詞 Kevin Xu，因此動詞要搭配 Kevin Xu 是單數。因此只能選擇 (B) 或 (C)。但 (B) 的結構是 "be + p.p." 是被動式。Kevin Xu 應該有能力籌畫會議，因此要選主動的選項 (C)。完整題目如下：

> Kevin Xu, the financial consultant of several corporations, has coordinated several conferences on financial management.
>
> Kevin Xu，幾間公司的財經顧問，已經籌畫了幾場財務管理的會議。

哥幫你各位整合一下這個部分的重點：

1. 考題大部分看到的結構

(1)「名詞 + 介系詞片語」，解題技巧：看到介系詞為止，介系詞前面的名詞決定答案。

(2)「名詞，名詞……」，動詞搭配第一個名詞，因為第二個名詞只是補充說明前面的名詞。

2. 記得留意

(1)"a number of + Ns"（很多……）要和 "the number of + Ns"（……的數量），兩者結構要比較。

(2)「不定代名詞 + 介系詞片語 of」要小心可以是可數，也可以是不可數的不定代名詞，要用介系詞 of 所表示的範圍來確定該不定代名詞代替的是可數，還是不可數。

　　不知道各位有沒有去過美國任何地方。哥發現美國航空公司的空服員會和亞洲航空公司的空服員不太一樣，也可能是兩種文化服務業的差別。亞洲航空公司的空服員在跟客人交談的時候好像比較明顯的是在「上班狀態」，會用比較跟平常不一樣的語氣跟乘客說話。如果你有機會搭美國的航空公司，會發現空服員們有時候會跟乘客們閒話家常，或比較……有個性。

　　哥記得第一次去美國玩的時候是在高中。在飛機上實在是睡不著，於是走到空服員備餐的地方（現在長大後知道這樣是不對的，直接按座位上的服務鈴，才不會打擾到空服人員。），想要要一杯咖啡。

　　我：Excuse me, may I have a cup of coffee?

　　有個性空姐：No!

　　哥希望這本書不但能幫你各位準備考題中常見的題型，也希望這本書能涵蓋到能幫助你各位理解閱讀文章中複雜句子結構。所以有些概念雖然選擇題不會出現，但讀句子是避免不了的。哥這裡分成兩個部分來跟你各位說明：

1. 主詞是「名詞 + 其他修飾語」

　　還記得這張圖嗎？

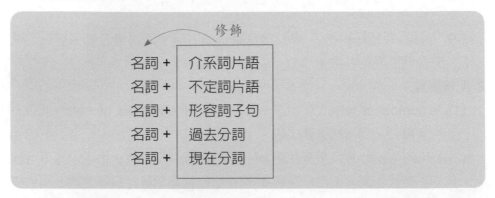

　　在**第 I 部分**，我們主要討論的是「名詞 + 介系詞片語」的結構，也聊到了一些你各位要特別注意的地方。不過從這個圖就知道，名詞後面也可以加上其他的修飾結構，尤其是最後三種結構，你各位一定要看得懂。哥分別來跟你各位舉例：

名詞 + 不定詞片語　（「不定詞」的概念可以參考 CH7）

名詞 + 形容詞子句（「形容詞子句」的概念可以參考 CH9）

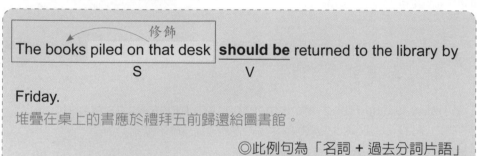

修飾
Employees who are not familiar with the newly upgraded time-entry
$\quad$ S

system **should attend** the workshop.
$\qquad\qquad$ V

對於最新更新打卡系統還不熟悉的員工應該參加這場工作坊。

名詞 + 分詞片語（包括現在分詞片語或過去分詞片語）

（「分詞」的概念可以參考 CH10）

修飾
The books piled on that desk **should be** returned to the library by
$\qquad\qquad$ S $\qquad\qquad$ V

Friday.

堆疊在桌上的書應於禮拜五前歸還給圖書館。

◎此例句為「名詞 + 過去分詞片語」

　　上面的結構跟「名詞 + 介系詞片語」的結構一樣，重點都是前面的名詞，後面不管加上什麼結構都只是修飾的目的。所以動詞還是搭配最前面的名詞。

2. 名詞的長相不一定只能是「單字」喔！ 重點放在句意理解

　　你各位在讀句子的時候，有時候會發現主詞好像不是不是熟悉的一個單字名詞，例如 car、 table 等等。其實名詞的長相不限於單字喔。在之後的章節，哥在 CH7 就會跟你說「不定詞片語（to V）」和「動名詞（V-ing）」也能當作名詞用，也就是能放在「主詞」、「受詞」等名詞可以在句子中出現的位置，例如：

To do exercise every day |is| important.
　　　　　　　 S　　　　　　　　　　V

每天運動是重要的。

Turning down extra assignments from a supervisor |takes| courage.
　　　　　　　　　　　 S　　　　　　　　　　　　　　　　　　　　　V

拒絕主管額外分配的任務需要勇氣。

　　　在第一個例句中，「不定詞片語」"to do exercise every day" 是整句話的主詞。在第二個例句中，「動名詞」"turning down extra assignments from a supervisor" 是整句話的主詞。

　　　另外，哥在 CH11 會跟你說，名詞也可以用一個「句子」的樣貌出來見人，稱為「名詞子句」。例如：

What was discussed in the meeting |was regarded| as confidential.
　　　　　　　　　　 S　　　　　　　　　　　　　　 V

在會議中討論的事情被視為機密。

　　　在這個例句中，「名詞子句」"what was discussed in the meeting" 是整句話的主詞。

　　　為什麼要聊這個呢？不知道各位有沒有發現「不定詞片語」、「動名詞」和「名詞子句」作主詞的時候，都是視為**單數**，因此動詞也要在字尾加上 s。不過，這裡的重點放在句意理解。選擇題不太會考這些概念。

Part 2 多益怎麼考

　　　動詞的概念有三個，這裡先複習這個章節說到的「主詞動詞一致」的概念。多益 Part 5 和 Part 6 選擇題最常考的重點就是在本章 Part 1 的**第 I 部分**。所以哥的練習也以這個部分為主。但哥還是要很慈祥的跟你各位耳提面命一下，Part 1 的**第 I 部分**和**第 II 部分**在句子解讀的時候，都很重要喔！

Part 5

1. Mr. Mofils, a psychologist and renowned author, _____ the keynote speaker of the seminar.

   (A) are (B) was (C) to be (D) having been

2. Several grocery distributors in this region _____ to expand their business into other countries.

   (A) has planned (B) planning (C) are planning (D) to plan

3. The number of people registering for the workshop _____ 200.

   (A) are (B) was (C) to be (D) having been

4. A number of people _____ for the workshop.

   (A) registers (B) registering (C) was registering (D) have registered

5. A lawyer along with two mechanics _____ the meeting.

   (A) is going to attend (B) was attended (C) attend (D) attending

6. People lining up in front of the stage _____ to take pictures with the speaker.

   (A) was waiting (B) are waiting (C) waiting (D) be waiting

7. Most of the products sold at our store _____ in Taiwan.

   (A) made (B) was made (C) were made (D) making

● 解析

1. **Ans: (B)**，看到選項跟動詞相關，也確定空格是在動詞的位置，要先將沒有時態的 (C) to be 和 (D) having been 刪除。"to V" 和 "V-ing" 是沒有時態的。(A) 和 (B) 乍看之下在考時態，但不要忘記要思考「主詞動詞一致」。主詞是 "Mr. Mofils, a psychologist and renowned author"，後面的名詞 "a psychologist and renowned author" 是在補充說明前面的名詞 Mr. Mofils，因此動詞要搭配 Mr. Mofils 是單數。因此選 (B)。

   譯 Mofils 先生，一位心理學家和著名的作家，是這場研討會的主講者。

2. **Ans: (C)**，看到選項跟動詞相關，也確定空格是在動詞的位置，要先將沒有時態的 (B) planning 和 (D) to plan 刪除。(A) 和 (C) 乍看之下在考時態，但不要忘記要思考「主詞動詞一致」。馬上想到解題技巧「看到介系詞」為止，介系詞 in 前面的名詞 distributors 是複數，因此選 (C)。
   譯 這個地區有幾個雜貨經銷商計畫者將他們的事業擴展到其他國家。

3. **Ans: (B)**，看到選項跟動詞相關，也確定空格是在動詞的位置，要先將沒有時態的 (C) to be 和 (D) having been 刪除。(A) 和 (B) 乍看之下在考時態，但不要忘記要思考「主詞動詞一致」。馬上想到解題技巧「看到介系詞」為止，介系詞 of 前面的名詞 number 是單數，因此選 (B)。這一題的主詞結構是名詞 "the number" 後面加上介系詞片語 "of people"，結構就跟 "the boy in jeans" 一樣，重點是前面的名詞。該題結構要跟第四題做比較。
   譯 報名這個工作坊的人數為兩百人。

4. **Ans: (D)**，(B) registering 沒有時態，先刪除。主詞 "a number of people" 是由片語「很多」"a number of" 加上後面的名詞 people，"a number of people" 就等於 "many people"，「很多人」當然就是複數，因此選 (D)。該題結構要跟第三題做比較。
   譯 很多人已經報名了這場工作坊。

5. **Ans: (A)**，各位應該知道先把什麼選項刪掉了，哥這裡就不再嘮叨一次。先思考「主詞動詞一致」，馬上想到解題技巧「看到介系詞」為止，"along with" 其實就是 with，前面的名詞 "a lawyer" 是單數，因此刪除 (C)。然後這裡偷偷摻雜了一個觀念，就是動詞的概念也要想到「主動被動」。雖然選項 (B) was attended 也可以搭配主詞 "a lawyer"，但是為「被動」，但主詞「律師」應該是主動參加會議，因此選擇 (A)。
   譯 一位律師跟兩位技師會參加這場會議。

6. **Ans: (B)**，(C) waiting 和 (D) be waiting 沒有時態，先刪除（(D) be waiting 的 be 是原形動詞，原形動詞也是沒有時態的）。這題的結構是「名詞 People + 現在分詞片語 "lining up in front of the stage"」，後面的現在分詞片語只是修飾用，因此主詞搭配 people，要選擇 (B)。

   譯 在舞台前排隊的人們正等待著跟演講者合照。

7. **Ans: (C)**，(D) making 沒有時態，先刪除。主詞 "most of the products sold at our store" 是「不定代名詞 most + 表示範圍的 of 介系詞片語」。most 可以表示可數或不可數，因此要看範圍。範圍的 "the products" 是可數名詞，因此 most 代替的是「可數複數名詞」，因此選擇 (C)。雖然 (A) made 也可以跟 most 搭配，但是 most 代替的是「產品」，產品是「被製造」，因此不能選擇 (A)。

   譯 我們店裡賣的大部分的產品是在台灣製造的。

CH4 動詞 2：時態

　　說到動詞，你各位一定會想到「時態」。「時態」是一個句子的靈魂。你各位一定有聽過英文老師們一直嘮叨著一個句子要有「主詞和動詞」。這裡的動詞，說的就是一句話的「主要動詞」，就是一個句子中表現出時態的那個動詞。換句話說，一句話的時態就表現在「主要動詞」。例如：

> **I kissed a girl.**
> 我親了一個女孩。

　　這句話是「過去式」。你怎麼知道是過去式呢，因為 kissed 洩漏祕密的。因此，我們從 kissed 知道整句話的時態， kissed 就是這句話的主要動詞。

　　一句話一定要有一個時態，而且只能有一個，不然時空會錯亂，因為同一件事情不可能同時出現在過去和未來，對吧？

　　主要動詞的重點是要有時態。你各位一定有聽過英文老師們碎碎念：「這句話沒有動詞！」其實是指「這句話沒有時態」。然後你又聽到老師們又嘮叨著：「怎麼這句話有兩個動詞！」其實是在說這句話有兩個時態。

　　看到這兩句話有沒有回想起以前學校英文老師們的諄諄教誨……

　　因為主要動詞一定要表現時態，因此主要動詞不能只有 to V 或是 V-ing，因為這兩者是沒有時態的。

　　這個章節，哥就把時態的重點娓娓道來。不過，時態要說得很細很細很細的話，一百頁都不夠寫，然後你各位就放棄閱讀了。所以，哥這個章節著重在讓你各位迅速掌握時態概念，並且對於考試重點多加著墨。讓你準備多益更有效率！ Yes ！……一個很會自 high 的作者……

Ⅰ 祈使句：如果主詞和動詞只能選一個，要保住動詞！

在真正進入到動詞時態前，哥先來跟你各位聊祈使句這個特別的句型。祈使句主要表達兩種概念：「命令、請求」或是「邀約」。祈使句的最大重點就是沒有主詞，用原形動詞開頭。不過不是沒有主詞，只是省略了。你各位要記得，語言中可以省略一定是因為不影響溝通。舉個例子好了，某天你跟弟弟在夜黑風高的夜晚看電視，突然覺得孤單、覺得寂寞、覺得冷，於是你跟弟弟說：「去把窗戶關上。」弟弟應該不會很淘氣地問你：「哥，你沒說主詞人家聽不懂。是誰去關窗戶？」你一定會把你弟 same tree pay ！你弟會默默去關窗戶是因為他知道這句話是「（你）去關窗戶！」所以在「你知我知」的情況下，主詞就省略了。因此，**祈使句看起來沒有主詞，其實有，只是省略了，而且省略的是第二人稱（你、你們）。**

以下哥就來跟你各位整理祈使句：

表「命令、請求」 多益考這個為主

● 用「原形動詞」開頭。例如：

> Please **pick** up a visitor badge at the security desk.
> 請在保安台索取訪客證。

● 若要表達「不要……」，則用 Don't 或 Never 開頭。例如：

> Don't forget to sign up for the upcoming workshop.
> 不要忘記報名即將到來的工作坊。

表「邀約」

● 用 "**Let's** + 原形動詞" 開頭，表示「讓我們……吧！」
● 若要表達「我們不要……」，則用 "**Let's not**…" 開頭。例如：

> Let's not add more money to the budget.
> 我們不要再把更多錢加入預算了。

II　英文三個基本時態：現在、過去、未來

　　英文的三個基本時態就是現在、過去、未來。這三個是基本的時態，因為其實人在說話會談論到的基本時空就是這三個。有些人會問，「進行」和「完成」呢？莫慌張，等一下就會說到了。不管是那個時態，你各位要注意的是每個時態的概念，和常搭配這個時態出現的關鍵字。但哥一定要提醒你各位，**在答題的時候，關鍵字是個參考，還是要看完整個句子比較保險喔**。

　　你各位一定還聽過「簡單式」，簡單式又分成「現在簡單」、「過去簡單」、「未來簡單」。其實「簡單式」說得簡單點，的就是「單純描述某件事情」的概念。而「現在簡單」、「過去簡單」、「未來簡單」其實也可以稱為「現在式」、「過去式」、「未來式」。

(I) 現在式

　　要先提醒你一下，不要忘了現在式的時候，要留意主詞動詞一致喔。

● 使用時機

　　哥先問你各位一個問題：「現在式」是指「現在正在做的動作」嗎？

　　答案是「錯」！

　　現在式用在「永恆不變的事實」，例如「地球繞著太陽轉。」"The earth revolves around the sun." 就會用現在式。「永恆不變的事實」就會延伸為「長時間的狀況」，例如「習慣」。不知道你各位有沒有注意到其實用現在式談論的狀況其實有延伸到過去和未來，例如「地球繞著太陽轉」這件事情，過去、現在以及未來都是如此。所以很多時候某個狀況過去如此，現在如此，未來大概也如此，就要用「現在式」表達。

　　總結一下現在式的使用情況：表達「永恆不變的事實」、「諺語」、「習慣」、「長時間規律或斷斷續續會發生的事情」以及其他「長時間的狀況」。

● 關鍵字

every + 時間概念（例如 every year）、「每多久就有一次」的相關字詞
（例如「一年一次」annually）、頻率副詞（「總是」always、「常常」
usually、「時常」often、「頻繁地」frequently、「偶而」sometimes、
occasionally、「很少」seldom、「從不」never）、「大致上」typically、
generally……等。

(II) 過去式

● 使用時機

「過去式」當然就是用在「過去發生的事」。「過去的習慣，現在沒有了」
也要用「過去式」表達喔。

　哥跟你各位提醒一下，常會看到有一個會用來表達「過去曾經如此，現
在沒有了」的用法 "used to + 原形動詞"，例如：

> We used to hold the year-end party at the restaurant in Willington Hotel.
> 我們以往都在 Willington 旅館的餐廳舉辦尾牙。

　這個例句看到 "used to"，表示之前是在 Willington 旅館的餐廳舉辦尾
牙，但現在沒有了。

● 關鍵字

last + 時間概念（例如 last Monday「上個禮拜一」）、時間概念 + ago（例
如 three days ago）、「之前地」before、previously……等。

(III) 未來式

　表達未來式的方法基本款有兩個：「will + 原形動詞」以及「is / am /
are going to + 原形動詞」。未來式會有一些延伸觀念我們也要知道，哥等
一下會獨立出來跟你各位討論。

● 使用時機

　未來式主要用在兩個使用時機：「預測未來」以及「表達未來計畫」。

● 關鍵字

　　next + 時間概念（例如 next Monday「下個禮拜一」）、時間概念 + later（例如 three days later 「三天後」）、in + 時間概念（例如 in three days「三天後）、「很快地」soon……等。

(IV) 未來式相關概念　✎ 700 分以上必讀！

1.「現在式」表達「未來式」

　　到底為什麼「現在式」可以表達「未來式」？相信你各位在之前學英文的時候，學到未來式一定會看到這個觀念：用「現在式」代替「未來式」。然後你心裡開始糾結：「老子才好不容易知道『現在式』能用在哪裡，現在又告訴我『現在式能代替未來式』！」然後讀文法讀到龜藍波火，決定不讀文法了，反正文法沒有規則。

　　好，你各位息怒，給哥一個解釋的機會。現在跟著哥的邏輯走一次：未來式的動作雖然還沒發生，但如果未來計畫或事情很明確會發生、接近事實，那就會用「現在式相關用法」來表達。因為**現在式本來就是表達「事實」的概念**。這裡哥來舉個例子：

> The concert **starts** at 8 p.m. <u>next Saturday</u>.
> 演唱會在下個禮拜六晚上八點開始。

　　演唱會雖然是下個禮拜六，時空上而言是未來，但這算是一個明確計畫、算是個事實，因此就可以用現在式 start。

　　哥這裡來跟你各位整理一下現在式表達未來式的時候常看到的表達法（這幾個表達法會用在不同的地方，哥會稍微說明，但是現階段不要背這個。重點是你要了解這些用法看上去都是現在式，但是在表達未來的事情，因為未來明確會發生的事情、接近事實，所以可以用「現在式」表達。……默默又再解釋一次……）

●「現在式」：常用在較正式的用法，或規律發生的未來事件。

> The train **leaves** at 10 a.m. <u>tomorrow</u>.
> 火車明天早上十點發車。

火車常常都是有固定的班次，所以是規律事件。這個例句雖然時間點是「明天」，但基本上火車十點發車是「明確計畫」、接近事實，而且火車班次又是個規律的事情，因此這句的時態可以用現在式 leaves。

你各位還記得在聊「現在式」的時候有提到現在式會用在「長時間規律或斷斷續續會發生的事情」嗎？

● 「is/ am/ are to ＋原形動詞」：用在較正式的用法。

> Star Electronics **is to** merge with Innovation Technology <u>next year</u>.
> Star 電子公司明年將會跟 Innovation 科技公司合併。

● 「is/ am/ are + V-ing」：表達「個人未來明確計畫」。

先跟你各位提醒一下，這裡提到的 "is/ am/ are + V-ing" 不要跟之後會說到的「進行式」混為一談。雖然看上去都是 "be+ V-ing" 的結構。這就好像一對同卵雙胞胎兄弟看起來一模一樣，但是完全不同的兩個個體。

● 「is/ am/ are about to ＋原形動詞」：用在「即刻會發生的事情」。

"be about to" 這個片語中的 about 有「大約、差不多」的意思。因此 "be about to" 就是表達「某件事差不多要發生了」。會這樣說就表示這件事情「很快、即刻就要發生了」但還沒發生，所以也算是「未來」的概念。來個例句吧：

> My favorite singer **is about to** take the stage.
> 我最喜歡的歌手即將要登台了。

剛剛這個部分，哥希望你各位可以把重點放在「這些表達方法都能表達未來式的概念，以多益來說不用太在意使用時機。**做題目的時候，當發現怎麼明明時空是「未來」，但是選項沒有 will 的選項，別忘了還有用現在式表達未來式這個選擇。**

2. 條件句

有時候在讀文法時，不要把文法名稱想得太疏離，聽哥一言，文法就是人在溝通時的規則，你各位都有跟別人講條件的經驗吧。別懷疑，你跟別人

講條件的這個條件，就是條件句的概念。你各位跟別人講條件的時候，是不是都是這樣講的：「你如果怎樣怎樣，就會怎樣怎樣。」哥有一次在購物中心，看到一個小妹妹賴在地上哭鬧，媽媽在一旁很有愛心的勸導他：「你現在如果乖乖，馬麻等一下就帶你去買麥當勞。」……哥默默想起，如果同樣場景發生在我身上，我媽會開始倒數計時：「數到三給我起來！三！」……

　　你各位跟別人講條件的時候是不是跟那個年輕馬麻一樣哩？條件句不會獨立出現，一定會搭配「結果句」出現。因為我們在跟別人講條件的時候，概念都是「如果某個條件發生，就會出現某結果。」那為什麼條件句會和「未來」的概念相關呢？因為我們常常在說條件的時候，這個條件還沒發生。像剛剛提到的那個美眉，媽媽說「如果你乖」，表示她還沒乖乖的對嗎？

　　哥這本書的目的是希望你各位可以不要死背文法，所以解釋多一些，但又不想太囉嗦，哥來努力嘗試看怎樣可以長話短說。等一下講解條件句的內容，你各位要留意這兩個重點：

　　1. 分辨條件句和結果句。

　　2. 條件句和結果句的時態使用。

　　其實條件句的種類蠻多的，哥這裡跟你各位說一下在多益中會遇到的條件句類型：

【多益最常考的類型】

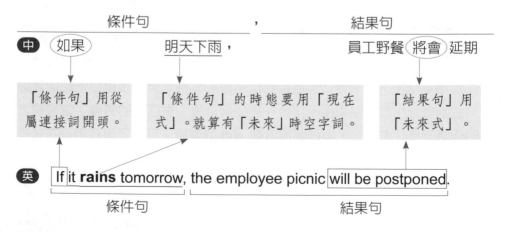

條件句：

● 條件句會用「從屬連接詞」開頭。不過不是每個從屬連接詞都能用在條件句，你各位不會用「因為」或「雖然」來跟別人講條件吧？能用在條件句的從屬連接詞會是「條件類」和「時間類」的為主。例如：

（時間類）before, by the time, when, as soon as, once, until……等。

（條件類）if, as long as, once……等。

（「從屬連接詞」的介紹請參考 CH6。）

● 條件句中的時態要用「現在式」。

結果句：

● 會用「未來式 will」。但也可以用其他助動詞，例如 can, may……等。
（多益最常考搭配 will 的用法。）

● 結果句也可以用「祈使句」。但重點是未來式。

背誦口訣： 以上的規則可以搭配哥的口訣來記。

從時間調整現在開始，期待未來能成功！ ……好勵志的口訣……

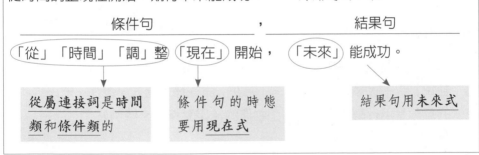

條件句	，	結果句

「從」「時間」「調」整「現在」開始， 「未來」能成功。

從屬連接詞是時間類和條件類的

條件句的時態要用現在式

結果句用未來式

例句：

> **After** the client **comes** to the company tomorrow,
>   （條件句）
> we **will give** him a tour of our office.
>   （結果句）
> 明天客戶來到公司後，我們會帶他參觀我們的辦公室。

> **If** you **see** Mr. White tonight,please **give** the letter to him.
>   （條件句）   （結果句是祈使句）
> 如果你今天晚上看到 Mr. White ，請給他這封信。

　　每次講到未來式，都會想到在跟國中孩子聊未來式的時候會聊到「後天」的英文是 "the day after tomorrow"。然後就會討論到台灣的電影名稱和大陸的電影名稱差別。有一部電影就叫做 *The Day After Tomorrow*。台灣翻譯為《明天過後》，而大陸的翻譯是《後天》。哥還很愛一部電影叫 *The Lord of the Rings*。台灣翻譯為《魔戒》，大陸翻譯為《指環王》。有時候兩邊網友還會鬥嘴吵說哪邊翻譯比較好。

　　哥覺得電影名稱只是不同文化，所以翻譯方法不同，不用爭誰好誰不好。但有些招牌的翻譯，哥就覺得有趣了。記得有一次去一個湖旁邊走走，然後旁邊有個招牌「小心落水」，英文就直接翻譯為 "Fall into the water carefully." 哥立馬職業病出現，開始分析這個招牌的文法：fall 是原形動詞，用原形動詞開頭是「祈使句」。所以這一句話是跟大家說「落水吧！小心點，別溺死就好」。這這這……怎麼有一點好笑！

III　時貌

　　其實時態是由兩個概念組成的：「時空」和「時貌」（aspect，也會看到「動貌」或「狀態」的翻譯），「時空」就三種：過去、現在、未來。「時貌」的意思是用什麼角度來看這個動作的。用寫作業來舉例好了：

> **John is doing his homework.** ➜ 從「進行中」的角度描述動作
> John 正在寫作業。
>
> **John has finished his homework.**
> ➜ 站在現在的角度來看「已完成」的動作
> John 已經完成他的作業了。

　　時貌分成「簡單」、「進行」、「完成」以及「完成進行」。你各位有發現嗎？其實「簡單」也是時貌的一種，但哥這裡不要細聊這個。「簡單式」

們在剛剛講完了。以下就來跟你各位介紹「進行」、「完成」以及「完成進行」。這裡還有一個重點,時貌是用某個角度來看動作,這個看動作的角度可以搭配不同的時空。所以每種時貌會又有「現在」、「過去」、「未來」三種,就像「簡單式」有「現在簡單」、「過去簡單」、和「未來簡單」。

IV 進行式

進行式的表達方法是 "be + V-ing"。搭配不同的時空就是「現在進行」"is/ am/ are + V-ing"、「過去進行」"was/ were + V-ing" 以及「未來進行」"will be + V-ing"。在進入講解前哥要先跟你各位說明一下,多益考題真的很少考到進行式,所以哥就會讓你迅速了解進行式重點就好,然後能閱讀文章。也要提醒一下喔,別忘了,我們在「『現在式』表『未來式』」有提到 "is/ am/ are + V-ing" 可以表達「未來明確計畫」。但表達「未來式」的 "is/ am/ are + V-ing" 和這裡的「進行式」是兩回事,就像兩個長一樣的雙胞胎兄弟,但完全是不同個體,你各位別混淆了。

●使用時機

主要用法

「進行式」是在某個時間點上,看一個持續中的動作。「持續中」就是進行中,所以稱為「進行式」。英文的進行式可以用中文的「(正)在做某事」來理解。用圖片來表達進行式的動作如下:

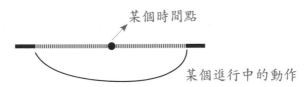

別把「時貌」想得太複雜,就是看動作的角度。舉個例子,你昨天晚上八點到朋友家,當你開門跟他說 Hi 的時候他正在吃飯,所以你眼睛看到的動作不就是「吃飯中」這個動作嗎,就是這個圖:

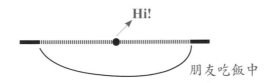

My friend was having dinner when I visited him at eight last night.
我昨天晚上八點去拜訪朋友的時候，他正在吃晚餐。

時間點搭配「現在」、「過去」或「未來」分別是「現在進行」、「過去進行」和「未來進行」。例如：

The manager is having a meeting with several clients **now**.
經理現在正在跟幾個客戶開會。

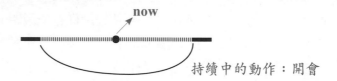

持續中的動作：開會

The manager was having a meeting with several clients **when the accident happened.**
意外發生時，經理正在跟幾個客戶開會。

持續中的動作：開會

The manager will be having a meeting with several clients **at 2 p.m. tomorrow.**
經理明天下午兩點會正在跟幾個客戶開會。

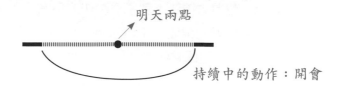

持續中的動作：開會

延伸用法　重點是看懂句子！

　　你各位要記得，文法是會延伸的。進行式本來是用在「某個時間點進行中的動作」。但有時候動作看不出來在進行中，要把時間拉長才能看出有明顯變化，所以進行式的延伸用法就是「將時間拉長，漸漸進行中的動作」。例如這幾個例子：

> The boy is growing taller.
> 這男孩漸漸長高了。
>
> The world is changing rapidly.
> 這世界迅速地改變著。
>
> The new product is becoming more and more popular among consumers.
> 這個新產品漸漸在消費者中受歡迎。

　　你各位感受一下，以上三個例句，是不是都要將時間拉長才能明顯感受出動作進行中勒？第一個例句中，一定不可能是男孩在你面前立馬從 100 公分衝高到 180 公分，大概只有〈傑克與魔豆〉裡的魔豆有這種超能力吧！第一句的進行式，就是可能過個幾年，要時間拉長，才能發現這孩子真的有在長高。例句二也是一樣，你各位現在認真感受一下，告訴哥，你有感到這世界正在改變嗎？不可能。但把時間拉長，這世界的事情真的正在改變中。

　　剛剛「進行式」的延伸用法「時間拉長，動作確實漸漸進行中」的概念，很常用到，在美國電影也常聽到。哥推薦你各位看一部很經典的電影——《阿甘正傳》。阿甘的媽媽最後得癌症，跟阿甘說 "I'm dying." 就是進行式的延伸用法。因為要把時間拉長，就會感受到健康慢慢流逝。

　　哥來跟你各位分享《阿甘正傳》裡面有句名言—— "Life is like a box of chocolate. You never know what you're gonna get." 直接翻譯就是「人生就像一盒巧克力。你永遠不會知道你會拿到什麼口味」。這句話要表達的是生命充滿著變化和無常，因此勇於接受變化和挑戰，盡力體驗人生。

　　哥一開始不懂為什麼巧克力會拿到不同口味。例如如果買了 24 顆金莎巧克力，第一顆是金莎，第二顆當然也是金莎啊。原來有種高級的巧克力，每顆裡面的料都不一樣，有的還有包酒呢！真的是貧窮限制了我的想像。

完成式表達方法是"have + p.p."。搭配不同的時空就是「現在完成」"have/ has + p.p."、「過去完成」"had + p.p." 以及「未來完成」"will have + p.p."。很多人對完成式都怕怕的，哥記得以前我國中的時候也不太了解完成式到底在搞什麼。如果你也對完成式很陌生不要怕，你選到了一本好書！Yeah ！要學好完成式只要抓住兩個原則：「完成式的使用時機」以及「用哪種完成」。

如果你的目標分數是在 500 ～ 650 分就好的話，可以先略過「未來完成式」的部分。

●使用時機

從文法名稱來看，「完成式」就是「已經完成的某件事情」，時貌就是看動作的角度。完成式就是站在某個時間點往回看已經完成的「一段動作」、「做某件事情的經驗」以及「強調某動作已完成」。用圖片來表達進行式的動作如下：

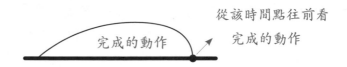

至於使用哪種完成，要看說話者式站在哪個時間點。所在的時間點的時空在現在、過去、未來分別就會用「現在完成」、「過去完成」、「未來完成」。哥以下就這三種完成式來跟你各位聊，你也感受一下完成式是不是其實使用時機都一樣（因為都是同一種時貌），只是因為站的時間點不同，來決定用哪種完成。

(I) 現在完成式　have/ has + p.p.

「現在完成式」是指站在「說話當下（現在）」來看所做的一段動作。這裡來舉個例子：

> You **have watched** TV for three hours.
> 你看電視三小時了。

　　這個例句就要用現在完成式。因為：

使用時機 → 從關鍵字「一段時間」 "for three hours" 可以看出在描述一段動作。

用「現在完成式」的原因 → 時間點站在「說話當下（現在）」，來看「看電視」這段動作做到現在（如果沒特別說這動作做到什麼時候，表示有做到現在。例如媽媽跟你說：「你夠了吧？看電視三小時了。」雖然媽媽沒特別說是看到她說話當下，但你也聽得出來對吧？因為這是不用明說雙方也能理解的概念）。

　　哥來把完成式各種使用時機套到「現在完成式」帶你好好了解完成式。相信我，「現在完成式」通了，後面的「過去完成」和「未來完成」也都會好理解。

1. 做到說話當下前的一段動作

　　「一段動作」常會搭配「一段時間」來表達。可以用下面兩種方法來表達「一段時間」：

「for/ over + 一段時間」

> John **has learned** English for two years.
> John 學英文兩年了。

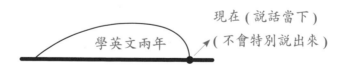

現在 (說話當下)

學英文兩年 (不會特別說出來)

　　再提醒你各位一次喔，如果沒有特別說一段動作做到什麼時候，表示是站在「說話當下」的角度來看這個已經完成的一段動作，因此用「現在完成式」。

「since + 時間起點」

　　「自從」since 表示「自從某時間起點一直到現在」的意思，因此也搭配「現在完成式」。例如：

> **John has learned English since last month.**
> John 自從上個月開始學英文。

　　不過 since 也能當連接詞，當連接詞的時候後面就要加上句子。你各位先思考一下，剛剛說到「since + 時間起點」，「時間起點」一定是過去了，對嗎？像剛剛例句中的「自從上個月」"since last month"，「上個月」是在過去的時空。既然時間起點一定是在過去，那如果 since 後面要加句子的話，**since 會加上「過去式句子」**。例如 John 上個月剛好發生一件事情，跟女朋友分手了。因為 John 不會拼「火山矽肺病」：

> pneumonoultramicroscopicsilicovolcanoconiosis

　　於是 John 發憤圖強學英文。

> **John has learned English since he boxed up with his girlfriend**
> John 自從跟女朋友分手開始學英文。
>
> since + 過去式句子

2. 說話當下之前做某動作的經驗 (重點放在理解語意)

　　表達經驗常會在句子中看到「次數」，例如：

> **Mr. Ruud has been nominated for the Employee-of-the-Year award several times.**
> Ruud 先生被提名年度員工獎好幾次。

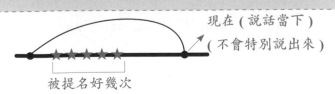

例句中看到「好幾次」 "several times" 可以表達經驗，因此搭配完成式。概念一樣，如果沒有特別說這個經驗數算到什麼時候，表示算到說話當下，所以搭配「現在完成式」。

3. 強調某個動作在說話當下之前已經完成 ⟨ 重點放在理解語意 ⟩

這個概念在日常中很常用。例如，你跟你朋友見面，朋友問你吃午餐沒了，你回他「我吃過午餐了」這句話的意思就是「朋友問你當下之前你做過『吃午餐的動作』」，不用刻意說在現在之前吃過了，因為沒有特別說的話，就知道指的是在說話當下之前。

I have had my lunch.
我吃過午餐了。

吃午餐 (在說話當　　　　　現在 (說話當下)
下前吃的)　　　　　　(不會特別說出來)

再舉個例子。媽媽看到你在看電視，於是問你怎麼還不去寫作業，你回她「作業寫完了」。你一定不會特別說「娘，在你說話當下之前，作業就寫好了」，因為不用特別說，就是指「說話當下」。

I have finished my homework already.
我已經寫完功課了。

完成功課 (在說話當　　　　　現在 (說話當下)
下前寫的)　　　　　　(不會特別說出來)

yet 有一個很特別的表達法 "have yet to V"，雖然看上去沒有否定詞，但意思是「還沒有、尚未」。例如：

The committee has yet to make a decision.
委員會還沒做出決定。

這個句子就等於

The committee hasn't made a decision yet.

(II) 過去完成式　had + p.p.

　　如果你各位知道完成式的概念，也看得懂剛剛現在完成式的部分，就可以理解「過去完成式」是指站在「過去的時間點」來看這個過去的時間點前完成的動作。以下哥也用完成式的使用時機套到過去完成式來帶你各位走過一次。

1. 做到某個過去時間點前的一段動作

John **had been** a teacher for thirty years before he retired.
John 在退休前當老師三十年。

退休（retired）

當老師三十年

使用時機 → 一段動作常會搭配一段時間出現。例句裡的 "for thirty years" 表達一段時間的概念。

用「過去完成式」的原因 → 這個句子是站在過去時間點來看「當老師」這一段狀態。知道是站在過去時間點是看到句子裡有過去式動作 retired。所以「一段動作」（完成式的使用時機）做到過去時間點就會使用「過去完成式」。

2. 某個過去時間點之前做某動作的經驗

John **had been** to Paris five times before he met his wife.
John 在遇到他太太之前去過巴黎五次。

遇到太太
（met his wife）

去巴黎好幾次

使用時機 → 描述動作經驗常會搭配次數出現。例句裡的 "five times" 表達經驗的概念。

用「過去完成式」的原因 → 這個句子是站在過去時間點來看「去巴黎幾次」的經驗，知道是站在過去時間點是看到句子裡有過去式動作 met。所以「做某動作的經驗」（完成式的使用時機）的次數算到過去時間點就會使用「過去完成式」。

3. 強調某個動作在過去時間點之前已經完成 一定要搞懂！

  站在過去的時間點來看一個比過去還要更早發生的動作，更早發生的動作就會用「過去完成式 "had + p.p."」；或換個說法，兩個動作都在過去的時空發生，要強調先後順序，<u>先發生就會用過去完成式，後發生就會用過去式</u>。圖示如下：

先發生　　　　　　　　　後發生（過去式）
（過去完成式）

來個例句吧：

> When I **got** to the office, my supervisor **had left** for Japan.
> 當我到辦公室時，我的主管已經前往日本了。

had left for Japan　　　　got to the office

這個概念可以從剛剛的 1 和 2 的例句做理解：

John had been a teacher <u>for thirty years</u> before he retired.
先當老師 (had been a teacher) 才退休 (retired)

John had been to Paris <u>five times</u> before he met his wife.
先去巴黎五次 (had been to Paris) 才遇到老婆 (met)

　　所以兩個動作都在過去 ➔ 先發生的用「過去完成」後發生的用「過去式」。或更準確的說法，說話者站在一個過去的動作（過去式）來描述一個更早發生的動作（過去完成式）。

　　哥再嘮叨一下，不知道你各位有沒有理解了，其實完成式的使用時機都是一樣的，只是看說話者是站在什麼時空。**剛剛的過去完成式的例句都會伴隨一個過去式的動作出現，表示說話者是站在過去的時空來描述**。而現在完成式的狀況是說話者站在說話當下的時間點，只不過人說話不會特別強調是在說話當下。

(III) 未來完成式　will have + p.p.　700 分以上看一下

　　如果你真的沒有要考 700 分以上，或是想節省時間的話，那這裡真的先略過。「現在完成」和「過去完成」重要的多。如果你可以看得懂哥在現在完成式和過去完成式的說明，那未來完成的式就難不倒你了。搞不好連哥這裡要說什麼，你都說得出來了。完成式的使用時機就是這三種：＿＿＿＿＿＿＿＿＿＿、＿＿＿＿＿＿＿＿＿＿ 以及 ＿＿＿＿＿＿＿＿＿＿（給你各位填填看）。會搭配未來完成式是因為說話者站在某個未來的時間點。哥決定這裡偷懶一下，選擇兩種使用時機來跟你各位舉例。

1. 做到未來某時間點前的一段動作

I **will have been** in New York for five weeks by next Friday
到下個禮拜五，我就在紐約五週了。

next Friday

在紐約五週　　（未來時間點）

使用時機 ➜ 一段動作常會搭配一段時間出現。例句裡的 "for five weeks" 表達一段時間的概念。
用「未來完成式」的原因 ➜ 這個句子是站在未來時間點來看「在紐約」這一段狀態。知道是站在未來時間點是看到句子裡有未來時間 "next Friday"。所以「一段動作」（完成式的使用時機）做到未來時間點就會使用「未來完成式」。

2. 強調某個「未完成的動作」在「未來時間點之前」已經完成

　　這個概念其實就跟過去完成式的用法一樣。在過去完成式的時候，兩個動作先後發生，先發生用過去完成，後發生用過去式。再把剛才的示意圖拿來複習一次：

先發生 (過去完成式)　　　　後發生 (過去式)

概念一樣，只是把時空搬到「未來」：有個動作現在還沒有完成，未來會完成，而且是在未來某個時間點前完成，這個動作就用「未來完成式」來表達。如下圖：

先發生（未來完成式）　　　　　　較後面的未來時間點或動作

來用兩個例子加深印象吧。首先先來個狀況劇：某天晚上 9:45，妻辣突然想買 LV 包包，於是決定在百貨公司快要關門的時候去。在車上你預估會 10:15 到百貨公司。但百貨公司 10:00 要關門了。因此，你們 10:15 會到百貨公司（後發生的未來動作），你們在車上的時候百貨公司還沒有關門，但 10:00 會關門（先發生的未來動作）。於是你就可以鬆了一口氣，跟你妻辣炫耀這句英文：

> The department store **will have closed** by the time we **arrive** there.
> 我們到那裡的時候，百貨公司已經關門了。

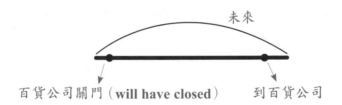

百貨公司關門（**will have closed**）　　　到百貨公司

再來個例句吧：

> I **will have finished** my report by the time I meet with the manager.
> 我在跟經理開會前會完成報告。

(will have finished my report)

報告現在還沒完成，但在跟經理開會前（後發生的未來動作）會完成報告（先發生的未來動作）。「完成報告」是未來兩個動作中先完成的動作，因此用「未來完成式」。

這樣你各位可以理解「完成式」這個時貌了嗎？使用時機都一樣，只不過站的時間點的時空不同，就有三種完成式了。

多益題目不會很細的考你三種完成式，但這會影響到對文句的理解，然後請將重點放在「現在完成」和「過去完成」喔！

VI　完成進行式

看這個標題就知道是把「完成式」和「進行式」結合在一起，就是「完成進行式」。

結合
have + p.p.　+　be+ V-ing　➔　have **been** Ving
完成式　　　　進行式　　　　完成進行式

如果你完成式可以了解，那完成進行式對你來說小菜一碟。因為完成式和完成進行式的用法幾乎一樣，只是把完成式加入進行式的概念，進行式就是有動作「持續中」的概念。所以完成進行式就是：在某個時間點前完成的一段動作，而且強調該動作在這段時間不斷持續中，此動作可以持續下去或結束。（你各位先把重點放在「強調持續」的概念。）

所以完成進行式就是比完成式多了「強調動作持續」。完成進行式依照時空的不同，也會有「現在完成進行」、「過去完成進行」以及「未來完成進行」。哥就每種跟你各位舉例說明：

現在完成進行 have/ has been + V-ing

> John **has been trying** to repair the relationship with his girlfriend
> for the past few weeks.
> John 在過去這幾個禮拜以來一直努力嘗試著修復跟女朋友的關係。

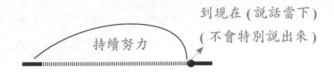

例句中的 "for the past few weeks" 很常搭配現在完成式。所以其實這個句子這樣也可以用現在完成式來表達：

John has tried to repair the relationship with his girlfriend for the past
few weeks.
只是用「現在完成進行式」更加深了「持續不斷到說話當下的概念」。

過去完成進行 had been + V-ing

> When I got home, my parents **had been sleeping**.
> 當我到家時，我爸媽已經睡了。

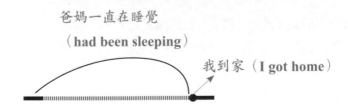

就如同示意圖，「我到家」是過去式（got），因此例句中的爸媽是比過去更早就開始睡覺，所以用過去完成式，而且睡覺通常就是會一直睡，就算你到家了，爸媽還是會繼續睡，因此很適合搭配「過去完成進行式」"had been sleeping"。

未來完成進行 **will have been + V-ing**

Next week, Johnny Wilson **will have been working** for Jay Motors for twenty years.

下個禮拜，Johnny Wilson 就會在 Jay 汽車公司工作二十年了。

參考哥為您準備的示意圖，這一句話為何用「未來完成進行式」" will have been working" 就讓你各位練習思考看看囉：)

一定會有人看完了「完成進行式」會很緊張，很想問哥如果選項同時有「完成式」或「完成進行式」該怎麼選擇，基本上考題不會這樣為難你各位。很多「完成進行式」的句子也可以用「完成式」來表達，只是看說話的人想不想要強調「動作持續」的概念。

VII 概念統整

剛剛把不同的時貌介紹後，哥來跟你各位整理一下吧。就像之前提到的，時態是由三個時空（現在、過去、未來）搭配上四個說話者看一個動作的角度，也就是時貌（簡單、進行、完成、完成進行），組合而成的。這也就是你各位為什麼會聽到英文老師們會說時態有十二個的原因了……因為 $3 \times 4 = 12$ ……

哥在下面把時貌的大重點帶過一次，並且提醒你各位要多留意的地方。如果發現哥提到的重點還有不熟悉的，要回頭搞清楚喔！

1. 簡單式：單純描述一個動作或事件。

● 知道每種簡單式（現在簡單、過去簡單、未來簡單）常搭配的時間概念字詞。

- 要知道「現在簡單式」在表達永恆不變的事實、習慣、長時間的狀態或長時間反覆出現的事情……等。「現在簡單式」不是「現在正在做的事情」！
- 了解條件句的使用。

2. 進行式（be + V-ing）：在某個時間點上，看一個持續中的動作。

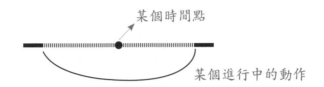

- 進行式有個延伸用法：將時間拉長，可以觀察出漸漸進行中的動作。
3. 完成式（have + p.p.）：「完成式」就是「已經完成的某件事情」。完成式就是站在某個時間點往回看已經完成的「一段動作」、「做某件事情的經驗」以及「強調某動作已完成」。

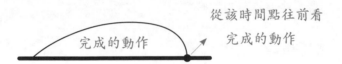

- 特別留意「現在完成式」和「過去完成式」的用法。
- 知道「現在完成式」常搭配的時間概念字詞。

4. 完成進行式（have been + V-ing）：完成式和完成進行式的用法幾乎一樣，只是把完成式加入進行式的概念——在某個時間點前完成的一段動作，而且強調該動作在這段時間的持續。

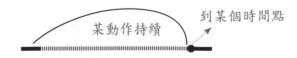

　　哥來幫你各位整理在多益中的時態考題會怎麼考。不過不要忘記喔，動詞的概念不是只有時態，還有「主詞動詞一致」和「主動被動」。

題型一　★★★★★
看時間搭配字選時態 or 看時態選時間搭配字

　　在 Part 1 的時候，哥在聊時態的時候也會提到常跟這個時態一起出現的時間概念字詞。在多益考題中，常出現「看時間搭配字選時態」或「看時態選時間搭配字」的題型。

● Practice 題型一

1. The board has ＿＿＿＿ decided to merge with Neo Technology.

   (A) soon (B) usually (C) occasionally (D) already

2. Neo Technology will ＿＿＿＿ release a new model of smartphone, which is exciting to many Neo fans.

   (A) soon (B) recently (C) previously (D) already

3. The price of gold ＿＿＿＿ for the past few months, and some distributors anticipate that the price hike will continue.

   (A) rise (B) has been rising (C) being rising (D) had risen

4. Beauty & Joy Inc. has been one of the leading companies in the cosmetic industry ＿＿＿＿ decades.

   (A) for (B) of (C) since (D) from

5. By next month, Eat In Italy, a renowned restaurant specializing in Italian cuisine, ＿＿＿＿ five branches in Tokyo.

   (A) open (B) having opened (C) opened (D) will have opened

6. The sales of Modern Auto's newest four-door sedan ＿＿＿＿ at an all-time high since the car model's release last year.

   (A) is (B) have been (C) be (D) will be

7. According to the corporate spokesperson, the board of Modern Auto has _____ to decide when to release the newest RV model.
(A) usually (B) occasionally (C) yet (D) recently

● 解析

1. **Ans: (D)**，題目的動詞 "has decided" 是「現在完成式」，適合搭配選項 (D) already「已經」。

   譯 董事會已經決定要跟 Neo 科技公司合併。

2. **Ans: (A)**，看到 will 知道這句話是「未來式」，適合搭配選項 (A) soon「很快地」。

   譯 Neo 科技公司很快會推出一款新的智慧型手機，這讓很多 Neo 的粉絲很興奮。

3. **Ans: (B)**，先把 (A) 刪除，因為和主詞無法搭配。也要刪除 (C) 因為沒有時態。題目中的時間搭配字詞 "for the past few months" 會搭配「現在完成式」的概念，因此選擇 (B) has been rising「現在完成進行式」。

   譯 在過去這幾個月，黃金的價格一直上升，有些經銷商預期這樣的價格上漲會繼續。

4. **Ans: (A)**，題目的動詞 "has been" 是「現在完成式」，完成式常會搭配一段時間的概念「for + 一段時間」。

   譯 Beauty & Joy 公司這幾十年來一直是化妝品產業中主要的公司之一。

5. **Ans: (D)**，先把 (A) 刪除，因為和主詞無法搭配。也要刪除 (B) 因為沒有時態。看到題目中的 "next month"，就可以判斷要搭配跟未來式相關的時態，因此選擇 (D)，所以這裡不用很在意為何用「未來完成式」。

   譯 到下個月前，一家專精於義式料理的著名餐廳，「Eat In Italy」，就會在東京開五間分店了。

6. **Ans: (B)**，檢查「主詞動詞一致」，看到介系詞為止。先把 (A) 刪除，因為和主詞無法搭配。也要刪除 (C) 因為沒有時態。題目中看到 since 可看出是常和「現在完成式」搭配的字詞，因此選擇 (B)。

   譯 Modern 汽車公司最新款的四門轎車，自從該車款去年推出後，銷量就一直很高。

7. **Ans: (C)**，"have yet to V" 表示「尚未完成某事」。(D) recently 「最近」會搭配「現在完成式」。(A) 和 (B) 都是「頻率副詞」，可以依照頻率副詞在句子中的位置刪去這兩個選項，頻率副詞在句中會放在「一般動詞前面，助動詞以及 be 動詞後面」，這一題的 has 是一般動詞，因此頻率副詞要放在前面，不會放在後面。（have 只有在「完成式」"have + p.p." 其他 have 的用法都是一般動詞。）可以從題目中的 have 後面沒有加上 p.p. 知道 have 不是完成式的用法。因此這裡的 have 是一般動詞。

譯 根據公司發言人， Modern 汽車公司的董事會尚未決定什麼時候會發表最新的休旅車款式。

題型二 ★★★★★
兩個句子，兩個時態

有時候時態的考題不會有時間概的字詞念作提示，是要看上下句才能判斷的。其實在 Part 1 已經跟你各位提過一些概念，哥這裡再來整理一次：

1. 一般來說，如果沒有特別的時間字詞提到其他時空，那兩個句子通常是在說同一個時空，因此時態會一致。
2. 多益 Part 6 克漏字的考題，要依照上下句來判斷時態。（這樣的題目會在 CH12 練習到。）
3. 條件句：在 Part 1 有跟大家聊過兩種條件句，這裡哥來把事情簡單化。
   (1) 先用口訣檢查多益最常出現的條件句種類

   口訣：

「從」「時間」「調」整　「現在」 開始，　「未來」 能成功。

從屬連接詞是時間類和條件類的　　條件句的時態要用現在式　　結果句用未來式

(2) 檢查考題，確定是考條件句後，如果空格挖在「條件句」那就填「現
在式」；如果空格挖在「結果句」那就填「未來式」。例如：

After the client **comes** to the company tomorrow,
（條件句）
we **will give** him a tour of our office.
（結果句）
明天客戶來到公司後，我們會帶他參觀我們的辦公室。

(3) 「結果句」也可以是「祈使句」。例如：

If you **see** Mr. White tonight, please **give** the letter to him.
（條件句）　　　　　　　　（結果句是祈使句）
如果你今天晚上看到 Mr. White，請給他這封信。

4. **完成式：其實三種完成式都會遇到「兩個句子，兩個時態」的狀況。但多**
益考題中，最容易要判斷「現在完成式」和「過去完成式」。所以哥就針
對這兩種完成式來跟你各位開示些重點。

(1) 現在完成式：現在完成式常會搭配 since。 since 表達「時間起點」
的概念，因此 since 後面加上句子的時候要加上「過去式句子」。例如：

since＋過去式句子

Mr. Corry **has been working** for the company since he graduated
from college.
自從大學畢業，Mr. Corry 就一直在這家公司工作。

(2) 過去完成式：當兩個動作都發生在過去，先發生的動作用「過去完成
式」，後發生的動作用「過去式」。例如：

後發生　　　　　　　　　　　　　　　　先發生

When I **got** to the office, my supervisor **had left** for Japan.
當我到辦公室時，我的主管已經前往日本了。

題型三 ★★
判斷祈使句

祈使句很常用而且很重要,不過在多益考題中的頻率沒有那麼高。就是因為頻率不高,考出來的話,你各位可能會判斷不出來是在考祈使句。所以這裡用個例題來聊聊怎麼判斷是在考祈使句:

_____ to customer inquiries as soon as possible when receiving one.
(A) Responding (B) Responded (C) Respond (D) Response

這句話的空格在第一個字,似乎要填的是主詞,也就是名詞。但是再看仔細一點,如果這個格子填入 **(D) Response** 好像就不會有動詞了,如果動詞和主詞只能選一個的話,那要選動詞。因為英文句子有一個情況可以省略主詞,那就是祈使句,用原形動詞開頭,因此選擇 **(C) Respond** 。這個例題的完整句子如下:

Respond to customer inquiries as soon as possible after receiving one.
當收到顧客的問題時要盡快回覆。

用一句簡單的解題技巧判斷祈使句:空格在句首而且整句話沒有主詞也沒有動詞,則空格填原形動詞。

● **Practice 題型二、三**

1. If it rains tomorrow, the employee picnic _____ to next Friday.
   (A) postpone (B) had been postponed (C) has postponed (D) will be postponed

2. Several department stores have contacted us since we _____ the notice to seek cross-industry cooperation.
   (A) posted (B) had posted (C) posting (D) are posted

3. Please _____ your carry-on luggage in the overhead bin after boarding the plane.
   (A) store (B) stored (C) storing (D) storage

4. If Mr. Marshall _____ his sales quota again next quarter, he will be one of the candidates for the Employee-of-the-Year award.

   (A) will reach (B) reaches (C) reached (D) be reaching

5. Due to the traffic congestion, the lecturer _____ his presentation when we arrived at the venue.

   (A) making (B) had been making (C) is made (D) will make

● 解析

1. **Ans: (D)**，可以先看到空格前的主詞是 "the employee picnic"，搭配上選項的動作應該要搭配「被動」，因此刪除 (A) 和 (C)。而且主詞 "the employee picnic" 是單數，也不能搭配選項 (A)。看到條件連接詞 if 而且搭配上現在式 rains，可以知道在考「條件句」的概念。空格在結果句要用未來式，因此選擇 (D)。

   譯 如果明天下雨，員工野餐會延期到下週五。

2. **Ans: (A)**，先刪除 (C) 因為沒有時態。接著刪除 (D) 因為主詞 we 有能力做選項的動作，因此應該用主動。這個句子是現在完成式 "have contacted"，而 since 後面要加上過去式句子，因此選擇 (A)。

   譯 自從我們發佈尋求異業合作的公告後，有幾間百貨公司已經跟我們聯絡。

3. **Ans: (A)**，空格在句首（不要跟哥說還有 Please，Please 沒有也沒關係），該句沒有主詞也沒有動詞，那要選擇原形動詞，這個句子是祈使句。

   譯 在登機後，請將登機行李放在頭頂置物處。

4. **Ans: (B)**，先刪去 (D)，因為沒有時態。看到條件連接詞 if，而且結果句的時態是未來式 "will be"，可以推測在考條件句的概念。空格挖在條件句，要填入現在式，因此選擇 (B)。

   譯 如果 Marshall 先生下一季又達到他的業績配額，他將會是年度員工獎的人選之一。

5. **Ans: (B)**，先刪除 (A) 因為沒有時態。接著刪除 (C) 因為主詞 "the lecturer" 有能力做選項的動作，因此應該用主動。可以觀察語意以及 when 的句子所搭配的過去式動詞 arrived，可以判斷應該是在我們到達前，講師就開始演講了，因此要表達比過去更早就發生要選擇「過去完成式」相關的概念，因此選擇 (B)。

譯 由於塞車，當我們到達會場時，講師已經在進行演講了。

● Overall Practice

1. Effective next month, Mr. Corry _____ from the company, and Ms. Kirsten will take over his position as general manager.

   (A) will resign (B) had resigned (C) resigning (D) resign

2. The sales of Neo Technology's newest smartphone have been increasing at a dramatic rate _____ last month.

   (A) for (B) of (C) since (D) from

3. Before Ms. Barty was promoted, she _____ the head of the marketing division for five years.

   (A) has been (B) had been (C) to be (D) will be

4. In recent years, William Realty _____ its business into other countries.

   (A) expand (B) has expanded (C) will be expanding (D) expanding

5. Several weeks ago, the president of Simpson Inc. _____ Nick William to take over Sandra Smith's position as general manager.

   (A) designated (B) designate (C) will have designated (D) to designate

6. Several members in the accounting department _____ out of town next week to attend an annual seminar.

   (A) is (B) has been (C) will be (D) being

7. If you need any assistance, please _____ one of our customer service representatives for help.

   (A) asking (B) asked (C) to ask (D) ask

8. We _____ the evaluation process after we have received all the application forms.

(A) will begin (B) had begun (C) beginning (D) begins

9. Many employees in Wilbur Construction _____ to resign since the news about the company's being acquired by Longson Construction was released.

(A) decides (B) was decided (C) have decided (D) will be deciding

10. If sales _____ to decline, Landy Footwear will go out of business in the near future.

(A) continuing (B) will continue (C) continued (D) continue

● 解析

1. **Ans: (A)**，看到 "next month"，其實就可以直接決定要選擇未來式相關的概念，因此選擇 (A)。

   譯 從下個月開始，Corry 先生會辭職，Kirsten 小姐會承接他總經理的職務。

2. **Ans: (C)**，題目的動詞 "have been" 是「現在完成式」，完成式常會搭配「since + 時間起點」的概念。

   譯 自從上個月，Neo 科技公司最新的智慧型手機的銷售量就有明顯的增加。

3. **Ans: (B)**，先刪除 (C) 因為沒有時態。從題目語意可看出空格的動作是在過去式動作 "was promoted" 之前發生的，因此選擇過去完成式 (B)。

   譯 在 Barty 小姐被升遷前，她擔任行銷部門的主管五年。

4. **Ans: (B)**，先刪除 (D) 因為沒有時態，並且刪除 (A) 因為和主詞不一致。看到題目的 recent 可以看出適合搭配「現在完成式」，因此選擇 (B)。

   譯 近年來，William 不動產將其事業擴展到其他國家。

5. **Ans: (A)**，先刪除 (D) 因為沒有時態，並且刪除 (B) 因為和主詞不一致。
看到題目的 "several weeks ago" 可以看出適合搭配「過去式」，因此
選擇 (A)。

　　🈋 幾個禮拜前，Simpson 公司的總裁指派 Nick William 承接 Sandra
　　Smith 總經理的職務。

6. **Ans: (C)**，先刪除 (D) 因為沒有時態，接著用解題技巧「看到介系詞為止」
刪除 (A) 和 (B)，因為主詞動詞不一致。因此其實不用判斷到時態就可以
選出答案。

　　🈋 會計部門的幾位成員下個禮拜會出城參加年度研討會。

7. **Ans: (D)**，空格在句首，該句沒有主詞也沒有動詞，那要選擇原形動詞，
這個句子是祈使句。

　　🈋 如果你需要協助，請尋求我們的客服人員的幫忙。

8. **Ans: (A)**，刪除 (C) 因為沒有時態，接著把 (D) 刪除因為和主詞無法搭配。
看到時間連接詞 after 而且搭配上現在式相關概念 "have received"，可以
知道在考「條件句」的概念。空格在結果句要用未來式，因此選擇 (A)。

　　🈋 在我們收到所有的申請表單後，我們就會開始評鑑的程序。

9. **Ans: (C)**，用解題技巧「看到介系詞為止」刪除 (A) 和 (B)，因為主詞動
詞不一致。題目中的 since 適合搭配「現在完成式」，因此選擇 (C)。

　　🈋 自從 Wilbur 建設公司被 Longson 建設公司併購的消息發布後，很多
　　Wilbur 建設公司的員工已經決定辭職。

10. **Ans: (D)**，刪除 (A) 因為沒有時態。看到條件連接詞 if，而且結果句的時
態是未來式 "will go"，可以推測在考條件句的概念。空格挖在條件句，
要填入現在式，因此選擇 (D)。

　　🈋 如果銷售量繼續下滑，Landy 鞋子公司在不久之後就會關閉。

CH5 動詞 3：被動語態

再跟你各位強調一次，當看到多益的題目考動詞的概念，要買上想到三個觀念：「主詞動詞一致」、「主動被動」和「時態」。哥建議你先用前兩個刪掉答案，因為大家一定最容易忽略前面兩個概念。

這個章節來跟你各位聊聊「被動」的概念。很多人以為「被動」也是時態，不是喔，時態是時態，和主動或被動沒有關係。「被動」是用另一個面向來描述一個句子。例如你可以說：「有個混蛋偷了我的錢包。」但同一件事情，也可以這樣描述：「我的錢包被偷走了。」這兩個句子的時態都是一樣的，翻譯成英文都是「過去式」，只不過前一句是用「主動」的方式來敘述「某人偷了錢包」，後一句是用「被動」的方式來強調原本主動句中的受詞（也就是錢包）被偷走了。這兩句話用英文表達就是：

（主動句）　A jerk **stole** my purse.
　　　　　有個混蛋偷了我的錢包。

（被動句）　My purse **was stolen**.
　　　　　我的錢包被偷走了。

其實被動的概念在多益考題以及多益閱測的文句理解不會太複雜，哥就來帶你各位快速了解「被動語態」吧！

哥有個朋友在國中的時候騎新買的捷安特腳踏車上學，才沒幾天就被偷了，因為他沒上鎖。於是他決定要化悲憤為力量，要做善事。他買了好幾個腳踏車鎖，沿路看哪台腳踏車沒上鎖就幫他鎖上，只不過他沒有留下鎖的鑰匙……。

I 「被動語態」搭配「時態」

一個句子在主要動詞看到 "be + p.p." 的結構的話,這個句子就是被動式。在一開始哥就提到,時態和主動被動是兩回事,彼此可以互相搭配。哥就來跟你各位把每種時態搭配上被動語態整理一次:

簡單式 + 被動 (be + p.p.)

- 現在簡單被動:is/ am/ are + p.p.
- 過去簡單被動:was/ were + p.p.
- 未來簡單被動:will be + p.p.

進行式 + 被動 (be being p.p.)

結合

be + V-ing + be+ p.p → be being p.p.

進行式　　　被動式　　　進行被動式

- 現在進行被動:is/ am/ are + being + p.p.

The computer is being fixed by the mechanic now.
電腦正在被技師修理中。

- 過去進行被動:was/ were + being + p.p.

The boy was being teased by his friends when I saw these students.
當我看到這些學生的時候,這男孩正被他的朋友們逗弄著。

- 未來進行被動:will be + being + p.p.

完成式 + 被動 （**have been p.p.**）

結合

have + p.p. + be + p.p ➜ have been p.p.

完成式　　　被動式　　　完成被動式

● 現在完成被動：have/has + p.p.

The letter **has been sent** already.
信已經寄出了。

● 過去完成被動：had + p.p.

The item **had been delivered** by the time we received the e-mail.
我們收到這封電子郵件前，商品已經寄出。

● 未來完成被動：will have been + p.p.

　　哥要提醒你各位，一定要有 "be + p.p." 才是被動喔。
很多人看到 "have + p.p." 就說是被動，但是 "have + p.p."
沒有「be 動詞」所以是主動， "have been p.p." 才是被動。

做題目時如何判斷該用「主動」還是「被動」

這個部分相當實際，就是來跟你各位聊聊題目中要怎麼決定該用「主動」還是「被動」。哥以下跟你分享三個方法：

(I) 用意思判斷

如果能用意思判斷是主動還是被動，那當然就這樣判斷意思就好了（注意喔，「事物」當主詞不一定就是被動；「人」當主詞不一定就是主動）。哥發現很多時候如果題目的主詞跟「員工」相關，答案常常是被動，例如員工被指派做事情。另外，員工領薪水也是用被動，因為員工是「被支付薪水」。例如：

> Mr. Smith **was designated** to attend the conference on behalf of his manager.
> Smith 先生被指派代替他的經理參加會議。

> The English tutor **is paid** by the hour.
> 這個英文家教是依照工作時數領錢。

(II) 文法結構

學文法就是要學文法結構，在討論怎麼用文法結構來解題之前，哥先跟你各位聊聊主動句是怎麼變成被動句的，只要能了解主動句變成被動句的步驟，就能知道為什麼這樣解題了。

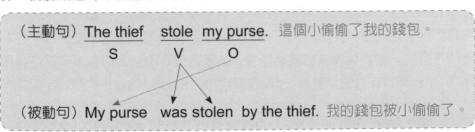

（主動句）The thief　stole　my purse. 這個小偷偷了我的錢包。
　　　　　　S　　　　V　　　O

（被動句）My purse　was stolen　by the thief. 我的錢包被小偷偷了。

「主動句」改成「被動句」的重點：

1. 「主動句」改成「被動句」一定要有的三元素：主詞、動詞、受詞。

2. 第一步驟是把主動句的受詞變成被動句的主詞。

3. 第二步驟是把主動句的動詞，變成被動句的 "be + p.p." 。

4. 第三步驟是把主動句的主詞，在被動句中放到 by 後面。但 by... 在被動句中可以省略。

　　聊完主動句改成被動句後，哥就來跟你分析一些解題技巧：

● 如果選項是「不及物動詞」→ 不會有被動語態

　　在 CH1 詞性判斷的章節跟你各位提過動詞可以依據後面是否加上受詞分為「及物動詞」和「不及物動詞」。前者要加上受詞，後者不能加上受詞。

　　不及物動詞不會有被動語態（所以只有主動），是因為不及物動詞缺少了主動句變成被動句的元素中「受詞」這個元素。沒有受詞就沒辦法變成被動句了。因為第一步驟──把主動句的受詞變成被動句的主詞──就會卡關。所以例如你各位不會看到 sleep 有被動式，因為 sleep 基本上不會加上受詞，沒有受詞就無法變成被動語態。其他動詞如 rise（上升）、arrive（到達）、appear（出現）、disappear（消失）、happen、occur（發生）、exist（存在）……等，都不會有被動語態，因為都是不及物動詞。

　　這個概念除了可以解決文法題，如果單字題是考動詞，還可以拿來刪除選項。例如：

The new copy machine will be _____ to our company by Friday.
(A) arrived　(B) delivered　(C) appeared　(D) subscribed

　　這個例題看選項是考單字。選項的單字跟空格前的 be 動詞可以看出這句話用到被動語態，就可以先把 (A) 和 (C) 刪掉，因為這兩個選項的動詞都是「不及物」動詞，不會有被動語態。接著就是要看你各位有沒有好好背單字了，(B) 和 (D) 分辨語意後，可以知道選擇 (B) 比較恰當。完整句子如下：

The new copy machine will be **delivered** to our company by Friday.
新的影印機會在禮拜五前運送到我們公司。

看完「不及物動詞沒有被動」這個概念，哥相信很多人會 murmur：「這樣喔，我哪知道這個動詞是不是不及物動詞……。」放心，不常用到這個技巧解題。不過不妨把哥列舉到的不及物動詞的例子都記起來，如果考出來，那真的是個很好的解題技巧。

● 如果選項是「及物動詞」
　　及物動詞就是後面會加上受詞。依照「主動句變成被動句的步驟」，可以知道：

✦ **空格後面有受詞** ➜ **是「主動」**　　Hen 重要！
　　這個解題技巧 hen 重要！非常重要！超級重要！而且根本不用知道選項是不是及物動詞。反正空格後有受詞，就是「主動」。哥用一個很簡單的問題來跟你各位解釋這個概念：
The thief _____ my purse.
(A) stole　(B) was stolen

　　你各位一定想說：「廢言，當然是 (A) 啊，小偷當然有能力偷錢包，所以用主動。」但如果不用意思判斷的話，是不是也能馬上看出來要選擇主動呢？
　　還記得主動句變成被動句的第一步驟嗎？──把主動句的受詞變成被動句的主詞。所以如果空格後面還有受詞，表示受詞沒有移走，既然沒有移走，那就是「主動句」。用圖來解釋一下好了：

➜ 空格後面有受詞，就是「主動句」！

哥先跟你各位説一下，這個解題技巧如果遇到「授予動詞」就不可行了。但是哥這裡不囉嗦了，多益很少考到這一部分。想先準備多益，那就把這句話刻在心裡：

Hen 重要！

✦ 空格後面有受詞（名詞）是主動！空格後面有受詞（名詞）是主動！
✦ 明明這個動作要有個受詞，但是卻沒有受詞 → 被動

哥先來跟你各位解釋本解題技巧的意思，一樣用個簡單的例題來講解：

My purse _____.

(A) was stolen (B) stole

哥知道你用腿毛想也會告訴我答案是 (A)，因為錢包沒有能力做「偷東西」的動作，所以要用被動。不過如果用「主動句變成被動句的步驟」來思考的話，是不是也可以解決呢？

「偷」這個動作後面應該要有受詞。例如「偷『錢』」、「偷『皮包』」……等。但這個題目的空格後面似乎沒有放受詞，只有一種可能，就是「受詞往前移動變成主詞了」。什麼時候受詞會往前移動變成主詞呢，就是「被動」的情況了，因此這一題要選擇 (A) 的被動。

總結一下這兩個跟「及物動詞」相關的解題技巧。其實這兩個技巧用的都是一樣的概念，就是受詞有沒有移動。如果空格後面有受詞，表示受詞沒有往前移動，還留在動詞後，那就是「主動句」。相對的，如果這個動詞明明就需要個受詞語意才會完整，但空格後卻沒有受詞，只有一個可能——受詞往前移動變成主詞了，所以是「被動句」。哥用兩個例題再跟你各位複習一次：

1. The manager _____ his subordinates to go on a holiday from time to time.

   (A) encourages   (B) is encouraged

2. The employees in the company _____ to go on a holiday from time to time.

   (A) encourages (B) is encouraged (C) encourage (D) are encouraged

這兩題的動作都是 encourage「鼓勵」。第一題的空格後面有名詞 "his subordinates"，動詞後面的名詞就是受詞，動詞後面的受詞還留著，表示要用「主動」，因此選擇 (A)。第一題完整句子如下：

> The manager **encourages** his subordinates to go on a holiday from time to time.
> 這個經理鼓勵他的下屬偶爾要去渡假。

第二個例題哥順便複習一下「主詞動詞一致」的概念。「主詞動詞一致」要想到解題技巧——看到介系詞前面的名詞。介系詞 in 前面的名詞是複數 "the employees"，因此先刪除 (A) 和 (B)。(C) 和 (D) 的差別是主動和被動。「鼓勵」這個動作要有受詞，但空格後沒有受詞，表示受詞一定往前移動變成主詞了，因此要用「被動」，因此選擇 (D)。第一題完整句子如下：

> The employees in the company **are encouraged** to go on a holiday from time to time.
> 這家公司的員工被鼓勵偶爾要去渡假。

如果你各位覺得內容太多，那一定要記得這個：「空格後面有受詞選主動」。

(III) 慣用語

下面表格中的這些動詞常常搭配被動語態，所以當選項出現這些動詞的時候，只要確認是用於表格中的意思，就要選擇被動式。

中文	英文	例句
A 暴露於 B	A be exposed to B	The power plant workers are worried that they **are exposed** to radiation. 電廠工作人員很擔心他們暴露於輻射中。

★ A 跟 B 有關係	A be related to B	The murder case **is related to** the robbery. 這個凶殺案跟這個搶劫有關。
★ A 致力於 B	A be dedicated to B A be devoted to B	The professor **was dedicated to** the invention of the machine. 這個教授致力於這台機器的發明。
A 適應 B	A be used to B A be accustomed to B	**I am** still not **accustomed to** living in London. 我還是不習慣住在倫敦。
★ A 跟 B 比較	A be compared with B	The twins **are** always **compared with** each other. 這對雙胞胎總是被互相比較。
★ A 涉入 B	A be involved in B	The judge is investigating whether the mayor is **involved in** the bribery case. 法官正在調查市長是否涉入這個賄賂案。
★ A 相信 B	A be convinced of B	The mother **isn't convinced of** the fact that her son is a murderer. 這個媽媽不相信她的兒子是殺人兇手的事實。

	A be composed of B A be made up of B ★ A consist of B	The committee **is composed of** several doctors and professors. 這個委員會是由幾位醫生和教授組成的。
★ A由B 組成		
★ A 座落 於 B	A be located + 地方介系詞 B A be situated + 地方介系詞 B	The new department store **is located near** a tourist attraction. 這個百貨公司位於一個景點附近。
★ A 建立 於 B 的 基礎上	A be based on B	Our friendship **is based on** mutual belief. 我們的友誼是建立在互相信任的基礎上。

　　當然還有很多動詞常搭配被動語態表達，例如「A 對 B 上癮」"A be addicted to B"，但這裡哥就跟你各位分享多益考題中有可能看到的，而且哥還偷偷多放了一些怕你覺得不夠，所以你各位先把這個表格看熟其實就可以應付考題了。

　　看完這個表格後，如果你各位腦袋快爆掉了，先注意有打星號的部分。哥要提醒你兩個重點。

1. 「**A 由 B 組成**」的表達法要特別注意 "**A consist of B**" 要用「主動」。所以表格裡的例句也可以改成：

> The committee **consists of** several doctors and professors.

2. 這些動詞雖然常用在被動語態，但並不表示不能用在主動句喔。有時候多益會故意考這些動詞用在主動句，但不要慌，只要發現空格後面有受詞就要選擇主動。例如：

● 「A 涉入 B」（A be involved in B）用在「某人參與某事」，會用被動的表達法，但你各位不要忽略本來 involve 是「包含」的意思。

例如以下句子：

主動 ◄── 有受詞

The responsibility of the position **involves** supervision of five employees. 這個職位的責任包含監督五名員工。

● 「A 致力於 B」（A be dedicated to B）在多益中最常用於表達「某人致力於某事」，但也不要忽略 dedicate 是「投入（時間、精力⋯⋯等）」：

主動 ◄── 有受詞

Our team **has dedicated** much time and effort to the project.
我們的團隊投入許多時間和精力在這個專案上。

Part 2 多益怎麼考

其實哥在 Part 1 已經跟你各位分享了解題技巧，不過如果你覺得一時無法吸收，那哥建議你一定要先熟練這三種判斷選項主動被動的方法：

1. 就算你多想選被動。空格後面有受詞 (名詞)，就是要選「主動」。

2. 用「語意」確認答案。

3. 也可思考選項的動詞後面是不是應該來個受詞，語意才完整。如果該有受詞卻沒有就選「被動」。

4. 選項的動詞是「慣用語」中提到，常搭配被動的動詞嗎？但就算是慣用語的選項，只要空格後面有受詞，還是要搭配主動喔。

以下的練習題目，哥也會把「主詞動詞一致」和「時態」的概念融入喔。別忘了，動詞的概念就是這三個——「主詞動詞一致」、「主動被動」和「時態」，要一起拿來判斷考題。

● **Overall Practice**

1. The travel package you booked _____ round-trip airplane tickets and accommodation.

    (A) are including (B) is included (C) includes (D) including

2. Because of the roadwork in the area from Monday to Friday, drivers are _____ to take alternative routes during these days.
   (A) advising (B) advised (C) advise (D) to advise

3. Dalton Packaging _____ to environmental protection since the company's establishment.
   (A) dedicates (B) was dedicated (C) dedicated (D) has been dedicated

4. Several members in the marketing department _____ to help conduct market research.
   (A) is designated (B) will be designated (C) have designated (D) designate

5. The conference materials _____ to the participants before the first presenter made his presentation.
   (A) had been distributed (B) distributed (C) will distribute (D) to be distributed

6. The team _____ much time and effort to this project.
   (A) has dedicated (B) is dedicated (C) dedicating (D) dedicate

7. The job of our office assistant _____ some office work and clerical duties.
   (A) is involved (B) involves (C) involve (D) involving

8. Because of his outstanding performance, Mr. Thomas _____ for Employee of the Year award several times.
   (A) nominated (B) to be nominated (C) had nominated (D) has been nominated

9. Sales of our new product _____ to increase because of the advertising campaign.
   (A) expects (B) are expected (C) being expected (D) has expected

10. Next week, members of the management team _____ in a workshop to learn how to boost morale and improve employee productivity.
    (A) have been involved (B) involve (C) will be involved (D) will involve

11. Because of inflation, the cost of living is _____ at an alarming rate.

(A) rising (B) rose (C) risen (D) rise

● 解析

1. **Ans: (C)**，觀察選項後知道在考動詞的概念，先將 (D) 刪掉，因為沒有時態，並且刪掉 (A)，因為主詞動詞不一致。(B) 和 (C) 的差別是「被動」和「主動」的差別。空格後面有名詞 "round-trip airplane tickets"，動詞後面的名詞就是受詞，空格後面有受詞，因此是主動，因此選擇 (C)。

    譯 你預定的旅遊套裝行程包括來回機票和住宿。

2. **Ans: (B)**，空格前已經有 be 動詞，因此只能考慮 (A) 和 (B)。選擇 (A) 是主動，選擇 (B) 是被動。「建議」這個動作應該要搭配受詞，但是空格後面沒有受詞，因此選擇「被動」的選項 (B)。

    譯 由於這個地區從禮拜一到禮拜五的道路施工，駕駛們被建議這幾天改道行駛。

3. **Ans: (D)**，選項都能搭配主詞 "Dalton Packaging"，因此先思考主動和被動的概念。dedicate 常用在被動語態（可參照慣用語表格），而且空格後面沒有受詞，因此可以確定要選擇「被動」的選項，剩下 (B) 和 (D)。題目中的 since 是「現在完成式」的關鍵字，因此選擇 (D)。

    譯 Dalton 包裝公司自從公司建立後就一直致力於環境保護。

4. **Ans: (B)**，先思考主詞動詞一致，運用解題技巧「看到介系詞為止」。介系詞 in 前面的名詞 members 是複數，因此刪除 (A)。剩餘的選項雖然時態都不同，但先思考主動被動的概念。「成員們」應該是「被指派去做某事」。或可以這樣思考，「指派」這個動作是需要受詞的，例如「指派『員工』做某事」，但是空格後沒有受詞，因此是被動的選項 (B)。

    譯 行銷部門的幾個成員被指派要幫忙進行市場調查。

5. **Ans: (A)**，先將 (D) 刪掉，因為沒有時態。接著先思考主動被動的概念。主詞 "the conference materials" 因該是「被分配」給參與者，因此選擇「被動」的選項 (A)。

    譯 會議資料已經在第一個報告者報告前分發給參與者。

6. **Ans: (A)**，先將 (C) 刪掉，因為沒有時態，並且刪掉 (D)，因為主詞動詞不一致。dedicate 雖然常用在被動語態，但不表示不能用在主動。空格後有受詞 "much time and effort"，因此選擇「主動」的選項 (A)。

    譯 這個團隊投入了很多時間和精力在這個企畫。

7. **Ans: (B)**，先將 (D) 刪掉，因為沒有時態。思考主詞動詞一致，運用解題技巧「看到介系詞為止」。介系詞 of 前面的名詞 "the job" 是單數，因此刪除 (C)。involve 雖然常用在被動語態，但不表示不能用在主動。空格後有受詞 "some office work and clerical duties"，因此選擇「主動」的選項 (B)。

    譯 辦公室助理的工作包含一些辦公室的業務和文書職責。

8. **Ans: (D)**，先將 (B) 刪掉，因為沒有時態。主詞 "Mr. Thomas" 是「被提名」得到獎項，或可以這樣思考，「提名」這個動作是需要受詞的，但是空格後沒有受詞，因此是被動的選項 (D)。

    譯 由於傑出的表現，Mr. Thomas 被提名過年度最佳員工幾次。

9. **Ans: (B)**，先將 (C) 刪掉，因為沒有時態。思考主詞動詞一致，運用解題技巧「看到介系詞為止」。介系詞 of 前面的名詞 sales 是複數，因此刪除 (A) 和 (D)。

    譯 我們新產品的銷售量因為廣告活動的緣故，被預期會增加。

10. **Ans: (C)**，雖然時態可以最後在思考，但 "next week" 很明顯是「未來」，因此刪除 (A) 和 (B)。involve 常用在被動語態，「人 be involved in 某事」表示「某人參與某事」，而且空格後面沒有受詞，因此可以確定要選擇「被動」的選項，因此選擇 (C)。

    譯 下週，管理團隊的成員們會參與一個工作坊來學習如何提升士氣和員工效率。

11. **Ans: (A)**，空格前已經有 be 動詞，因此只能考慮 (A) 和 (C)。選擇 (A) 是主動，選擇 (C) 是被動。rise 是「不及物動詞」，不會有被動，因此選擇 (A)。

    譯 因為通貨膨脹，生活費以驚人速度上升。

CH6 連接詞和介系詞

　　連接詞主要是連接兩個句子。連接詞分為兩種:「對等連接詞」和「從屬連接詞」。不過為什麼連接詞要跟介系詞扯在一起呢?因為多益題目有一種考題是考連接詞和介系詞用法上的差別。

　　哥在 **Part 1** 就依序跟你各位介紹「對等連接詞」、「從屬連接詞」和「介系詞」的重點,**Part 2** 就來分析多益考題會怎麼考連接詞和介系詞的觀念。

Part 1 秒懂文法概念

I 對等連接詞

(I) 對等連接詞的種類
1. 單字類的對等連接詞 (重點放在 and, or, but, yet, so)

and	● 和、然後 I have bread **and** cereal for breakfast. 我吃麵包和麥片當早餐。
but	● 但是 I want to kiss you, **but** you have bad breath. 我想親你,但是你有口臭。
or	● 或是、否則 I usually go to school on foot **or** by bus. 我通常走路或是搭公車上學。 Flatter your manager from time to time, **or** you won't get promoted. 時不時地奉承你的經理,否則你將無法升遷。

有這種經驗過吧?!

so	● 所以 My supervisor took a leave today, **so** I could flirt with his wife in the office. 我的主管今天請假，**所以**我可以跟他的太太在辦公室裡調情。
yet	● 然而、但是 ★ yet 用作對等連接詞時，意思跟 but 一樣。不過哥在 CH4 聊完成式的時候也提到過 yet 的其他用法，也要留意。 She is shy, **yet** she has many friends. 她很害羞，**但**她有很多朋友。
for	● 因為 ★ for 最主要是當作「介系詞」。 Mr. Kim doesn't get along with his colleagues, **for** he always shoots from the hip. Kim 先生和他的同事相處不太融洽，**因為**他說話總是太直接。
nor	● 也不 ★ nor 後面連接的句子會倒裝，且 nor 已經有否定的意思，因此後面的句子不會再出現否定字詞。 The president of Lillian Auto didn't approve the merger proposal, **nor** did he decide to cooperate with other corporations. Lillian 汽車公司的總裁沒有批准公司合併提案，他**也沒有**決定要跟其他公司合作。

你各位認同嗎？

這種事應該……偶爾會發生吧

這個表格可以先注意 and, but, or, so, yet。

"shoot from the hip" 這個說法來自美國西部牛仔時期。hip 是「臀部、髖部」。不把槍從槍套拿出來射擊，而是直接從放槍的位置射擊，雖然比較快，但比較不準確。這個說法就是指一個人做事魯莽，沒有想清楚。用在說話時就是指「說話直接」。

當然啦……多益不會考這個……

2. 配對類的對等連接詞

下面五種也是對等連接詞，不過有兩個部分，要互相搭配。在考題中看到這種題目可以說是天上掉下來的禮物，因為只要找好搭配就好。

not only A but (also) B	● 不只 A 而且 B Alex is **not only** intelligent **but also** handsome. Alex 不只聰明**而且**帥氣。
both A and B	● A 和 B 兩者都 **Both** Mr. Kim **and** Ms. Liu are my neighbors. Kim 先生**和** Liu 小姐都是我的鄰居。
either A or B	● 不是 A 就是 B （A、B 兩者擇一） **Either** my supervisor **or** the manager will inform everyone of the news about the acquisition. 不是我的主管**就是**經理，將會告知大家有關併購的消息。
neither A nor B	● A、B 都不 The idea is **neither** innovative **nor** feasible. 這個想法既不創新**也**不可行。
not A but B	● 不是 A 而是 B What the marketing director cared about was **not** budget **but** creativity. 行銷主任在意的不是預算**而是**創意。

(II) 對等連接詞的結構

　　對等連接詞會被稱為「對等」連接詞，是因為對等連接詞左右要連接相同的結構。除了兩邊都加上句子之外，也可以加上其他結構，例如：

名詞		名詞
形容詞	對等連接詞	形容詞
動名詞		動名詞

　　所以可以檢查一下，剛剛跟你各位聊到的對等連接詞，不管是單字類的還是配對類的，是不是左右都連接對等的結構。例如：

　　　　“and” 連接兩個名詞

I have <u>bread</u> **and** <u>cereal</u> for breakfast.

　　　　“or” 連接兩個介系詞片語

I usually go to school <u>on foot</u> **or** <u>by bus</u>.

　　　　“neither...nor...” 連接兩個形容詞

The idea is **neither** <u>innovative</u> **nor** <u>feasible</u>.

(III) as well as, rather than

　　“as well as” 和 “rather than” 能當作「對等連接詞」和「介系詞」使用。兩者在多益考題中偶爾會出現。”as well as” 的出題頻率較高一些，用法也要更留意。哥就來跟你各位整理這兩個連接詞：

as well as 「除此之外」、「和」

　　在探討 “as well as” 的詞性前，哥先聊聊 “as well as” 的意思。“as well as” 有「除此之外」的意思（語意上接近 “in addition to”），當在表達 “A as well as B” 的時候，就是「除了 B 之外，A 也怎樣怎樣」。不過 “as well as” 有時候有「和」的意思（語意上接近 and）。

● 當作「介系詞」

　　"as well as" 用作介系詞時，和 "in addition to" 是同義詞。而介系詞的用法就是後面要加上「名詞」或「動名詞」。由於有的介系詞也可以放在句首，在多益考題中常會看到 "as well as" 放在句首的考題。例如：

> 介系詞 "as well as" 後面加上名詞
>
> As well as brand promotion, Mr. Lucas is responsible for supervising several employees.
> 除了品牌推廣，Lucas 先生也負責督導幾名員工。

● 當作「對等連接詞」

　　前面有跟你各位聊到對等連接詞的結構。對等連接詞前後會連接一樣的結構，例如前面「名詞」，後面就會接「名詞」；前面「不定詞片語」，後面就會接「不定詞片語」。例如：

> "as well as" 連接兩個不定詞片語（後者的 "to" 會省略）
>
> We have to restore customer satisfaction as well as change our marketing strategies.
> 我們必須恢復顧客滿意度和改變我們的行銷策略。

rather than 「而不是」

● 當作「對等連接詞」

　　在聊 "as well as" 的時候，哥有稍微說到對等連接詞的結構左右要一致。所以 "rather than" 當作對等連接詞時，左右結構會一樣。例如：

> "rather than" 連接兩個不定詞片語（後者的 to 會省略）
>
> I prefer to stay at home rather than take a trip on holiday.
> 我在放假的時候喜歡待在家裡而不是去旅行。

"rather than" 用作「對等連接詞」時還有一個很常見的用法：

"would （動作 1）**rather than** （動作 2）**"**

「寧願做動作 1 也不要做動作 2」

因為有助動詞 would，所以動作 1 和動作 2 都要是原形動詞，而 "rather than" 這裡也是對等連接詞，前後連接兩個原形動詞。例如：

I **would** stay at home **rather than** take a trip on holiday.

我放假時寧願待在家裡也不要去旅行。

不過這個表達法可以有個小變化，變成：

"would rather （動作 1）**than** （動作 2）**"**

所以這個例句也可以寫成：

I **would rather** stay at home **than** take a trip on holiday.

●當作「介系詞」

用作介系詞時，"rather than" 和介系詞 "instead of" 是同義詞。而介系詞的用法就是後面要加上「名詞」或「動名詞」。例如：

介系詞 "rather than" 後面加上動名詞。

I played basketball rather than going hiking yesterday.

我昨天打籃球而不是去健行。

為了讓你各位讀書更有效率，要記得：

1. 如果空格後面有名詞或動名詞（V-ing），而且空格要填入「此外」的意思，那可以填入 "as well as"；如果空格要填入「而不是」的意思，那可以填入 "rather than"。

→ 這時候 "as well as" 和 "rather than" 當作「介系詞」用。

2. 如果空格後面和空格前面有「對等」的結構，判斷語意後也可以填入 "as well as" 和 "rather than"。

→ 這時候 "as well as" 和 "rather than" 當作「對等連接詞」用。

哥整理多益題目和實際考試，發現如果多益考 "as well as" 和 "rather than" 做對等連接詞的話，考題中最常出現兩者前後加上「原形動詞」，就是對等連接詞前後連接兩個原形動詞的結構。

"as well as" 和 "rather than" 到底是不是「對等連接詞」實在是眾說紛紜，尤其是 "as well as"。哥看了一些較有公信力的英文文法或辭典的資料（例如 Merriam-Webster），也看了一些母語人士對這個字詞的用法討論。有的母語人士不認同 "as well as" 可以用作對等連接詞，卻沒有對 "as well as" 左右可以連接對等的結構，符合對等連接詞的特色做出解釋。

哥想起了自己在念語言學研究所的時候論文是寫關於「語法化」的研究，於是就查看看有沒有相關文獻。Criado-Peña (2019) 研究了 "as well as" 語法化的過程，文章中也提到了 "as well as" 有對等連接詞的用法。有些學者將 "as well as" 和 "rather than" 這類當作對等連接詞，但又有將超出對等連接詞用法的字詞歸類為「『準』對等連接詞」。

當然啦，你各位不用管那麼多，只要記得哥跟你說這兩個字的用法和在多益的考法就好了。

II 從屬連接詞

「從屬連接詞」是指引導出「從屬子句」的連接詞。例如引導名詞子句的 that 和 whether。這裡就牽扯到了子句的概念，哥會在「CH9 形容詞子句」的章節跟你各位好好介紹子句。

簡單來說，子句分為「形容詞子句」、「名詞子句」和「副詞子句」。「子句」的結構其實就是句子，有主詞和動詞。只不過子句不能自己獨立，

所以稱為「子句」。而「形容詞子句」、「名詞子句」和「副詞子句」雖然結構上是句子，但是功能分別是當作「形容詞」、「名詞」和「副詞」。「從屬連接詞 + 句子」的結構，就是「副詞子句」。

　　哥這裡提出幾個幫助你各位對子句的概念快速上手的建議理解方法：

1. 雖然子句分成三種，但不必在乎是否看得出來「副詞子句」。「形容詞子句」和「名詞子句」才需要判斷出來，因為這兩者比較可能在閱讀中造成困擾。

2. 「形容詞子句」和「名詞子句」都是由 wh- 字詞或 that 所引導。因此看到 wh- 字詞或 that 所引導的子句，大部分就可以認定為「形容詞子句」或「名詞子句」。（當然啦，when「當……的時候」、while「正當、然而」、whereas「然而」、whether「不論」以及 no matter wh- ，這些字詞看上去是 wh- 字詞，卻是引導副詞子句。不過其實知道它們的意思，就可以看懂句子了）

3. 連接詞的部分就分成兩種：「對等連接詞」和「從屬連接詞」。「對等連接詞」就是章節一開始提到的那幾種，重點放在 and, so , but, yet, or。其他的就都是「從屬連接詞」。

　　所以來個總結論，兩個句子要連接的方法有兩種：

1. 用「連接詞」連接。而連接詞又分為「對等連接詞」和「從屬連接詞」。

2. 其中一個是「子句」的形式，由 wh- 字詞或 that 所引導，分為「形容詞子句」和「名詞子句」。至於如何區分二者，後面的章節會提到。

　　以上這個理解方法雖然有一咪咪的瑕疵，但完全無傷大雅。因為哥覺得對學習者而言如果不需要，就不用一直探究文法專有名詞最真實的意義。

「從屬連接詞 + 句子」，就是「副詞子句」。雖然剛剛說不用判斷出副詞子句，但在這裡一直說「從屬連接詞 + 句子」很拗口，所以哥還是有時候會直接說副詞子句喔！這裡跟你各位說個重要概念，大部分的副詞子句有個特色，就是在句子中，可以有位置的改變。例如：

I fought with Mark **because he lied to me.**
　（主要句子）　　　　　　　　（副詞子句）

=**Because he lied to me**, I fought with him.
　　（副詞子句）　　　　　　　　（主要句子）

因為 Mark 對我說謊，我跟他打架。

(I) 從屬連接詞的種類

從屬連接詞可以依照語意分為一些種類。哥底下的例句有的會寫出兩句來提醒你各位副詞子句可以在句子位置上有變化。

表達「時間」類

after（在……之後）、as, as soon as（一……就……）、as（當……的時候）、before（在……之前）、 by the time（在……之前）、 once（一旦、一……就……）、 since（自從）、until（直到）、while（正當）、 when（當……的時候）

● 表達時間類的從屬連接詞所引導的副詞子句，要注意「條件句」的使用（可以回頭複習 CH4 動詞時態的章節）。

● 要記得 since「自從」搭配「現在完成式」的使用（可以回頭複習 CH4 動詞時態的章節）。

The meeting will start **as soon as** the clients arrive at our office.
= As soon as the clients arrive at our office, the meeting will start.
客戶一到我們的辦公室後，會議就會開始了。

By the time Ms. Barty was thirty years old, （副詞子句）
she had become a regional manager. （主要句子）
= Ms. Barty had become a regional manager （主要句子）
By the time she was thirty years old. （副詞子句）
在 Barty 女士三十歲之前，她已經成為了地區經理。

It has been three months **since** the project was suspended.
自從這個專案被暫停已經過了三個月了。

表達「條件」類

as long as（只要）、even if（即使）、in case（萬一、以防）、if（如果）、unless（除非）、whether（不論）

● 表達條件類的從屬連接詞所引導的副詞子句，要注意「條件句」的使用（可以回頭複習 CH4 動詞時態的章節）。

Even if your parents don't approve of our marriage, we can ignore their opinion and move abroad.
即使你爸媽不同意我們的婚姻，我們可以忽略他們的意見並搬到國外去。

Please tell the manager that I am on holiday **in case** he calls.
萬一經理打電話來的話，請告訴他我在休假。

I will pop the question to the manager **whether** I get laid off or not.
不論我會不會被解僱，我都要跟她求婚。

★關於 if 的一個重要用法 700 分以上必讀！

如果你各位讀過比較完整的英文文法，或是還記得高中英文老師的諄諄教誨的話，就會知道 if 有一個重要的文法是「假設語氣」，然後你各位為了準備多益就拚了命的背「與現在事實相反」、「與過去事實相反」等等和假設語氣相關的文法公式。假設語氣真的是個重要的文法，但是這個文法哥沒有在正式考題中遇過，多益官方試題也沒有出現過。這個觀念哥在這本書裡一直有提到，多益不考的文法不表示不重要，這本書是為了提高你各位準備多益的效率，所以專攻多益文法。

其實多益也不是完全不考假設語氣（在時態章節中聊到的「條件句」也算是假設語氣的一種，這裡就不細聊了），會考一個「對未來的假設語氣」的句型，出題頻率不算高，但哥這裡還是來帶你看過一次。考題重點是這個句子「倒裝句」的變化，哥直接來個例句：

If the client **should** place an order with us tomorrow, I would offer him a discount.

= **Should** the client place an order with us tomorrow, I would offer him a discount.

萬一明天那個客戶明天跟我們下訂單，我會給他折扣。

哥這裡就不仔細地解釋這個句型了。直接提醒你各位兩大重點：

1. 這個句型的 should 是「萬一」的意思，不是「應該」。
2. 這個句型可以把 should 移動到句首取代 if。

別忘囉，副詞子句在句子中可以有位置的變化，所以剛剛的例句也可以這樣改寫：

I would offer the client a discount if he **should** place an order with us tomorrow.

= I would offer the client a discount **should** he place an order with us tomorrow.

結論就是，當遇到考題考連接詞的時候，你發現四個選項中有一個選項是 should，不要直接刪掉喔。要想到 should 解釋為「萬一」的句型。偷偷告訴你各位，當你看到 should 怎麼會出現在從屬連接詞的選項中的時候，常常答案就是 should，不過還是要先確認過語意喔！

表達「讓步」類

　　although、 even though、though（雖然）、 while（然而、儘管）、 whereas（但是、儘管）

Whereas most of my colleagues don't get along with the overly demanding manager, I consider her sexy.
儘管我大部分的同事跟那個太過苛刻的經理處不來，我認為她挺性感的。

表達「原因、結果」類

✦ 「原因」類

　　as、because（因為）、now that、since（因為、既然）

As Mr. Kim is the manager, he has the authority to make the final decision on the issue.
= Mr. Kim has the authority to make the final decision on the issue **as** he is the manager.
因為 Kim 先生是經理，他有權力對這個議題做出最後的決定。

Now that the author has signed the contract with us, he has to comply with the rules specified in the terms.
既然這個作者已經跟我們簽約，他必須遵守條款中提到的規則。

✦「結果」類

> so...that...、such...that...（如此……以至於……）

這兩個連接詞意思一樣，差別在 so 和 that 後面連接的詞性。so 後面要加上「形容詞」或「副詞」，而 such 後面要加上「名詞」。例如：

↗so + 形容詞 + that...

The pianist was **so** popular **that** tickets to his concert were sold out quickly.

這個鋼琴家如此受歡迎，以至於他的音樂會的票迅速完售。

↗such + 名詞 + that...

The pandemic had **such** a severe impact on the hospitality industry **that** many hotels and restaurants went out of business.

這個流行病對餐旅業有如此嚴重的影響以至於很多旅館和餐廳結束營業。

表達「目的」類

> so that（如此一來、為了）、in order that（為了）

- "so that" 不要跟 "so...that..." 搞混了。
- 有時候考題會故意給你 so 或 that，看你各位能不能看出來 "so that" 是一個連接詞。

The man took a sleeping pill **so that** he could have a sound sleep.

這男子服用安眠藥為了能夠好好睡一覺。

表達「無論……、不論……」

> no matter who = whoever（無論誰）
> no matter what = whatever（無論什麼）

no matter which = whichever （無論哪一個）

no matter how = however （無論如何）

no matter when = whenever （無論何時）

no matter where = wherever （無論哪裡）

● 這個連接詞裡的 wh- 字詞就跟「wh- 疑問詞」的語意是一樣的，例如：

No matter what <u>you decide</u>, you have to be responsible for your decision.

= **Whatever** <u>you decide</u>, you have to be responsible for your decision.

不論你做什麼決定，你都要為你的決定負責。

No matter who <u>exceeds the sales target</u>, he or she will get a bonus.

= **Whoever** <u>exceeds the sales target</u>, he or she will get a bonus.

不論誰超過銷售業績，他都會得到紅利獎金。

No matter where <u>you go</u>, I will follow you.

= **Wherever** <u>you go</u>, I will follow you.

無論你去哪裡，我都會跟隨你。

(II) 進階連接詞 ⟨ 700 分以上必讀！⟩

　　以下哥整理的這些從屬連接詞是你各位之前可能比較少看過的，而在考題中有時候會看到。

considering that given that 有鑑於、考慮到	**Considering that** Mr. Kim is going to retire, we need to find someone to take over his position. 考慮到 Kim 先生即將退休，我們必須要找個人來接替他的職務。

in the (unlikely) event that 萬一	Please contact the personnel director **in the event that** you don't fully understand the employee benefits. **萬一**你沒有完全了解員工福利，請聯絡人事主任。
provided that providing that 只要、在……條件下	★ "provided that" 較常使用。 **Provided that** the grant is awarded, we will begin the research next month. **只要**獎助金有撥款下來，我們下個月會開始研究。

(III) 一字多義　(Hen 重要！)

　　你各位在看從屬連接詞的種類的時候，可能會注意到有的連接詞會有兩個完全不一樣的意思。例如 since 有「自從」和「因為」的意思。哥這裡把你各位要特別注意的一字多義的連接詞整理起來。誰叫哥要那麼貼心呢！

while 1. 正當 2. 儘管、然而	● **While** I was making a presentation, the manager entered the meeting room. **正當**我在做口頭報告的時候，經理進入了會議室。 ● **While** most of my colleagues don't get along with the overly demanding manager, I consider her sexy. **儘管**我大部分的同事跟那個太過苛刻的經理處不來，我認為她挺性感的。
since 1. 自從 2. 因為	● You have been watching TV **since** you got home. **自從**你到家，你就一直看電視到現在。 ● **Since** you have been studying hard, you will pass the examination. **因為**你一直努力讀書，你會通過考試的。
as 1. 當 2. 因為 3. 如同	● **As** Alex walked into the office, everyone looked at him surprisingly. **當** Alex 走進辦公室時，每個人驚訝地看著他。

- **As** Mr. Kim is the manager, he has the authority to make the final decision on the issue.
  因為 Kim 先生是經理，他有權力對這個議題做出最後的決定。
- **As** it was mentioned in the meeting, the elevator in the building will undergo routine maintenance this Saturday.
  如同會議中提到的，這棟大樓的電梯本週六會進行例行維修。

III 介系詞

依照考題來區分的話，介系詞的考題可以分為三大類：語意類、搭配類、文法結構。「語意類」就是考介系詞的語意。「搭配類」是考介系詞和一些動詞或形容詞等等的搭配，例如 "dispose of"「丟棄、處理」的 dispose 會搭配 of。「文法結構」的考題則常跟連接詞的選項一起出現，要考你各位知不知道介系詞後面加名詞。

很多人會花很多精力來背「搭配類」的考題。哥建議介系詞和其他字詞的搭配要在學一個單字的時候一起學起來，因為介系詞的搭配其實就是跟一個單字的用法相關。例如「申請職位」"apply for a position"，在學 apply 的時候就是要連 for 也要一起學起來。不過哥跟你各位說，多益在介系詞最常考的是「語意類」和「文法結構」。搭配類雖然也有，但考題中不常見，而且算跟單字相關，所以這裡就先不聊搭配類了。

就文法而言，介系詞後面會加上名詞。然後哥在這本書裡面和你各位英文老師碎碎念得「介系詞片語」就是「介系詞 + 名詞」的單位。當然，在很多章節也有牽扯到介系詞的文法。例如，在 CH2 聊代名詞相關的文法有提到「介系詞 + 受格 / 受詞」。在 CH7 會跟你各位提到「介系詞 + 動名詞」。「介系詞片語」在句子中的功能可以當作形容詞和副詞的概念在這本書裡也常提到。不過哥這裡的焦點就放在多益中常考到的介系詞，以及考題中介系詞如何和連接詞一起出題騙你各位。

不過哥在開始前要先說一下，有的介系詞片語，可以放在句首，打上逗號後再加上主要句子。例如：

介系詞片語　　　　　　　　　　　主要句子
In addition to the budget, the advertising campaign will be discussed in the meeting.
除了預算，廣告活動將會在會議中討論。

以下就來跟你各位聊聊多益考試要知道的介系詞以及他們的語意。介系詞「文法相關」的重點會在 **Part 2** 用題目的方式講得更清楚。

(I) 介系詞的種類

in, on, at

in, on, at 這三個介系詞可以用在空間，進而延伸到時間的概念。

1. in

● 用在「空間」

表「在……裡面」，就是一個大的範圍或空間內。例如 "in the region" 「在這個地區裡」、"in the second row" 「在第二排」。

● 用在「時間」

用於大範圍的時間概念。

✦ 一天中：表達「在早上、中午、晚上」。例如 "in the morning" 「在早上」。

✦ 一年中：加在「月份、季節、年」。例如 "in January" 「在一月」、"in spring" 「在春天」

✦ 「in ＋ 一段時間」有時候是表達「一段時間後」。例如：

The movie will start in five minutes.
電影將在五分鐘後開始。

2. on

● 用在「空間」

表「在……上面」，會接觸到表面。例如 "on the wall" 「在牆上」。

✦ 表示抽象的空間中，on 會加上主題，例如討論的主題。例如：

In the meeting, the team members made a discussion <u>on</u> how to reduce production costs.
在這個會議裡，組員們討論如何減少生產成本。

在這個例句中，on 後面加上組員們討論的主題。

● 用在「時間」

用在時間概念時，on 後面會加上「特定一天」的概念，包括「星期幾、日期、節日」。例如 "on Monday"「在禮拜一」、"on Christmas Eve"「在平安夜」。

3. at

● 用在「空間」

表「在……」，強調在某個地點。例如 "at the bar" 「在酒吧」。

● 用在「時間」

用在時間概念時，at 後面會加上一天中「特定時間點」。例如 "at 10 a.m." 「在早上十點」，或一天中「較短的時刻」，例如「在黃昏、中午、晚上」。例如 "at noon" 「在中午」、"at night" 「在晚上」。

其他表達「時間」的介系詞

> after / following（在……之後）、before / prior to（在……之前）、during（在……期間）、on / upon（一……就……）、since（自從）、until（直到）

● on 和 upon 都可以表達「一……就……」，例如：

Upon seeing his mother, the boy started to cry.
一看到媽媽，這個男孩就哭了。

- 可作介系詞也可作從屬連接詞：after、before、since、until。要注意的是 since 作連接詞時也有「因為」的意思，但解釋為「因為」的時候只能作「連接詞」不能作「介系詞」。

Prior to his presentation, the speaker distributed some material to the attendees.
在做簡報前，講者分發一些資料給參與者。

Following the speech, the lecturers will answer the attendees' questions.
在演講後，演講者將會回覆參與者們的問題。

Drivers are advised to take alternative routes to avoid traffic congestion on several main roads **during** peak hours.
在尖峰時段期間，建議駕駛者走替代道路避免幾條主要幹道交通阻塞的情況。

其他表達「地點」的介系詞

above / over（在……上面）、across from / opposite（在……對面）、around（在……周圍）、amid/ among / between（在……之中 / 之間）、below / under（在……下面）、by / beside / next to（在……旁邊）、near（在……附近）、throughout（遍布）、within（在……範圍內）

- 也可以用在表達「時間」的介系詞：
+ by 用在時間介系詞時表示「在一個時間之前」。例如 "by five o'clock" 「在五點前」、"by October 31st" 「在十月三十一號前」。
+ over 用在時間介系詞時後面會加上一段時間。例如 "over three months" 「在三個月的期間」。
+ within 可以用在「一段範圍內」，例如 "within walking distance" 「在走路範圍內」。一段範圍可以延伸為「一段時間內」，例如 "within ten days" 「十天內」。

✦throughout 是「遍布」，例如 "throughout the country" 「整個國家」。用於時間概念時， "throughout" 是「自始至終」，例如 "throughout the day" 「一整天」。

● under 除了可以表達在某物體下方外，也能表達在某個抽象的狀況底下。例如 "under the circumstances"「在這種狀況下」、 "under renovation"「翻新中」。

> The politician felt nervous when standing **amid** so many protesters.
> 當站在那麼多抗議者之中時，這個政客感到緊張。

表達「方向」的介系詞

> across（穿過）、along（沿著）、from（從）、through（通過）、to（到）、toward（朝向）、into（進入）、out of（自……出來、在某範圍外）

● 也可以用在表達「時間」的介系詞：

✦from 可以表達「從某個地點」，也能表達「從某個時間」。

✦through 是「通過」，例如 "through the tunnel" 「通過隧道」、 "through the process" 「經過這個過程」。此概念可以延伸在時間概念上表示「經過某段時間」，例如 "through the week"「這一整個禮拜」，此時 through 的語意類似 throughout。

● to 表達「到某個目的地」，例如 "go **to** school" 「去學校」。to 後面加上的目標地點可以延伸非地點的目標。例如 "distribute the flyers **to** the attendees" 「將傳單分發給參與者」，在這個例子中， "the attendees" 是傳單分配的目標，因此介系詞用 to。

> You can walk **along** Nelson Road and turn right on Lyndon Road to get to our company.
> 你可以沿著 Nelson 路走，並且在 Lyndon 路右轉抵達我們公司。

When noticing that I was shopping online at work on the Double 11 festival, my supervisor walked **toward** me and asked me to place orders for him.

當我在雙十一購物節時在工作中上網購物，我的主管走向我，並且要我幫他下訂單。

其他重要的介系詞整理

1. against

- 表達「倚靠」，例如：

  The man is leaning **against** the wall.

  這個男子倚靠著牆。

- 表達「反對」，例如：

  Several committee members voted **against** the proposal.

  幾名委員會成員投票反對這項提案。

2. as

- as 有「等於」的概念，可以解釋為「和……一樣」、「作為」、「身為」，例如：

  As a mayor, Mr. Kim has been dedicated to the development of the city.

  身為市長，Kim 先生一直致力於都市發展。

- "such as" 表「例如」，因為有 "as"，因此後面也是加上名詞，例如：

  Sweet fruits **such as** mangos and watermelons are my favorites.

  甜的水果例如芒果和西瓜是我的最愛。

3. by

- 表達「時間」時表示「在一個時間之前」。
- 表達「地點」時表示「在……旁邊」。
- 表達「方法手段」，例如：

I practice English **by** talking with Americans.

我藉由跟美國人說話練習英文。

- 表達「被」，後面加上「行為者」，例如：

The building was designed **by** a famous architect.

這個建築物是由一位有名的建築師設計的。

- 表達「差距」，例如：

The sales have increased **by** 10% recently.

銷售量最近增加了百分之十。

4. for

- for 後面可以加上「一段時間、距離」表示所經過的一段時間或距離，例如 "for two weeks"。
- 表達「給」，例如：

I bought a gift **for** you.

我買了禮物給你。

- 表達「前往」，例如：

The manager will depart **for** Tokyo to visit the new branch office.

經理將會前往東京看看新的分公司。

- 表達「因為」，例如：

Ms. Lyndon was presented with an award **for** her excellent customer service.

Lyndon 女士因為她優秀的顧客服務而得獎。

- 表達「為了」，例如：

For your safety, please fasten the seat belt during the flight.

為了您的安全，在飛行期間請繫上安全帶。

5. of

- of 後面常加上「範圍」，例如：

Susan is the tallest **of** all the girls.

Susan 是這些女孩中最高的。

- 「範圍」的概念會衍生為「所屬」的概念。 "A of B" 就是「A 是屬於範圍 B 中的部分」，可以翻譯為「B 的 A」。例如 "the employees of the division"「這個部門的員工」。

6. like/ unlike

- like 表達「像」；unlike 表達「不像」。例如：

The girl looks **like** her sister.

這個女孩看起來像他的姊姊。

- like 表達「喜歡」的時候是「動詞」。

7. thanks to

- "thanks to" 表達「幸虧」，例如：

Thanks to the fund, we were able to donate enough money to these low-income families.

幸虧有這筆資金，我們才有足夠的錢來捐贈給這些低收入戶家庭。

8. with

- 表達「跟」、「和⋯⋯一起」。這個概念會延伸為「附加狀態」，此時會翻譯為「有」，但會依照中文有不同的翻譯方法。例如：

The man **with a suitcase** is a professor.

那個提著一個手提箱的男子是個教授。

- 表達「用」，例如：

The teacher wrote on the blackboard **with** chalk.

這個老師用粉筆在黑板上寫字。

9. without

- 表達「沒有」，例如：

Visitors are not allowed to enter the building **without** a visitor badge.

訪客沒有訪客證不被允許進入這棟大樓。

10. 因為

- 表達「因為」的介系詞有 "because of、"due to"、"owing to"、"on account of"。例如：

Many companies have gone out of business **on account of** the recent economic recession.

很多公司由於最近的經濟蕭條而倒閉。

11. 儘管

- 表達「儘管」的介系詞有 "despite"、"in spite of"、"regardless of"。例如：

Despite the downpour, I still went shopping yesterday.

儘管下著傾盆大雨，我昨天還是去逛街。

12. 關於

- 表達「關於」的介系詞有 "about"、"concerning"、"regarding"。
例如：
We received some complaints **concerning** our products.
我們收到了一些關於我們產品的抱怨。

13. 至於

- 表達「至於」的介系詞有 "as for"。例如：
As for the issue on developing eco-friendly packaging, it will
be discussed in the meeting tomorrow.
至於關於研發環保包裝的議題，這個議題將會在明天的會議中討論。

14. 而不是

- 表達「而不是」的介系詞有 "instead of"、"rather than"。例如：
The man decided to buy the apartment near a park **instead of**
the one in the proximity of a community college.
這個男子決定買靠近公園的公寓，而不是在社區大學附近的那一間
公寓。
- "rather than" 也可以當作「對等連接詞」。你各位忘記的話要翻
到前面聊「對等連接詞」的地方複習一下喔！

15. 除了……之外

表達「除了……之外」的介系詞可以分為兩類。因為「除了……之外」
會有兩種涵義：

(1)除了 A 之外（包括 A）

- 表達這個概念的介系詞有 "apart from"、"as well as"、"besides"、"in addition to"。例如：

  As well as smartphones, Star Tech Inc. has released several models of laptops, which have been well-received among consumers.

  除了智慧型手機外，Star 科技公司也推出了幾款筆記型電腦。

- "as well as" 也可以當作「對等連接詞」。
- besides 別跟 beside「在……旁邊」搞混了。

(2) 除了 A 之外（不包括 A）

- 表達這個概念的介系詞有 "apart from"、"except (for)"。例如：

  Except for a few minor scratches, the old vehicle is still in relatively good condition.

  除了幾道小刮痕外，這台老車的性能相對來說還是很好。

(II) 三個字以上的介系詞　700 分以上一定要看！

你各位如果做過多益題目的話，一定偶爾會看過有的介系詞考題的選項是三個字以上，例如 "in terms of"、"in accordance with" 等等。不過哥跟你說個小撇步，其實有時候這樣的介系詞可以透過中間的名詞來猜到意思。例如 "in collaboration with" 可以從 "collaboration"「合作」來想到 "in collaboration with" 就是「與……合作」的意思。不過有的時候，這種介系詞的語意沒有那麼直接可以從裡面的名詞猜出，不過你各位可以用點聯想輔助。例如 "in favor of" 這個介系詞，可以從 favor 聯想到 favorite「最喜歡的」，大概可以知道 "in favor of" 這個字有「正向」的涵義，大概也跟「喜歡」脫離不了關係。這個介系詞表示「贊成」的意思，例如 "in favor of the proposal"「贊成這項提案」。

有的介系詞只是從連接詞變成介系詞而已。例如哥在從屬連接詞說過 "in case"「萬一」，而有時候你各位會看到 "in case of" 也是「萬

一」的意思，只不過多了一個 of 就是「介系詞」。所以你各位可以從 "in case" 聯想到 "in case of"。

　　哥還是把做題目的時候常看到的三個字以上的介系詞跟你各位整理一下。不過你各位如果覺得那麼多介系詞腦袋實在是塞不下的話，可以先把重點著重在上一個部分的介系詞。

● by means of 藉由（某個方法）	● in keeping with 符合、與……一致
● in accordance with 遵守	● in honor / honour of 為了紀念……、
● in case of / in the event of 萬一	向……致敬
● in collaboration with 與……合作	● in light of 有鑑於
● in combination with 與……結合	● in need of 需要
● in comparison with 與……比較	● in place of 代替
● in compliance with 符合	● in terms of 就……而言
● in excess of 超過、多於	● in the name of 以……的名義
● in exchange for 與……交換	● in response to 對……回應或作出反應
● in favor of 贊成	● on behalf of 代表

Part 2 多益怎麼考

題型一　★★★★★
連接詞的語意

　　連接詞分成兩種：「對等連接詞」和「從屬連接詞」。「對等連接詞」就是章節一開始提到的那幾種，重點放在 and、so、but、yet、or。其他的就都是「從屬連接詞」。

　　多益考連接詞的時候，當然會要你各位判斷連接詞的語意了。尤其是引導副詞子句的從屬連接詞要特別注意 while、since 和 as 有不同的語意。另外，多益在考連接詞的考題很少單純考語意，通常會融入語法結構的概念。哥會隨著題型慢慢增加複雜度。這裡先跟你各位強調「對等連接詞」和「從屬連接詞」在用法上的差別：

1. 從屬連接詞和所引導的副詞子句可以放在整個主句後，也能擺到句首，打逗點後再加上主句。但對等連接詞沒有這樣的變化。例如：

> The meeting will start **as soon as** the clients arrive at our office.
> = **As soon as** the clients arrive at our office, the meeting will start.
> 客戶一到我們的辦公室後，會議就會開始了。

　　所以在只有考連接詞的情況下，如果空格在句首，那只能填從屬連接詞，不能填對等連接詞。

2. 對等連接詞前後可以連接非句子的對等結構，例如兩邊連接名詞。從屬連接詞後面只能加上句子。

題型二 ★★★★
配對的對等連接詞

　　在聊對等連接詞的時候，哥有跟你各位說過有一種對等連接詞是「配對類」的。在正式考試中遇到這種題目真的是天上掉下來的禮物，只要前後找到配對答案就出來了。要遇到那麼開心的題目，可是要扶老人家過馬路很多次累積陰德換來的呢！你各位可要把握住喔！

　　在聊這類連接詞的時候哥提到了五種，而多益中最常考的是 "both...and..."、"not only... but (also)..."、"either... or..." 和 "neither... nor..."。 雖然說這種題目很好作答，但是要冷靜觀察喔。因為會有些莫名其妙的選項來混淆你的視聽。

● **Practice** 題型一、二

1. ＿＿＿＿ there weren't enough people registering for the workshop, the workshop had to be postponed.

   (A) While (B) Even though (C) So (D) As

2. ＿＿＿＿ the gross sales this year were lower than last year's, we still had a profitable year.

   (A) While (B) But (C) As soon as (D) Now that

3. Both your driver's license _____ passport are needed to rent a car overseas.

   (A) nor (B) or (C) that (D) and

4. The personnel director has been authorized to recruit some temporary employees _____ that the growing demand for the product can be met.

   (A) because (B) provided (C) so (D) such

5. _____ the items are fragile, they should be packaged properly before being delivered.

   (A) As soon as (B) So (C) Wherever (D) Since

6. To pay a utility bill, you can make a payment by yourself _____ have the fee automatically deducted from your bank account.

   (A) as well as (B) or (C) nor (D) if

7. In Wellington College, students can attend _____ onsite or online courses.

   (A) neither (B) by (C) either (D) that

8. Conference room A is _____ spacious that it can accommodate nearly one thousand attendees.

   (A) so (B) such (C) enough (D) as

9. Although it is quite common to listen to music on smartphones, many people still prefer to buy CDs _____ purchase music online.

   (A) though (B) and (C) rather than (D) even if

10. _____ you want to request a refund, please submit an application form within ten days after receipt of your order.

   (A) Should (B) Although (C) Until (D) Unless

● 解析

1. **Ans: (D)**，空格在句首，因此要將對等連接詞的選項 (C) 刪除。依照語意判斷選擇 (D)。

   譯 因為沒有足夠的人報名參加工作坊，工作坊必須延期。

2. **Ans: (A)**，空格在句首，因此要將對等連接詞的選項 (B) 刪除。依照語意判斷選擇 (A)。

   (譯) 雖然今年的總銷售額比去年低，我們今年還是獲利。

3. **Ans: (D)**，看到句首的 both 可以判斷該題是考對等連接詞片語，因此選擇 (D)。

   (譯) 要在國外租車，你的駕照和護照都是需要的。

4. **Ans: (C)**，空格後面有 that，可以想到選項 (B)、(C) 和 (D) 都能搭配 that 形成連接詞。判斷語意後選擇 (C) ── "so that" 「如此一來」。

   (譯) 人事部主任已經被授權招募一些臨時人員，這樣才能應付消費者對這個產品逐漸增加的需求。

5. **Ans: (D)**，空格在句首，因此要將對等連接詞的選項 (B) 刪除。依照語意判斷選擇 (D)。

   (譯) 因為這個產品很脆弱，他們在被運送前應該被適當的包裝。

6. **Ans: (A)**，空格後面是動詞，可以知道空格的連接詞不是連接句子，因此不能選擇從屬連接詞的選項 (D)。依照語意判斷選擇 (B)。可以注意對等連結詞 or 左右分別連接原形動詞 "make a payment" 和 " have the fee automatically deducted from your bank account"

   (譯) 要付水電費，你可以自行繳款或是讓費用自動從你的銀行帳號扣除。

7. **Ans: (C)**，只觀察選項可能很難看出在考什麼文法。看到 (A) 和 (C) 先想到配對的對等連接詞。看到空格後面有 or 可以知道選擇 (C)。

   (譯) 在 Wellington 大學，學生可以參加實體課程或線上課程。

8. **Ans: (A)**，空格後面有形容詞 spacious 然後接上 that，可以聯想到從屬連接詞 "so...that..." 「如此……以至於……」。要對這個從屬連接詞夠熟悉才能比較快想到這個用法。

   (譯) 會議室 A 是如此寬敞以至於可以容納將近一千名參與者。

9. **Ans: (C)**，空格後面是動詞，可以知道空格的連接詞不是連接句子，因此不能選擇從屬連接詞的選項 (A) 和 (D)。依照語意可以選出 (C)。

   (譯) 雖然在智慧型手機聽音樂很普遍，很多人還是喜歡買 CD 而不是在線上購買音樂。

10. **Ans: (A)**，選項都是從屬連接詞，因此可以直接用語意判斷。(B)、(C) 和 (D) 語意都不搭，這時不要忘記 should 有「萬一」的意思，而且可以經由 "If...should..." 的句子倒裝後移到句首，語意也符合這一題文意，因此選擇 (A)。"Should you want to request a refund" 是由 "If you should want to request a refund" 倒裝而來的。

譯 萬一你想要求退款，請在收到你的訂購貨物後的十天內繳交申請單。

題型三 ★★★★★
介系詞的語意

　　介系詞的語意是每次考試一定會出現的題目。你各位 Part 1 介系詞的部分看熟了後就來練習吧！

● **Practice**

1. Please make your payment _____ five days after the receipt of your order.
    (A) between (B) for (C) within (D) from

2. Most stores in the area extend their operating hours _____ peak season.
    (A) on (B) during (C) as well as (D) at

3. No one is allowed to enter the construction site _____ wearing a hard hat.
    (A) through (B) without (C) in (D) from

4. Employees should check their reports _____ typos before submission.
    (A) for (B) of (B) throughout (C) along

5. Beauty Florist is open from 10 a.m. to 6 p.m. _____ weekdays.
    (A) in (B) before (C) on (D) as

6. College graduates who are searching for jobs can attend the job fair held _____ August 1st to August 5th.
    (A) with (B) despite (C) on (D) from

7. Please register for membership first _____ placing orders in our online store.

(A) upon (B) prior to (C) along (D) from

8. For the sake of fairness, every candidate will be interviewed _____ three interviewers.

(A) before (B) within (C) by (D) as well as

9. Consumers usually have difficulty making a choice _____ two models of laptops — LT 1.0 and LT 2.0, the former being more affordable for most consumers and the latter featuring its touchscreen.

(A) along (B) for (C) rather than (D) between

10. Mr. Glance was designated to attend the tech conference _____ his manager.

(A) on behalf of (B) in compliance with (C) by means of (D) in favor

● 解析

1. **Ans: (C)**。

   譯 請在收到訂購貨物之後的五天內付款。

2. **Ans: (B)**。

   譯 這個地區大部分的商店在旺季會延長營業時間。

3. **Ans: (B)**。

   譯 沒有戴工地安全帽，沒有人能進入工地。

4. **Ans: (A)**。這個題目可以思考為「『為了』看有沒有打字錯誤而檢查」。

   譯 員工們應該在繳交報告前檢查有沒有打字錯誤。

5. **Ans: (C)**。介系詞 "on" 後面加上「天」的概念。

   譯 Beauty 花店平日營業時間為早上十點到晚上六點。

6. **Ans: (D)**。

   譯 在找工作的大學畢業生可以參加八月一號到八月五號舉辦的就業博覽會。

7. **Ans: (B)**。

    譯 在我們的線上商店下訂單前,請註冊為會員。

8. **Ans: (C)**。

    譯 為了公平起見,每位求職者會由三名面試人員面試。

9. **Ans: (D)**。

    譯 消費者通常在 LT 1.0 和 LT 2.0 這兩款筆記型電腦之間選擇上有困難,前者對大部分的消費者而言比較能負擔,後者主打觸控式螢幕。

10. **Ans: (A)**。

    譯 Glance 先生被指派代替他的經理參加這場科技會議。

題型四　★★★★★
「連接詞」、「介系詞」和「副詞」在文法上的使用差異

雖然多益 Part 5 和 Part 6 中會有單純只考連接詞和介系詞的語意的題目,但考最多的還是把連接詞和介系詞一起放進選項。這時候你各位要先用文法的概念選擇空格應該填入連接詞還是介系詞,刪掉後所剩下的選項再用語意來判斷答案。哥用下面兩個例句跟你各位聊聊連接詞和介系詞的差別:

Because it rained heavily, I stayed at home.
Because of the heavy rain, I stayed at home.

你各位瞧瞧,because 和 because of 都是「因為」,但前者是「連接詞」,後者是「介系詞」(可用 of 來判斷。of 是介系詞,所以 because of 也是介系詞)。而連接詞和介系詞在文法上的差別就是:

連接詞後面要加上「句子」,介系詞後面要加上「名詞」!

多益真的超喜歡考這個概念的!所以剛剛的例句中,because 後面加上一個句子 "it rained heavily",而 "because of" 後面加上名詞 "the heavy rain"。

別忘記哥一直強調的觀念喔！句子就是要有主詞和動詞，而動詞的意思就是要有「時態」。所以要解題看快一點的話，當你各位在空格後有看到「時態」就表示有句子。

這裡給你各位練習看看，下面這兩個例題，空格分別要加上連接詞還是介系詞：

1. _____ the manager came into the office, everyone was busy working on the project.
2. _____ the increase in sales, every member of the marketing team got a bonus.

　　第一題應該要填入連接詞，因為空格後面的 "the manager came into the office" 是句子，因為有主詞 "the manager" 和一個有時態的動詞 came；而第二題要填入介系詞，因為 "the increase in sales" 是「名詞」。不要被這個結構給騙了喔，"the increase in sales" 不是句子，因為沒有一個有時態的動詞。"the increase in sales" 只是一個單純的「名詞」 "the increase" 加上介系詞片語 "in sales"。哥在 CH3 跟你各位聊主詞動詞一致的時候就說過這個介系詞片語是修飾名詞的，功能跟形容詞一樣。所以 "the increase in sales" 就是一個名詞後面有個修飾語修飾，整體來看還是個名詞。就像 "a cute boy" 並不會因為有形容詞 cute，你各位就看不出來 "a cute boy" 一整個結構還是個名詞對嗎？

　　多益真的很常出現「介系詞＋名詞」這個結構，你各位要看懂喔！

　　熟悉「『連接詞＋句子』、『介系詞＋名詞』」後，哥來提醒你各位幾個重點：

1. 可以當「連接詞」也可以當「介系詞」：after、as、before、since、**until**。

★ for 也同時是對等連接詞和介系詞，但比較常用在當作介系詞的情況。

★ "rather than" 和 "as well as" 可當作「對等連接詞」和「介系詞」使用。

2. 語意類似的連接詞和介系詞：

	連接詞	介系詞
因為	as, because, for, now that, since	because of, due to, on account of, owing to
雖然、儘管	although, even though, though, whereas, while	despite, in spite of, regardless of
萬一	in case, in the event that ★ "in case" 是「連接詞」要記得。	in case of, in the event of

3. 有時候如果忘記是介系詞還是連接詞，或是沒有看過的選項，還是有判斷的方法。例如 "except that"「除了……之外」可以看到 that 就知道 "except that" 後面是加上句子；"owing to"「因為」可由 to 推測 "owing to" 是介系詞，後面加上名詞。

　　不過，多益真的是很盧。在這種題目中，會故意加入「副詞」來混淆。副詞基本上在這種題目不會是答案。哥發現很多心地善良的人會被這些副詞的選項騙，以為他們是連接詞。

　　接下來跟大家聊聊這種題目選項中常常看到的副詞的選項和要注意的細節：

1. 連接副詞是「副詞」，哥標粗體的字詞表示很多人會以為是連接詞，你各位要特別留意：

此外	in addition, additionally, **besides, furthermore, moreover** ★ "in addition to" 是「介系詞」。 ★ besides 也可以作「介系詞」。
然而	however, nevertheless, nonetheless

因此	as a result, as a consequence, consequently, **thus, hence, therefore**, accordingly ★ "according to" 「根據」 是「介系詞」，可用 to 來判斷。
相反地	conversely, on the contrary, in contrast ★ "in contrast to" 「和……相反」 是「介系詞」，可用 to 來判斷。
在此同時	**meanwhile**, in the meantime ★ while 是「連接詞」。
另一方面	on the other hand
換句話說	in other words
否則	otherwise
取而代之的是	**instead** ★ "instead of" 是「介系詞」，可用 of 來判斷。

2. 其他常出現在選項中的副詞還有「頻率副詞」如 **always**、**never**、**often**、**seldom** 等，「時間相關概念副詞」如 **already**、**next**、**now**、**just**、**soon**、**still**、**then** 等，還有像是 **also**、**even**（要注意 "even if" 和 "even though" 是「連接詞」，可以從 if 和 though 判斷）、**likewise**、**perhaps**、**rather**（要注意 "rather than" 是「對等連接詞」和「介系詞」）。

　　不過不可能 forever 只出現這些，所以你各位一定要熟悉這個章節提到的連接詞和介系詞有哪些，這樣一定能有效提升作答準確度。

　　哥再整理一次這裡的重點方便你各位練習，也會加入之前題型的概念，因為多益就是在這種題型會混在一起出題：

● 先觀察選項，發現選項同時出現連接詞和介系詞（也有可能選項只有「連接詞和副詞」或是「副詞和介系詞」），就想到：

→ 連接詞加上句子，介系詞加上名詞。先用這個概念刪掉選項，剩下的用語意判斷。

● 在前面題型一有提到過的，如果空格前後有兩個相同的文法結構，例如：「動詞 _____ 動詞」，要想到「對等連接詞」，因為對等連接詞前後可以加上相同的文法結構。

● **Practice**

1. _____ the current roadwork in the area, drivers complain about frequent traffic congestion on several nearby roads.
   (A) Owing to (B) Because (C) In the meantime (D) Though

2. Applicants have to submit three references _____ they apply for the position.
   (A) meanwhile (B) as for (C) as (D) whereas

3. We asked that all the speakers focus their speech on environmental protection _____ the business owners attending the seminar could know what to do for the environment.
   (A) hence (B) for the purpose of (C) so that (D) as long as

4. _____ its reliability in product quality, the company has a good reputation for excellent customer service.
   (A) Not only (B) As well as (C) In addition (D) Because

5. When dining in a restaurant, Mr. Smith prefers to pay in advance _____ be billed after the meal.
   (A) and (B) never (C) instead (D) rather than

6. _____ the negative reviews from most film critics, the movie was still a blockbuster and broke box office records.
   (A) Despite (B) Even though (C) Even (D) While

7. The shipping address cannot be changed _____ consumers submit their orders.
   (A) in case of (B) once (C) then (D) upon

8. Since many clients will be visiting us tomorrow, please arrive _____ the office earlier than usual.
   (A) on time (B) at (C) soon (D) directly

9. _____ an employee lose his security pass, he can obtain a new one by submitting an application form online.

(A) Through (B) Unless (C) Should (D) in the event of

10. _____ customers' complaints about customer service, all the customer service representatives are required to attend a training session on customer communication.

(A) Owing to (B) Furthermore (C) Whereas (D) Because

● 解析

1. **Ans: (A)**，觀察選項後可以發現 (A) 是介系詞，(B) 和 (D) 是連接詞。空格後 "the current roadwork in the area" 的結構是「名詞＋介系詞片語」，整體還是名詞，因此空格要填入介系詞。選項 (C) 則是副詞。

   譯 由於目前這個地區的道路工程，駕駛人抱怨鄰近幾條道路頻繁交通阻塞的情況。

2. **Ans: (C)**，觀察選項後可以發現 (B)、(C)、(D) 是介系詞，而 (C) 和 (D) 也能作連接詞。空格後面 "they apply for the position" 是句子，因此從 (C) 和 (D) 之間做選擇，依照語意判斷可以選擇 (C)。選項 (A) 是副詞。

   譯 求職者在申請這個職位時要繳交三份推薦信。

3. **Ans: (C)**，觀察選項後可以發現 (B) 是介系詞（可從 of 判斷），(C) 和 (D) 是連接詞。空格後面 "business owners could know what to do for the environment" 是句子，因此空格填入連接詞的選項。依照語意判斷可以選擇 (C)。選項 (A) 是副詞。

   譯 我們要求所有演講者將他們的演說聚焦在環境保護，如此一來，參加這場研討會的企業主才會知道他們能為環境做什麼。

4. **Ans: (B)**，觀察選項後可以發現 (B) 可作介系詞，(D) 是連接詞。空格後 "its reliability in product quality" 的結構是「名詞＋介系詞片語」，整體還是名詞，因此空格要填入介系詞。要注意選項 (C) 是副詞。

   譯 除了產品品質的可靠之外，這家公司因為極佳的顧客服務而有很好的聲望。

5. **Ans: (D)**，該題選項中沒有介系詞的選項。(A) 和 (D) 是對等連接詞，而 (B) 和 (C) 是副詞。空格前後都是原形動詞的結構（ "pay in advance" 和 "be billed after the meal"），因此空格要填入對等連接詞的選項。依照語意判斷可以選擇 (D)。

   譯 在餐廳用餐時，Smith 先生喜歡先付款而不是餐後再結帳。

6. **Ans: (A)**，觀察選項後可以發現 (A) 是介系詞，(B) 和 (D) 是連接詞。空格後 "the negative reviews from most film critics" 是名詞，因此選擇 (A)。

   譯 儘管大部分的電影評論家有負面的評論，這部電影依然很賣座而且打破票房紀錄。

7. **Ans: (B)**，觀察選項後可以發現 (A) 和 (D) 是介系詞，(B) 是連接詞。空格後 "consumers submit their orders" 是句子，因此選擇 (B)。

   譯 一旦消費者提交訂單，寄送地址就不能被修改。

8. **Ans: (B)**，該題選項中沒有連接詞的選項。(B) 是介系詞，而 (A)、(C)、(D) 是副詞。空格後面的 "the office" 是名詞，因此選擇 (B)。

   譯 因為明天有很多客戶會來拜訪我們，請比平時還要早一些抵達辦公室。

9. **Ans: (C)**，觀察選項後可以發現 (A) 和 (D) 是介系詞，(B) 是連接詞。空格後 "an employee lose his security pass" 是句子，空格應該填入連接詞，但是跟 (B) 的語意不搭。這時候想到 (C) should 有「萬一」的意思，符合題目語意，因此選擇 (C)。"Should an employee lose his security pass" 是 "If an employee should lose his security pass" 的倒裝。

   譯 萬一員工遺失了他的安全通行證，他可以藉由在線上申請來獲得新的通行證。

10. **Ans: (A)**，觀察選項後可以發現 (A) 是介系詞，(C) 和 (D) 是連接詞。空格後 "customers' complaints about customer service" 是名詞，因此選擇 (A)。

    譯 由於顧客對於客戶服務有抱怨，所有的客服人員必須參加一個跟顧客溝通相關的訓練課程。

● Overall Practice

1. Longan Tech products won't be manufactured _____ they pass rigorous testing.
    (A) in case (B) although (C) in order that (D) unless

2. The city is famous for _____ several historic sites but the handicraft industry.
    (A) both (B) either (C) where (D) not only

3. _____ the safety procedures, every worker should put on safety gear before entering the laboratory.
    (A) Because (B) According to (C) Accordingly (D) Regardless of

4. Since the newly released computer model was found defective, the customer service representatives have been busy contacting the consumers to return the products _____ the week.
    (A) on (B) prior to (C) throughout (D) along

5. Sphone X, one of Star Tech's smartphone models, is _____ popular that its sales are always at an all-time high.
    (A) so (B) such (C) as (D) most

6. In accordance with terms in the confidentiality agreement, members of the examination administration can _____ make personal phone calls nor leave the building during question drafting.
    (A) well (B) rather (C) not only (D) neither

7. _____ the gross sales this year were lower than last year's, we still had a profitable year.
    (A) Despite (B) However (C) While (D) As

8. Two speakers' sessions were postponed to the second day of the conference _____ their flights had been delayed.
    (A) in the event of (B) due to (C) as (D) following

9. Many tourists like to stay at the resort during holidays because it is built _____ the coast.
    (A) along (B) as for (C) except for (D) below

10. After a thorough investigation, the police reached the conclusion that the pedestrian _____ the driver should be responsible for the accident.

(A) but also (B) rather (C) additionally (D) as well as

11. Online shoppers can make immediate inquiries about the products _____ the online customer support platform.

(A) in compliance with (B) by means of (C) on behalf of (D) in favor of

12. Employees of the department store are asked to memorize the emergency evacuation procedures so that they can know what to do _____ emergency.

(A) meanwhile (B) in the event of (C) provided that (D) in place of

● 解析

1. **Ans: (D)**，選項都是連接詞，因此是考連接詞的語意。只有選項 (D) 符合題目語意。

    譯 Longan 科技公司的產品除非通過嚴格的測試，否則不會製造。

2. **Ans: (D)**，這題考的是配對類的對等連接詞。要注意的是選項 (C)，"wh-" 字詞後面都會接上一個子句。子句的結構跟句子一樣，要有主詞和動詞，空格後不是句子，因此刪除選項 (C)。

    譯 這個城市不只因為幾個古蹟聞名，還以手工藝產業而聞名。

3. **Ans: (B)**，觀察選項後可以發現 (B) 和 (D) 是介系詞，(A) 是連接詞。先依照文法規則刪除選項。空格後 "the safety procedures" 是名詞，因此空格應填入介系詞。(B) 符合題目語意，要注意 (C) 是副詞。

    譯 根據安全措施，每個工人在進入實驗室前要先穿戴安全裝備。

4. **Ans: (C)**，這一題在考介系詞的語意。

    譯 自從新推出的電腦型號被發現有瑕疵後，客服人員這一整個禮拜一直忙著聯絡消費者退還該產品。

5. **Ans: (A)**，這一題是考從屬連接詞「如此的……以至於……」。"so...that..." 和 "such...that..." 都可以表達這個意思，但是空格後面是形容詞 "popular"，因此選擇 (A)。選項 (D) most 會跟「最高級」相關，但這裡不適合用最高級。

譯 Sphone X ── Star 科技的手機型號之一 ──如此受到歡迎，以至於銷售量總是很高。

6. **Ans: (D)**，這題考的是配對類的對等連接詞。

   譯 根據保密合約的條款，試務編輯組成員在命題期間不能打私人電話，也不能離開這棟大樓。

7. **Ans: (C)**，觀察選項後可以發現 (A) 是介系詞，(C) 和 (D) 都可作連接詞。空格後 "the gross sales this year were lower than last year's" 是句子，因此空格應填入連接詞。(C) 符合題目語意。

   譯 雖然今年的總銷售額比去年低，我們今年還是獲利。

8. **Ans: (C)**，觀察選項後可以發現 (A)、(B)、(D) 是介系詞，(C) 可作連接詞。空格後 "their flights had been delayed." 是句子，因此空格應填入連接詞。

   譯 因為班機延誤，有兩位演講者的演講時段延後到會議的第二天。

9. **Ans: (A)**，這一題在考介系詞的語意。

   譯 很多觀光客喜歡在假日時待在這個渡假勝地，因為它是沿著海岸建造的。

10. **Ans: (D)**，空格前和空格後都是名詞的結構，因此空格可以放入對等連接詞，因此填入 (D)。

    譯 在徹底調查後，警方作出的結論是行人和駕駛者都要對這起意外負責。

11. **Ans: (B)**，這一題在考介系詞的語意。

    譯 線上購物者可以藉由線上顧客支援平台立即詢問產品相關的問題。

12. **Ans: (B)**，觀察選項後可以發現 (B) 和 (D) 是介系詞，(C) "provided that" 可以從 that 判斷後面要加上句子，空格後 emergency 是名詞，因此空格填入介系詞。(B) 符合題目語意。

    譯 這個百貨公司的員工被要求記熟緊急疏散措施，這樣一來，萬一有緊急情況發生，他們才知道該做什麼。

哥 來 跟 你 聊聊

泰裔美國人　Howard

　　相信你各位一定聽過去美國或英國「遊學」，就是邊玩邊學語言的概念。遊學常常是白天去學校學語言，下午後開始玩樂。遊學也常常安排學員們住在當地的家庭讓他們更能感受當地文化。

　　其實不只學英文的人有遊學活動，連學中文的人也有遊學活動。記得小學三年級時，我們家就擔任接待家庭，爸媽想說順便讓我們學到英文（現在想想這樣好像不太對，畢竟對方是花錢來這裡練習中文的，哈！）來我們家的是個大學生，是個泰裔美國人，叫做 Howard。有小潔癖的我似乎不太喜歡 Howard 一些習慣。例如他會把用過的衛生紙先揉一揉放在床旁邊，堆到一定的量後才拿去丟。

　　爸媽會帶 Howard 到處走走，很多爸媽的朋友中，一樣有正在學英文的小孩的話，就常邀我們去他們家。你知道的，台灣人喜歡把握免費的機會練習英文口說，嘿嘿。有一次去了一個朋友家有段對話蠻有趣的。阿姨端出了葡萄請 Howard ……。

　　媽：「Howard，葡萄好吃嗎？」
　　豪哥：「很難吃！」
　　傻眼媽：「蛤？你怎麼這樣說？」

　　我媽那時候的 os 一定是：「死孩子，再怎麼難吃也裝一下吧！」
　　Howard 說出了一句很奇妙的話：「不是不是，很好吃但是很難吃。」
　　現在想想，這是一句「英式中文」。其實豪哥是想表達 "The grapes are difficult to eat, but they taste good."（要吃葡萄很困難，但很好吃。）他應該是想說 "difficult to eat" 就是「難吃」的意思。所以囉，語言學習都會經歷這個階段。你各位如果不小心造出了「中式英文」的句子別太沮喪，之後修正就好了。

不過豪哥讓我印象最深刻的竟然是讓我淚灑客廳！有一次跟老媽開車載著豪哥，我這白目屁孩竟然直接在豪哥面前批評他，印象中好像也是說他衛生紙放床上不丟的事情，因為我真的很在意。

媽：「你也太沒禮貌了吧！別人還在車上你就這樣講他！」

白目屁孩我：「他又聽不懂！他中文又不好！」

完了，豪哥中文程度如何我也忘了，但他聽得懂「他又聽不懂！他中文又不好！」這句話，於是直接開嗆：

「我的中文水準不好，就像你的英文水準不好！！！」

嗯，很尷尬！對，就是這麼尷尬！

不過我哥倒是跟他處的挺好的，可能是因為我哥的「英文水準」那時候比我好，所以跟豪哥溝通無障礙。豪哥臨走前，說要送我們兄弟倆一份禮物，然後就去全國電子買一台 CD 隨身聽。在那個年代，CD 隨身聽多珍貴啊，很先進的。就好像當大家的網路還在用「撥接」的時候，你家已經進階到用「光纖網路」……。嗯……似乎要有一定年紀的人才知道我在說什麼……

豪哥說要買給我們，但擺明是給我哥，我哥樂得笑到露出一大片牙齦！你各位體會一下那個落差感，於是我大哭，真的是大哭！哭得如此悲慘，豪哥都嚇到了。把我抱起來扛在身上安撫我：

Don't cry! Don't cry!

現在想想豪哥也算是暖男一枚。爸媽想說我怎麼了，聽豪哥解釋後，淡淡回一句：「喔！不要理他！」好吧，哭沒有用，那我上演耍憂鬱的戲碼，還是沒有得到另一台 CD 隨身聽。

豪哥回國後，對於這次遊學體驗給出了評比：很不滿意！

嗯…… 應該有一半是我造成的。

Sorry 囉，豪哥！

二、

常考
文法概念

0%　　　　　　　　　　　　　　　　　　　　100%

CH7 不定詞和動名詞

先思考一下，以下這兩個句子有什麼地方需要修正呢？

The boy wanted buy some candy.
這個男孩想買些糖果。

The girl enjoys read the grammar book.
這個女孩很享受讀這本文法書。

發現錯誤了嗎？第一句的 buy 應該要改成 "to buy"，而第二句的 read 應該要改成 reading。不定詞 to（要注意 to 後面會接「原形動詞」） 和動名詞 V-ing，我們可以先這樣理解：因為一句話只能有一個時態，因為每一句話都代表一個事件，每一個事件都只能發生在一個時空，不然會時空錯亂的。例如第一個例句：

The boy wanted buy some candy.
這個男孩想買些糖果。

如果不修改這個句子，wanted 是過去式，表示男孩在過去的時候想買糖。但是 buy 又是現在式，會讓人錯亂這個事件到底是在什麼時空發生的，然後這句話到底男孩是做哪個動作。

在英文句子中，時態會表現在主要動詞上，因此如果後面再講到動詞，這個動詞就不能有時態了。英文就會用不定詞 to 加上原形動詞（以下會用 to V 表達）或是 V-ing 來表示這個動作是沒有時態的。因此在上面的例句中，第一句的主要動詞 wanted 已經是過去式，所以後面的動詞 buy 不能有時態，於是在前面加上不定詞 to。而第二句的主要動詞 enjoys 已經是現在式，所

以後面的動詞 read 就不能有時態了，於是加上 -ing 變成 reading。

不知道大家在學校寫英文作業的時候，遇到句子翻譯的題目，有沒有被老師在作業本標記「沒有動詞！」或是「一句話不能有兩個動詞！」其實老師說「沒有動詞」是指這句話沒有「時態」；「一句話不能有兩個動詞」的意思是「一句話只能有一個時態，不能超過一個」，並非一個句子不能有兩個動作。

我們來用以下的重點快速了解「不定詞」和「動名詞」在句子中會出現的位置。

I 「不定詞」在句子中的用法

在進入細節前，我們先理解一件事情，「不定詞」其實也表達一個意思：

「某個動作還沒做」，或是這個動作是個「目標動作」

我們不要死背文法，好累，我都背不起來。哥喜歡用理解的方法來了解文法。大家先思考看看人生學英文遇到的第一個 to 是什麼時候。我記得我遇到人生第一個 to 是這個句子：

> I go to school every day.
> 我每天去學校。

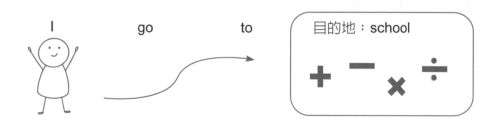

語意是會延伸的，不要懷疑。舉個中文例子你就了解了。記得有一次有個朋友跟我說他連續加班了三天後，「怒」吃永和豆漿吃了五百元，然後「怒」看三本漫畫。（要從豆漿店買食物買到五百元真的不容易，你各位可以挑戰看看。）本來「怒」平常口語中的用法會跟生氣相關，但是又有一層「猛烈」的意思。例如「媽媽怒罵我兩小時。」慢慢地，我們就保留了「猛烈」

的意思,然後把「怒」加上其他動作,表示做那個動作「做得很激烈、做到爽」的概念。

　　因此,我們學英文一開始接觸 to 這個字,後面都是加上一個「目的地」。從「目的地」的概念延伸到「目標動作」。例如:

The girl wanted to kiss me.
那個女孩想要親我。

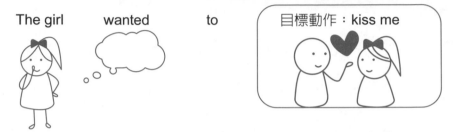

The girl　　　　wanted　　　　　to　　　　目標動作:kiss me

　　有了這一層認識後,就來快速了解 to V 在句子中出現的位置吧!

(I) 不定詞的相關用法　　以下的重點放在讀懂句子!

1. 作「主詞」和「受詞」

● 作「主詞」

To do exercise every day is important.
每天運動是重要的。

　　在這個例句中,"To do exercise every day" 是整句話的主詞。

　　不過,英文的習慣就是「長的東西往後丟」。不定詞的結構是比較長的結構,所以常常被放到最後面。就變成了下面這長相:

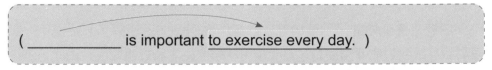

(＿＿＿＿＿＿ is important to exercise every day.)

　　但是我把這個句子括號起來是因為這還不是個句子。英文是無法忍受任何句子沒有主詞,所以放個假的主詞來充充場面,這就是為什麼有了「虛主詞」it。所以 "To exercise every day is important." 也會等於下面這個句子:

It is important to exercise every day.

> 充場面用的「虛主詞」

● 作「受詞」

We have decided to attend the seminar.
我們已經決定參加這場研討會。

在這個例句中，"to attend the seminar" 是當作 "have decided" 的受詞。從這句話也可以了解為什麼 decide 後面常加上 to V。因為決定好要做的事情還沒完成，而且也是個「目標動作」。

2. 作「補語」
● 作「主詞補語」

Our goal is to increase our sales by five percent.
我們的目標是要增加百分之五的銷售量。

先跟各位複習一下「主詞補語」是什麼：

My boss is fat and bald.
    S   V   S.C.
我的老闆又胖又禿。

就如同我們在 CH0 提過的，「主詞補語」（S. C.）就是用來說明主詞的狀態。在解讀這句話的時候，可以問自己一個問題：「『又胖又禿』的是誰？」答案是「老闆」。所以 "fat and bald" 就可以視為「主詞補語」的角色，因為在描述主詞的狀態。

同樣地，這個例句：

Our goal is to increase our sales by five percent.
  S   V   S.C.

在這個例句中 "to increase our sales by five percent" 就是在說主詞，也就是 "our goal" 「我們的目標」。因此在這個例句裡，"to increase our sales by five percent" 就可以看作是「主詞補語」。

● 作「受詞補語」

The manager frequently asks his subordinates to work overtime.
He is a pain in the ass.
這個經理頻繁地要求他的屬下加班。他真的很機車！

先跟各位複習一下「受詞補語」是什麼：

I consider my boss a pain in the ass.
S V O O. C.
我認為我的老闆很機車。

就如同我們在 CH0 提過的，「受詞補語」（O. C.）就是用來說明受詞的狀態。在解讀這句話的時候，可以問自己一個問題：「『很機車』的是誰？」答案是「老闆」。所以 "a pain in the ass" 就可以視為「受詞補語」的角色，因為在描述受詞的狀態。

同樣地，這個例句：

修飾動作
The manager (frequently) asks his subordinates to work overtime.
S V O O. C.

在這個句子中，"to work overtime" 是受詞 "his subordinates" 做的動作。因此，在句子結構中可以視為「受詞補語」。

3. 作「修飾」用

● 作「形容詞」

形容詞的功能就是在修飾名詞。這裡先讓大家初步了解一下「中文的形容詞」和「英文的形容詞」在句中的位置有什麼不同的地方。

基本上，中文的形容詞不管多長都會放在修飾的名詞前面，文法書中會有個文謅謅的說法叫做「前位修飾」，意思就是把形容詞放在名詞的「前面」修飾。其實沒有很複雜對吧？但有時候就得搞一些文謅謅的說法才會顯得很厲害。例如：

- 那個「大方的」經理
- 那個「跟我一起考多益的」經理
- 那個「常跟祕書調情的」經理

　　但是英文就要留意了。如果修飾名詞的形容詞是「單字」，會放在名詞前面修飾。這樣的修飾我們也比較熟悉，因為跟中文的規則是一樣的。例如：

a fat and noisy <u>baby</u>
　　Adj.　　　n.
一個又胖又吵的嬰兒
　　Adj.　　　n.

　　痾……對不起，太厭世了，換一個比較正面的形容詞。

a sexy <u>baby</u>
　Adj.　n.
一個性感的嬰兒
　Adj.　n.

　　不過如果修飾名詞的形容詞是「片語」（「介系詞片語」或是「不定詞片語」）、「形容詞子句」或是「形容詞子句簡化後的分詞片語」的結構，這樣的形容詞會出現在名詞的後面修飾。也就是在英文文法書常看到的「後位修飾」。因為英文的習慣是「短的東西放前面，長的東西往後丟」。因此，「片語」或是「形容詞子句」的結構概念上比「單字」的結構還要長，所以放在名詞的後面作修飾。例如：

a baby with chubby cheeks
    n.   Adj.（介系詞片語）
圓嘟嘟臉頰的嬰兒
      Adj.   n.

a baby who looks like a superstar
    n.   Adj.（形容詞子句）
長得像超級巨星的嬰兒
         Adj.   n.

> 你各位有看出「前位修飾」和「後位修飾」的差別了嗎？（姨母笑 ☺）

經過剛剛的科普後，我們就能了解「不定詞結構」做形容詞在修飾名詞的時候，會到放在名詞後面。例如：

修飾 proposal

The proposal to expand the business into the Asian markets has been approved by the board of directors.
把產業擴展到亞洲市場的提案已經被董事會核准。

修飾 plan

Government officials are still analyzing whether the plan to construct a new railway line is feasible or not.
政府官員還在評估要蓋新鐵軌路線的計畫是否可行。

在第一個例子中，「提案」 "The proposal" 這個名詞被後面的不定詞片語「把產業擴展到亞洲市場」 "to expand the business into the Asian markets" 修飾。如果分析語意，「提案」表達的是一個還沒有做的事情，也是一個「目標」的概念，因此用不定詞片語來修飾這個名詞。

在第二個例子中，「計畫」 "The plan" 這個名詞被後面的不定詞片語「要蓋新鐵軌路線」"to construct a new railway line" 修飾。同樣地，如果分析語意，「計畫」表達的是一個還沒有做的事情，也是一個「目標」的概念，因此用不定詞片語來修飾這個名詞。

● 作「副詞」

以下例句中的不定詞片語，如果要分析其句中的功能，可以視為「副詞」。例如：

The coordinator was pleased to see that the seminar was well-attended.
這個籌備者很高興看到這個研討會出席率很高。

Alex is disappointed to find out that the boss doesn't give him a handsome bonus.
Alex 很失望發現老闆沒有給他優渥的紅利獎金。

但是哥覺得分析為何做副詞沒有意義，而且鑽牛角尖。所以就不用平常文法書中會看到的解釋煩你各位了。而且重點是，這幾個句子照著字面，照著順序翻譯也能知道意思，能夠理解句子語意才是這裡的重點。

第二個例句的 handsome 不是「很帥」的意思喔。如果 handsome 搭配跟錢相關的單字，意思是「優渥的、一大筆（錢）的」意思。不過其實也不難理解。想想看，如果老闆給你的獎金給得慷慨，你會不會想說一句「老闆好帥喔！」然後你就背起來了：「『帥』老闆給『優渥』的獎金。」

(II) 不定詞的重要表達法

1. 形容詞 / 副詞　enough to V

這個句構表達的意思是「形容詞或副詞的程度足夠做到後面的動作」。例如：

> adj.
> The venue is <u>spacious enough</u> to accommodate up to 500 people.
> 　　　　夠寬敞　　　　　　可以做到這個動作
> 這個場地夠寬敞可以容納到五百個人。

雖然你可能看懂這個句子，但是我想來嘮叨個幾句來跟前面的內容相呼應。還記得一開始我有提到不定詞會有「目標」的概念嗎？跟這裡的用法也能結合。

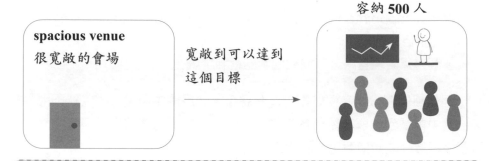

> adv.
> The manager can speak Chinese <u>well enough</u> to negotiate the
> contract with the supplier in Chinese.　夠好　可以做到這個動作
> 這個經理中文講得夠好，好到可以用中文跟廠商協調合約事宜。

2. too 形容詞 / 副詞　to V

這個句構表達的意思是「太……以至於無法……」。例如這個例子：

The luggage is <u>too big</u> to be put into the overhead compartment.
　太大　　　無法達到這個目標
這個行李箱太大了，大到無法放進頭頂置物處。

可以留意的是在這個例句裡，「太大的」是主詞 "the luggage"，「無法放進頭頂置物處」的也是主詞 "the luggage"。

The luggage is <u>too big</u> to be put into the overhead compartment.

我會特別提到這個是因為如果「形容詞」和「動作」在說的是不同對象的時候，這個句構會有一點變化。其實會有任何文法都是因為人會這樣講話。有一次我坐在火車上，旁邊的嬰兒像是喝了蠻牛，一路從高雄哭到彰化，我無法睡覺。來造個句子吧：

那個嬰兒的哭聲太大，大到我無法睡著。

如果你造出來的句子是：

The baby's cry was <u>too loud</u> to fall asleep.

這樣就不對了。因為這句話的意思會是「太大聲的」是主詞 "the baby's cry"，而「睡不著」這個動作，也會是主詞 "the baby's cry"。

因此，為了表達後面的動作者是「我」，要加上兩個字 "for me"。整句話變成這樣：

The baby's cry was <u>too loud</u> for me to fall asleep.
然後那個孩子哭完後心情好了就開始對我笑，但是愛記仇的叔叔一直瞪他⋯⋯

所以，結論就是 to V 的動作者如果和主詞不一樣的話，用 "for sb." 來表達 to V 的動作者。例如下面這個例子：

The font is too small for people to read

這個字型太小了，人們無法閱讀。

在這個例句中，「太小」"too small" 在說的是主詞「字型」 font，而無法閱讀的是「人們」，所以要加入 "for people" 來表達這個意思。

3. 表示「為了做某事」 "in order to V"

最後，不定詞片語有一個表達法 "in order to V" 可以放在句首或句尾，也可視為是「副詞」的用法，意思是「為了做某事」。例如這個例句：

In order to get promoted quickly, I became a bootlicker.
= I became a bootlicker in order to get promoted quickly.
為了可以快速升遷，我成為了一個馬屁精。

這個表達法有兩點要注意。

(1) "in order to V" 的 "in order" 可以省略。所以上面的例句也可以這樣表達：

To get promoted quickly, I became a bootlicker.
= I became a bootlicker to get promoted quickly.

(2) "in order to V" 也可以用 "so as to V" 來表達：

I became a bootlicker so as to get promoted quickly.

II 「動名詞」在句子中的用法

比起「不定詞」在句子中可以有很多用途，「動名詞」相對來說就單純多了：

動名詞就是「名詞」，只不過這個名詞在說的是一個動作。

一般來說，名詞我們都會想到是一個物體，例如：

I like chocolate.
我喜歡巧克力。

這個例句中有一個名詞 chocolate，是一個「物體」。如果要表達「喜歡做某件事情」，「做某件事情」是一個動作，就要用「動名詞」來表達。例如：

I like reading novels
我喜歡讀小說。

這個例句裡，喜歡東西的是個動作 "reading novels"，因此就用動名詞 V-ing 來表達。知道「動名詞」就是名詞後，很快地跟哥來了解動名詞在句子中出現的位置吧！

既然「動名詞 V-ing」就是名詞，因此動名詞可以放在句子中的「主詞」、「受詞」和「補語」的位置。因為名詞本來就可以放在這三個位置。

1. 作「主詞」

這個用法跟「不定詞 "to V" 在句中作主詞」一樣。如果用動作當主詞，可以用之前提到的「不定詞」，也可以用「動名詞」作主詞。例如：

Turning down extra assignments from a supervisor takes courage.
拒絕主管額外分配的任務需要勇氣。

另外，這裡哥順便再跟你各位嘮叨一下在「不定詞」提過的概念：因為英文句子習慣把長的結構放後面，所以**不定詞作主詞的時候，可以把不定詞這個主詞通通往後放，然後主詞先放上虛主詞 it 來充場面**。「動名詞」作主詞的時候概念也是一樣的，因此這個例句：

Turning down extra assignments from a supervisor takes courage.

也是可以將**動名詞這個主詞通通往後放，然後主詞先放上虛主詞 it 來充場面**。也就是下面這個例句：

> It takes courage **to turn down** extra assignments from a supervisor.
>
> 　充場面的　　　　　　　　　　　　　　　　原本的主詞
> 　虛主詞 "it"

不過這裡要注意喔，如果是「動名詞作主詞」，把主詞搬到後面後，會寫為「不定詞」。

到職場上走了一遭後，發現對主管奇妙的要求真的要有說不的勇氣啊！並不是要斤斤計較，但哥覺得至少這要求不能跟工作本質差太多。哥就看過補習班主任（老闆娘）要老師幫她女兒做寒假美術作業……還好哥的藝術天分差得很出色，所以逃過一劫（歡呼）！

2. 作「受詞」

跟不定詞一樣，動名詞可以當「受詞」用。動名詞當受詞的時候，可以放在兩個位置。

(1) 動詞後，例如：

> The general manager suggests relocating the corporate headquarters to Taipei.
> 總經理建議把總公司搬到台北。

這句話的動詞是 suggests。後面的動名詞所表達的動作 "relocating the corporate headquarters to Taipei" 當作「受詞」用。

(2) 介系詞後（注意！「不定詞」不能接在介系詞後）。例如：

> The president is interested in researching consumer behavior.
> 這個總裁對於進行消費者行為研究有興趣。

這個例句中，動名詞的動作 "researching consumer behavior" 接在介系詞 in 之後當作受詞。

3. 作「補語」

　　動名詞也可以放在補語的位置。因為既然「動名詞」就是「名詞」，因為名詞可以放在補語的位置，所以動名詞也可以放在補語的位置。補語可以分為「主詞補語」以及「受詞補語」。動名詞則是可以放在「主詞補語」的位置。例如：

My supervisor's hobby is <u>meditating at work.</u>
我的主管的嗜好是在上班的時候冥想。

　　在這個例句中，"meditating at work" 就是當作「主詞補語」。因為「主管的嗜好」是主詞，所以「在上班的時候冥想」在說明主詞，因此就是「主詞補語」。所以這句話的結構如下：

My supervisor's hobby is <u>meditating at work.</u>
　　　　S　　　　　　　V　　　　　　S.C.

Part 2 多益怎麼考

題型一 ★★★★★
哪些動詞後面加 to V，哪些動詞後面加上 V-ing

1. 以下的動詞後面會加上 to V

allow 允許	agree 同意	encourage 鼓勵	hope 希望	promise 答應	remind 提醒
ask 要求	aim 目標要	expect 期待	hesitate 猶豫	plan 計畫	want / intend 想要
advise 建議	convince 說服	enable 使……能夠	order 命令	require 要求	would like / would love 想要
afford 負擔	decide 決定	force 強迫	persuade 說服	refuse 拒絕	

還記得在 `Part 1` 的時候我們有說到「不定詞」有表示「目標動作」的意思嗎？你可以挑表格裡面一些動詞，在心裡造個句子，思考一下這些動詞後面是不是加上「目標動作」。例如：

ask「要求」 ➔ 要求某人去做某事
　　　　　　　　　　　（目標動作）

> **The president asked the human resources manager to recruit some temporary workers.**
> 這個總裁要求人力資源經理雇用一些臨時員工。

看完這個表格後，哥要跟你溝通兩件你可能在思考的事情：

(1) 一定還有更多動詞後面加上不定詞。但是這裡不可能把英文字典中所有的動詞都列出來，而且這本書的重點是希望你各位對於「多益文法」快速上手。因此，這個表格是把多益考題中，常遇到的列出來。

不過哥出書除了希望能幫助到你考多益外，哥更奢侈的希望說不定你因為看了這本書後，發現英文文法也不是想像中的那麼艱深，而且學會了一些思考的方向，然後對英文產生了多一點點的興趣。只要那麼一點點興趣，哥就會很開心了！

下一次當你學到一個新的英文動詞，在思考這個動詞後面是要加「不定詞」或是「動名詞」的時候，也是可以思考這個動詞後面加的是不是「目標動作」。

(2) 另外，這個表格中的動詞其實還可以細分為三類： 當故事看看就好！
● 有的動詞直接加上 to V，例如 afford：

> **We can't afford to renovate both conference rooms.**
> 我們無法負擔將兩間會議室都翻新。

● 有的句子因為語意上的需要，會加上受詞再加上 to V，例如 encourage：

My supervisor encouraged me to apply for managerial positions in
the company.   S   O   to V
我的主管鼓勵我申請應徵公司的管理職位。

● 有的動詞可以加受詞也可以不用加，依照說話者想表達的語意而定，例如
want：

We want to find another office equipment provider.
我們想要找另一家辦公室設備的廠商。

The speaker wanted the audience to give him some feedback.
這個演講者想要觀眾給他些回饋。

　　不過本書的目的是要大家快速掌握這些文法和多益的考法，因此可以不用細細區分每個動詞到底要不要加受詞，也不是這個文法的出題重點。而且大部分的動詞跟中文用法一致，因此可以用中文造句，就可以知道該動詞是否要先加上受詞再加上 to V 了。

2. 以下的動詞後面會加上 V-ing

advise 建議	consider 考慮	feel like 想要	mind 介意	quit 放棄
avoid 避免	delay 延後	finish 完成	mention 提到	mention 提到
admit 承認	deny 否認	imagine 想像	postpone 延期	recommend 推薦
appreciate 感謝	enjoy 喜歡	keep 保持	practice 練習	suggest 建議

3. 其實如果你對這個文法更有認識的話，會知道文法書在講解哪些動詞後面加上 **to V**，哪些動詞後面加上 **V-ing** 的時候，會順便介紹這兩個重點：

(1) 有的動詞後面會可以加上 to V 也可以加上 V-ing，而且不會造成意思上的差別：

begin 開始	hate 討厭	love 喜愛	stand 忍受
continue 繼續	like 喜歡	prefer 喜歡	start 開始

以上的動詞後面加上 to V 或 V-ing 皆可，語意上不會有區別。例如：

The speaker began to make a speech after all the attendees were seated.
= The speaker began making a speech after all the attendees were seate.
在參與者就座後，演講者開始演說。

不過，如果是以「解題」的方面來切入，既然是加上兩種都可以，選項就不會兩種都出現。因此這一類的動詞可以大概看過就好。

重點放在語意理解！

(2) 有的動詞後面會可以加上 to V 也可以加上 V-ing，不過意思上有差別：

forget 忘記	remember 記得	stop 停止

意思上的差別在於，如果後面是加上 to V，表示這個動作還沒做（「目標動作」，對嗎？）；如果後面是加上 V-ing，表示這個動作已經做了。例如：

Please remember to call the supplier.
請記得打電話給廠商。
I remember calling the supplier.
我記得打給廠商了。

在第一個例句裡，在表達請對方記得打電話，因此還沒有打電話，所以在 remember 之後加上 to V，表示「記得去做某事」。第二個例句是在表達打過電話了，所以在 remember 之後加上 V-ing，表示「記得做過某事了」。

以上三個點，最重要的是 1 和 2；也就是知道哪些動詞後面只能加上 to V，哪些只能加上 V-ing。但如果要快速解題的話，還差一點。因為在 Part 1 介紹「不定詞」的時候，哥有提到過不定詞的用法蠻多的，例如當作形容詞修飾名詞，也有當作副詞的用法。

這裡來分享一個概念。既然「不定詞」的用法看起來比較豐富，而「動名詞」的搭配看起來比較有限，所以快速解題法如下：

只要記得動名詞會出現的時機就好，如果不是動名詞的使用時機，那閉著眼睛都可以放心地選擇「不定詞」！

嗯……還是要張開眼睛看清楚選項。不然哥哥我常常明明想選 B 但卻畫卡畫成 C，真的會氣到想剁手手！

因此，以下哥就幫你各位整理「動名詞」的使用時機，並用星號表達「多益正式考試」的出題頻率：

1. 後面會加上 V-ing 的動詞★★★★★

這個重點就是之前的那個表格，為了方便統整，我再把表格打一次。

advise 建議	consider 考慮	feel like 想要	mind 介意	quit 放棄
avoid 避免	delay 延後	finish 完成	mention 提到	mention 提到
admit 承認	deny 否認	imagine 想像	postpone 延期	recommend 推薦
appreciate 感謝	enjoy 喜歡	keep 保持	practice 練習	suggest 建議

2. 「介系詞」後面可以加上 V-ing 作「受詞」★★★★★

　　動名詞可以放在介系詞後面當作受詞用。「不定詞 to V」不能放在介系詞後面。例如：

A public relations director is supposed to be good at **negotiating with other corporations**.
公關主任應該要擅長跟其他公司談判協商。

　　在這個例句中，介系詞 at 後面加上「動名詞」"negotiating with other corporations" 當作受詞。

　　不過這裡要留意一個小細節，就是 to 當作「介系詞」的情況。這個章節我們說的 to 都是當作「不定詞」，所以後面要加上「原形動詞」。不過 to 也可以當作「介系詞」，這時候 to 之後就要加上「名詞」或「動名詞」。例如：

I go to school by bus every day.
我每天搭公車去上學。

　　這一句話的 to 就是當作「介系詞」使用，因為之後加上「名詞」school。

　　其實 to 當作「介系詞」的用法是蠻多的，但這裡就列出如果真的在多益考試中遇到的話，常常會看到的出題方向：

in addition to 除……之外	look forward to 期待
due to　　因為 owing to	be devoted to　致力於 be dedicated to commit to
when it comes to 當談論到	contribute to 對……有貢獻

這個表格裡面的 to 當作介系詞用，因此之後都要加上「名詞」或「動名詞」。表格中，最常出現在考題的是 "look forward to"。例如：

I look forward to hearing from you.
我期待可以聽到您的回覆。

這個例句裡的 "look forward to" 的 to 是「介系詞」，所以後面加上「動名詞」"hearing from you"。

3. 會搭配動名詞的特殊用法★

以下這二個用法後面都會加上「動名詞」。

(1) have a good time V-ing / have fun V-ing （做某事很愉快）

Jack had a good time playing games with his brother.
Jack 跟他的弟弟玩遊戲玩得很愉快。

(2) have a hard time V-ing / have difficulty V-ing / have trouble V-ing / have problem V-ing / have hardship V-ing （做某事有困難）

Mandy is an American, so she has a hard time learning Chinese.
Mandy 是個美國人，所以她學中文有困難。

依據哥的經驗，這個概念在平常非官方出版的試題比較常看到。

● Practice 題型一

當你發現這題是在考你空格是放「不定詞」還是「動名詞」的觀念後，就想到這招——空格前面有沒有四個放「動名詞」的環境：

　　1. 特定動詞後　　　　　　　　　2. 介系詞後
　　3. "go + V-ing" 表示從事某活動　4. 特殊用法後

如果空格前都不是以上的情況，就放心選擇「不定詞」的選項。

< 例題 1>

The board is considering _____ with Anderson Technology.

(A) merge (B) to merge (C) merging (D) merged

Ans: (C)

譯 董事會在考慮與 Anderson Technology 合併。

< 解題心中 OS>

1. 觀察選項發現跟動詞相關,所以往動詞相關的文法思考。

2. 題目已經有主要動詞 is,也就表示這句話有時態,所以後面的動詞都不能有時態。

3. 空格前面是 considering,所以後接 V-ing。

< 例題 2>

The mayor recommends extending operating hours _____ to the upcoming peak season.

(A) responded (B) responding (C) to respond (D) response

Ans: (C)

譯 市長建議延長營業時間來應付即將到來的旅遊旺季。

< 解題心中 OS>

1. 觀察選項發現雖然選項 (D) 是名詞,但這裡的空格不適合填入名詞而且大部分的選項跟動詞相關,所以往動詞相關的文法思考。

2. 題目已經有主要動詞 recommends,也就表示這句話有時態,所以後面的動詞都不能有時態。

3. 先思考空格前面是不是填入 V-ing 的情況。

4. 因為空格前不是填入 V-ing 的情況,因此選擇 to V 選項的 (C)。

1. Mr. Smith is pleased _____ that his best friend has been promoted.
   (A) knowing (B) knows (C) knew (D) to know
2. The marketing team is interested in _____ with Alex Inn to promote the company's new product.
   (A) cooperating (B) cooperated (C) cooperate (D) to cooperate
3. The salesperson has difficulty _____ the best way to increase sales.
   (A) figured out (B) figuring out (C) to figure out (D) figures out
4. Alex suggests _____ the meeting until everyone has come up with new ideas.
   (A) to postpone (B) postponing (C) postponed (D) postpones
5. The members of the marketing department are planning an advertising campaign _____ new clients.
   (A) attract (B) attraction (C) attracted (D) to attract

● 解析

1. **Ans: (D)**，因為沒有選擇動名詞的四個環境，所以選擇「不定詞」。
   (譯) Smith 先生很高興知道他最好的朋友升遷了。
2. **Ans: (A)**，空格前有「介系詞」，符合放動名詞的環境。
   (譯) 行銷團隊對於跟 Alex 旅館合作來推廣公司的新產品有興趣。
3. **Ans: (B)**，空格前有特殊用法 "have difficulty V-ing"「有困難做某事」，符合放動名詞的環境。
   (譯) 這名銷售人員對於想出最好的方法來增加銷售量有困難。
4. **Ans: (B)**，空格前有 suggest，是要加上 V-ing 的動詞。
   (譯) Alex 建議把會議延後，直到大家都想到新的想法。
5. **Ans: (D)**，因為沒有選擇動名詞的四個環境，所以選擇「不定詞」。
   (譯) 行銷部門的成員正在計畫新的廣告活動來吸引新客戶。

題型二 ★★★★★
不定詞 "to" 和「情態助動詞」之後加上「原形動詞」

有時候題目會考不定詞 to 和「情態助動詞」後面加上「原形動詞」。以下哥先整理出多益中常出現的「情態助動詞」的表格，喚起大家對「情態助動詞」的記憶：

將會	will / would、 be going to
能夠	can / could、 be able to
應該	should、 shall、had better （最好） ought to、be supposed to
可能	may / might
必須	must、 have to
過去曾經	used to

從表格中可以發現，有些情態助動詞可以用「片語」的形式來表達，不過這些片語最後都有不定詞 to，所以一樣加上「原形動詞」。注意喔！「情態助動詞」後面就不能再加上不定詞 to 了。

這種題目在多益或許頻率沒有到很高，但這個觀念確實三不五時在哥考正式考試的時候有遇過。如果你各位考試的時候遇到這種題目，真的是老天保佑！要把這題的分數放口袋啊！

順便跟你各位提醒一下，如果助動詞和不定詞 to 後面要表達被動語態，因為兩者後面都要加上原形動詞，所以都是後面要加上 "be p.p."。

都聊到這裡哥再嘮叨一下，如果是被動語態要用「動名詞」表達，就是 "being p.p."。

● Practice 題型二

1. Low-income families can _____ for grants from the government during this period.
   (A) apply (B) applying (C) applied (D) to apply

2. We have decided to move the event to a larger meeting room _____ accommodate more people.

(A) so that (B) because (C) in order to (D) for

3. The application forms should _____ by the end of the week.

(A) submit (B) to submit (C) be submitted (D) being submitted

● 解析

1. **Ans: (A)**，空格前 can 是助動詞，因此要放原形動詞。

   譯 低收入戶家庭可以在這段期間內向政府申請補助金。

2. **Ans: (C)**，這一題用不同的角度考「不定詞後面加上原形動詞」的概念。(A) 和 (B) 都是連接詞，後面要加上完整句子；(D) 是介系詞，後面不會加上原形動詞。因此答案選擇 (C) in order to 後面要加上原形動詞。

   譯 我們決定把活動搬到比較大的會議室來容納更多人。

3. **Ans: (C)**，空格前有助動詞 should，因此要加上原形動詞，可以考慮 (A) 和 (C)。兩者差別是主動和被動。申請表是「被繳交」，因此選擇 (C)。

   譯 申請表要在這個禮拜前繳交。

題型三 ★
後面 不 加上「不定詞」或「動名詞」的動詞

　　有些動詞後面如果再遇到另外一個動詞的時候，後面的動詞不會搭配不定詞，也不會以動名詞的形式出現。這類動詞有以下三種 ，在正式考試中最常遇到的是 help，不過第二種和第三種其實也算重要，你各位可以順便看過去。

1. help 「幫忙」

　　這個字其實後面本來是可以加上 to V 的，但是 to 可以省略。所以 help 後面可以同時加上 to V 或是「原形動詞」。例如：

Our technician can help you to install the new software.
= Our technician can help you install the new software.
我們的技術人員可以幫你安裝新的軟體。

可以看到上面的例句中，help 之後可以加上 "to install" 也可以省略 to，直接加上原形動詞 install 。

2. 使役動詞　多益不常考的重要概念！

使役動詞的考題在非官方的坊間題本比較會看到。make、have 「要、叫」、 let 「讓」，這三個使役動詞後面會加上原形動詞。例如：

The manager made his subordinates pick up extra shifts.
這個經理要他的部下加班。

上面的例句中，可以看到使役動詞 made 後面加上一個原形動詞 "pick up" 。

3. 感官動詞　多益沒在考的重要概念！

有的人看到這裡會很慌張，想說不是還有一種動詞後面也是會加上原形動詞嗎？是滴是滴，如果你有想到這個問題的話，你學生時期的英文老師一定會很開心喔！

「感官動詞」如 watch「觀賞」、 look at 「看著」、see 「看到」、hear 「聽到」、 listen to 「聽著」、 feel 「感覺」等，這些動詞後面也會加上「原形動詞」。例如：

I heard my neighbor's dog bark loudly last night.
我昨天晚上聽到我鄰居的狗叫得很大聲。

在這個例句裡，感官動詞 heard 之後加上原形動詞 bark。不過感官動詞之後，如果要強調的是動作「進行中」，也可以加上「現在分詞」 V-ing。例如：

When I was watching TV last night, I heard my neighbor's dog barking.
我昨天晚上看電視的時候，我聽到我鄰居的狗正在叫著。

在這個例句裡，感官動詞 heard 之後加上現在分詞 barking，表示狗正在叫著。可以這樣思考：

- 聽到鄰居的狗在叫，表示當時鄰居的狗「正在叫」，所以可以強調「進行中」的概念。
- 用 V-ing 可以想到 "be + V-ing" 是「進行式」，所以 V-ing 可以表達「進行」的概念。

　　不過哥要提醒你各位，要著重在多益文法的話，「感官動詞」這部分實在不是多益文法的重點。所以想要速成的朋友要先把重點放在剛剛的 1 和 2。

　　每次我解釋完一串文法，然後又說這不是多益的文法重點時，都覺得自己在莊孝維 XDD ～～ 不過哥秉持著我寫這本書的初衷，還是得告訴你什麼在多益中是最重要的，什麼觀念可能不是重點。還是那句老話喔，多益不考的文法不表示不重要！

● Practice 題型三

1. Every employee is asked to help Mr. Henderson _____ acquainted with the company routines since he was just transferred from the corporate headquarters.
   (A) getting (B) get (C) got (D) has got

● 解析

1. **Ans: (B)**，題目中有 help，後面的動詞要加上 "to V" 或「原型動詞」，因此選擇 (B)。

   譯 每位員工被要求協助 Henderson 先生熟悉公司常規，因為他剛從公司總部調派過來。

● Overall Practice

Part 5

1. The designers are disappointed _____ out that the new product is not as well-received as anticipated.
   (A) find (B) to find (C) finding (D) found
2. The website designer suggested _____ the layout of the web page.
   (A) changes (B) be changed (C) changing (D) to change

3. Clients are advised to make payment on time _____ a late fee.

(A) to avoid (B) avoided (C) avoid (D) avoiding

4. Four employees will be transferred to the new branch office in Tokyo _____ with the star-up.

(A) helping (B) helped (C) to help (D) help

5. Mr. Johnson asked an intern to help _____ copies of the agenda for the weekly staff meeting.

(A) making (B) made (C) make (D) makes

6. Some participants want to know whether there is a nearby place _____.

(A) parked (B) parking (C) parks (D) to park

7. The manager is thinking about _____ some terms in the contract for the best interest of the company.

(A) modifying (B) modification (C) modified (D) to modify

8. According to the new procedure, effective next month, the security guards in the lobby will make solicitors _____ the building.

(A) leave (B) leaving (C) to leave (D) left

9. Customers can place an order by _____ an online order form.

(A) submit (B) submission (C) to submitted (D) submitting

10. Every employee who helps coordinate the seminar should _____ at the venue by nine tomorrow morning.

(A) arrives (B) arriving (C) arrive (D) to arrive

11. _____ customer satisfaction, we have to recruit more customer service representatives to respond to customer inquiries.

(A) Restore (B) Restored (C) To restore (D) Restoration

12. If you cannot _____ the items you want, please ask our one of our clerks for help.

(A) locating (B) be located (C) locate (D) to locate

● 解析

1. **Ans: (B)**，題目中已經有主要動詞 are ，因此這個空格如果要放動詞，要放 to V 或 V-ing 。空格前沒有放 V-ing 的四個因素，因此選擇 (B) 。

   譯 設計師很失望地發現新產品的接受度沒有預期般的高。

2. **Ans: (C)**，題目中已經有主要動詞 suggested，因此這個空格如果要放動詞，要放 to V 或 V-ing。空格前面的 suggested 後面要加上 V-ing，因此選擇 (C) 。

   譯 網頁設計師建議改變網頁的排版。

3. **Ans: (A)** ，題目中已經有主要動詞 are，因此這個空格如果要放動詞，要放 to V 或 V-ing 。空格前沒有放 V-ing 的四個因素，因此選擇 (A) 。這一個題目的 "to avoid" 是指 "in order to avoid"（為了避免）。

   譯 客戶被建議要準時付款以避免要繳交滯納金。

4. **Ans: (C)**，題目中已經有主要動詞 "will be"，因此這個空格如果要放動詞，要放 to V 或 V-ing。空格前沒有放 V-ing 的四個因素，因此選擇 (C)。這一個題目的 "to help" 是指 "in order to help"（為了協助）。

   譯 四名員工將會被調派到位於東京新的分公司以協助草創時期的工作。

5. **Ans: (C)**，題目中已經有主要動詞 asked，因此這個空格如果要放動詞，要放 to V 或 V-ing。空格前的 help 後面可以加上 to V ，但 to 可以省略，因此選擇「原形動詞」的選項 (C) 。

   譯 Johnson 先生請一位實習生幫忙影印每週員工會議的議程。

6. **Ans: (D)**，空格位在名詞子句中，子句已經有主要動詞 is，因此這個空格如果要放動詞，要放 to V 或 V-ing 。空格前沒有放 V-ing 的四個因素，因此選擇 (D) 。文法上可以解釋為不定詞片語 "to park" 修飾前面的名詞 "a nearby place"。

   譯 有些參與者想知道附近有沒有地方可以停車。

7. **Ans: (A)**，空格前面有介系詞 about，因此空格要填動名詞，因此答案選擇 (A)。

   譯 經理在思考著修改些合約中的條款來符合公司的最大利益。

8. **Ans: (A)**，題目中已經有主要動詞 "will make"，因此這個空格如果要放動詞，要放 to V 或 V-ing。但 "will make" 是使役動詞，後面要加上「原形動詞」，因此選擇 (A)。

(譯) 根據新的措施，從下個月開始，大廳的保全人員將會要推銷人員離開這棟大樓。

9. **Ans: (D)**，空格前面有介系詞 by，因此空格要填動名詞，答案選擇 (D)。

(譯) 顧客可以提交線上訂購單來下訂單。

10. **Ans: (C)**，空格前面有助動詞 should，因此要選擇原形動詞。

(譯) 每位協助籌畫這場研討會的員工應該要在明天早上九點前到達會場。

11. **Ans: (C)**，雖然空格在第一個字，但不是主詞。因為逗號後開始才是主要的句子。we 是主詞。這個空格既然不是主詞，但又在空格第一個字，我們還可以想到不定詞片語 "(in order) to V" 也可以放在句子開頭。因此這一題是 "In order to restore customer satisfaction"，省略 "In order"，因此選 (C)。

(譯) 為了恢復顧客滿意度，我們必須雇用更多客服人員來回覆顧客詢問。

12. **Ans: (C)**，空格前有助動詞 cannot，因此要加上原形動詞，可以考慮 (B) 和 (C)。兩者差別是被動和主動。別忘了被動式的解題技巧，空格後面有受詞 "the items"，因此選擇「主動」的選項 (C)，或是用語意也能判斷這題應該選擇主動。

(譯) 如果你無法找到你想要的商品，請找我們的店員幫忙。

英文名字（1）

在多益測驗中，不論是閱讀或是聽力，會看到各式各樣的名字，例如 Pim Juntasa、Maurice Yoon 等，在聽力的時候，如果念聽力的人口音比較重，念得又比較快的話，在聽力裡面的名字真的是會混淆視聽。

外國人對台灣人取得英文名字是覺得挺有趣的。我記得大學的時候，有一位同學把自己取名為 Good ，教授逼迫他改名，但他就是喜歡 Good 這個名字。我發現一個有趣的現象，如果英文名字不是自己取的話，通常是老師取的，而且是年紀比較小的時候遇到的老師，例如國小、幼稚園的英文老師，或是兒童美語補習班的老師。（深深尊敬這些老師，不但要教學，還要忙著想名字。錢真難賺！）我想可能是因為老師們認為有個英文名字會更融入學英文的感覺。

我不喜歡別人幫我取名字，名字這種大事當然要自己搞定囉！我小時候去補習班上課時，看到課本的封面人物男孩叫做 Peter ，於是我就決定自己叫 Peter。但之後在補習班遇到一個英國外師。我對她的印象很深刻，她頭髮亂亂的，鞋子都不擦乾淨，所以都髒髒的感覺。現在回想起來覺得那個老師應該是想走「雅痞風」。她每次點名都把 Peter 唸成「批踢」！然後她點名的時候唸一次「批踢」，我哥就會後面補一句「鼻涕」！然後全班同學就一起笑我是「鼻涕」！

天啊！這是語言霸凌！！！

於是我就改名字了。起名兒是個慎重的儀式，不能馬虎的！我打開了那時候流行的電子辭典（那時候最大的兩家電子辭典廠牌是「無

敵」和「快譯通」。真的是時代的眼淚！）我在電子字典中找到「男子英文名字大全」，並且花了三天把 A 到 Z 的名字篩選過後決定叫自己 Louis。而且我決定要給自己一個 last name（姓）。那時候流行一部票房破億的電影《鐵達尼號》，男主角是「李奧納多‧狄卡皮歐」Leonardo DiCaprio，於是我就叫自己 Louis. DiCaprio。這名字陪我小學畢業，度過了不少時光。直到有一天國二的理化課：

老師：「你有英文名字吧？」
我：「有，叫 Louis。」
老師：「你為什麼取一個女生的名字？露意『絲』？」
我：「沒有啦，老師。這個名字可以給男生用，也可以是女生的名字。如果寫成『斯』那就是男生的。」
老師：「那你幹嘛取一個不男不女的名字？」

OH MY GOD！語言霸凌！！！語言霸凌！！！語言霸凌！！！

而且 DiCaprio 這個名字也不好唸，同學只會唸前面兩個音節 DiCa（滴咖），後面就懶得唸。你可以唸一次 DiCa 再用台語念一次「豬腳」……嗯……知道為什麼這名字要換掉了吧！

取名字就是一個感覺。大學畢業後踏入人生第一間補習班開始教英文。第一天上班前往補習班的路上，思考著要用什麼英文名字面對學生。腦中只想著我要個 A 開頭的。Andy 嗎？不好。Allen 嗎？好像也和我不搭。那就 Alex 吧。

於是我就是 Alex 了！

CH8 比較級和最高級

　　雖然俗話說：「人比人，氣死人。」但是人終究是喜歡比較的。比對方好之後還不會滿意，還會跟另一個對象相比，希望自己可以達到團體之最。因此，人們在溝通的時候常用到「比較級」跟「最高級」，也自然有了相關的文法。

　　有沒有覺得哥這個開場白很棒？！XD

　　既然是要互相比較，當然會跟「程度」相關。所以能用在比較級和最高級的字的詞性都是「形容詞」或「副詞」。因此在解決「比較級」跟「最高級」的題目的時候，也會用到「詞性判斷」的概念解題。

Part 1 秒懂文法概念

　　我們先來快速了解比較級和最高級的重點：

I　比較級

　　中文和英文在表達比較級的時候順序不太一樣。中文的順序是「比較對象 ➔ 比較結果」；而英文是「比較結果 ➔ 比較對象」。例如：

（中文）　Jack 比 Kevin 高。
　　　　　　　　　比較對象　比較結果

（英文）　Jack is taller than Kevin.
　　　　　　　　比較結果　　比較對象

　　會跟大家提到「比較結果」是因為這樣可以了解比較級的表達法最主要有三種：

(I) 跟比較對象的「比較結果一樣」

　　比較出來的結果不一定輸了或贏了，也可以是一樣的。如果「比較結果一樣」，會用 as 形容詞/副詞 as 比較對象，as 常常就有「等於」的概念。例如：

> Mr. Wang is as rich as Mr. Li.
> 王先生跟李先生一樣有錢。
>
> Mr. Wang can complete the task as efficiently as Mr. Li.
> 王先生可以跟李先生一樣有效率地完成這項任務。

　　你各位在看例句的時候也可以多注意例句裡面是用形容詞還是副詞，因為這是個很重要的考點。第二個例句中用的是副詞 efficiently 是為了要修飾動作 complete the task。

(II) 跟比較對象比較後，結果「輸了」 重點放在理解句子的意思！

　　老實說，這個概念在多益是很少考的，但是「比較結果」本來就可以分成「一樣、輸了、贏了」。所以哥堅持說這個才不會有拼圖有一塊沒有拼起來的感覺。若你在趕時間，第二點可以略過。

　　輸給比較對象，意思就是「比較起來，某個形容詞或副詞的程度比較少」，因此這個表達法如下：

> less 形容詞/副詞　　than 比較對象
>
> 比較結果：形容詞或副詞的程度
> **比較少"less"**，所以「輸」了

　　less 就是「比較少」的意思，是 little（少）的比較級。因此這個表達法的意思就是「形容詞或副詞的程度<u>比較少 less</u>，所以主詞『輸』了」。例如：

> The first issue on the agenda is less important than the second one.　　跟第二個議題比較起來，在議程上的第一個議題比較不重要。

議程上的第一個議題 "the first issue on the agenda" 比較不重要，也就是「重要程度比較少」，所以是 "less important"。

同一個概念解釋那麼多次，我囉嗦到連自己都嚇到，但真的有很多學習者會死背這表達法，希望這樣解釋後你各位可以輕鬆理解其中道理。

不過這個表達法也可以換個說法。「第一個議題比較不重要」，換個說法就是「第一個議題**沒有**跟第二個議題**一樣**重要」。「跟……一樣」就是第一點提到的 "as...as"，前面加上「沒有」就是 "not as...as"。因此剛剛的例句又可以寫成這樣：

The first issue on the agenda is **not** as important as the second one.
議程上第一個議題沒有跟第二個一樣重要。

(III) 跟比較對象比較後，結果「贏了」

這個應該是你各位最有印象的部分了。就是在形容詞或副詞的字尾加上 er， 或是在形容詞或副詞前面加上 more。表達法如下：

> 形容詞 / 副詞 - er
> more 形容詞 / 副詞 ⎫ than 比較對象
>
> 比較結果：形容詞或副詞的程度
> **比較多 "more"**，所以「贏」了

其實 -er 就是 more 的簡寫，而 more 就是「比較多」的意思，是 much（多） 的比較級。因此這個表達法的意思就是「形容詞或副詞的程度**比較多 more**，所以主詞『贏』了」。例如：

I am taller than my brother.
我比哥哥還要高。

Jason's proposal was accepted by the manager because his proposal was more detailed than Linda's.
Jason 的提案被經理接受，因為他的提案比 Linda 的還要詳細。

我們可以思考一下我們平常用中文是如何表達「最高級」的。這是哥想到的例句：「Alex 是英文老師中最帥的。」、「Alex 的多益文法書是多益文法書中 CP 值最高的。」所以，我們從中文表達「最高級」的方法得知，最高級有兩個基本概念：**最高級會跟「範圍」相關**（雖然「範圍」的概念有時候會省略不說），**而且範圍裡至少有「三個個體以上」才會用最高級。**

如果只有兩個人還用最高級，就好像一個比賽中只有兩個選手，你可能也會覺得第一名的那位也沒有到很厲害，對吧？不過哥小時候參加過一個「單口相聲」的比賽，得到第一名喔，雖然包括我只有兩個人參賽。但是我當然不會跟別人說對手只有一個人，嘿嘿。不過這個祕密你各位現在知道了。

最高級的表達法主要有兩個：「最不……的」跟「最……的」。

(I) 表達「最不……的」 〔重點放在理解句子的意思！〕

這個概念在多益是較少出現的，但是一起講概念比較完整。這個表達法如下：

> **the** least 形容詞 / 副詞　　　+ 範圍
>
> 形容詞或副詞的程度**最少"least"**，
> 所以是「最不……的」

least 就是「最少」的意思，是 little（少）的最高級。因此這個表達法的意思是「形容詞或副詞的程度**最少 least** 的，所以主詞是『最不……的』」。例如：

> The issue is **the** **least important** on the agenda.
> 這個議題是議程中最不重要的。

(II) 表達「最……的」

　　這可能是你各位比較熟悉的用法，就是在形容詞或副詞的字尾加上 est 或是在形容詞或副詞前面加上 most。表達法如下：

形容詞 / 副詞 - est
most 形容詞 / 副詞
}
+ 範圍

形容詞或副詞的程度**最多"most"**，
所以是「最……的」

　　其實 -est 就是 most 的簡寫，而 most 就是「最多」的意思，是 much （多）的最高級。因此這個表達法的意思就是「形容詞或副詞的程度**最多 most** 的，所以主詞是『最……的』」。例如：

Catherine is the **tallest** of all the girls.
Catherine 是所有女孩中最高的。

Most team members consider their supervisor to be the **most intelligent person** in the group.
大部分的組員認為他們的主管是團隊裡最聰明的人。

(III)「最高級」中 the 的使用

　　剛剛最高級兩個表達法中，可以看到哥特別把 the 框起來，因為在考題中，the 可以算是最高級的關鍵字。最高級形容詞後面加上的名詞有「限定」的概念，所以會加上 the。就如例句中 "the most intelligent person in the group" 就是「團隊裡最聰明的那個人」，可看出有限定的概念。

　　有時候在最高級形容詞前面也會看到「所有格」，因為「所有格」也有「限定」的概念。例如：

This novel is one of the author's most popular works.
這本小說是這個作者最受歡迎的著作之一。

其實最高級要不要加上 the 的概念可以說得很細。有時候最高級的形容詞前面也不一定要加上 the。但在多益文法中沒有必要太深入討論。所以哥這裡就快速帶過去了。在答題的時候記得，**the 可以看作是最高級的關鍵字！**

III 形容詞、副詞的比較級和最高級的變化

哥先跟你說，這部分多益不會考到太細，所以大家要注意的是大概念，我這裡也不會專注於太細節的地方。而且以前大家在這個觀念上背了很多規則，其實規則很單純：

(I) 大部分的字會這樣變（規則變化）

● 形容詞變為比較級和最高級的規則

1. 一個音節的單字

　　➜ 比較級在字尾加上 -er，最高級在字尾加上 -est。

2. 兩個音節以上的單字

　　➜ 比較級在單字前加上 more，最高級在單字前加上 most。

基本上，音節就是看母音，一個母音一個音節，以發音為主。雙母音也是只有一個音節。例如：

形容詞 原級	形容詞 比較級	形容詞 最高級	說明
tall	tall**er**	tall**est**	這個單字有一個母音 a，只有一個音節，所以比較級加上 er，最高級加上 est。
cute	cut**er**	cut**est**	這個單字有一個母音 u，雖然字尾的 e 也是母音，但不發音。所以這個單字也只有一個音節。而 cute 的字尾已經有 e 了，所以比較級加上 r，最高級加上 st。
slow	slow**er**	slow**est**	這個單字的 ow 是雙母音，不過也算是一個音節。因此這個單字只有一個音節，所以比較級加上 er，最高級加上 est。

correct	**more** correct	**most** correct	這個單字有兩個母音 o 和 e，這個形容詞有兩個音節，所以比較級加上 more，最高級加上 most。
expensive	**more** expensive	**most** expensive	這個單字換你各位練習看看，哥要偷懶一下。反正是三個音節，所以比較級加上 more，最高級加上 most。

3. 字尾是 y 的形容詞

→ **很多時候**，比較級是「把 y 變成 i 後，加上 -er」，或是說個大家更熟悉的講法是「去掉 y 後，加上 ier」；最高級是「把 y 變成 i 後，加上 -est」，也就是「去掉 y 後，加上 iest」，例如：

形容詞原級	形容詞比較級	形容詞最高級
happy	happier	happiest
healthy	healthier	healthiest
lively	livelier	liveliest

看過去就好！

　　每個規則都是會有「例外」的喔！這個表格可以通用**很大一部分的單字**，不過會有例外。例如：

1. 部分雙音節的形容詞，會加上 -er 而不是加上 more，例如 shallow 有兩個音節，但是比較級是 shallower。
2. 等一下會整理的「不規則變化」也算是「例外」。但放心，多益如果要把這個概念考在選擇題，會考大規則。

● 副詞變為比較級和最高級的規則

主要跟形容詞一樣，也是用「音節」來決定比較級和最高級的形式。一個音節的比較級和最高級分別在字尾加上 -er 和 -est；兩個音節以上的比較級和最高級分別在單字前加上 more 和 most。

因此，很多以 -ly 為結尾的副詞，變成比較級和最高級的形式就是分別在單字前面加上 more 和 most，因為以 -ly 為結尾的副詞至少都有兩個音節。例如：

副詞 原級	副詞 比較級	副詞 最高級	說明
fast	fast**er**	fast**est**	fast 可作「形容詞」，也可作「副詞」。這個單字有一個母音 a，只有一個音節，所以比較級加上 er，最高級加上 est。
quickly	**more** quickly	**most** quickly	quick 是形容詞，只有一個音節，所以比較級是 quicker。 變成副詞 quickly 後，會變成兩個音節，因為 y 也是發成「母音」，因此比較級是 "**more** quickly"，最高級是 "**most** quickly"。

哥聽到你可能想問什麼，所以先來提醒你注意一下：-ly 為結尾副詞雖然是 y 結尾，但是以 -ly 為結尾的副詞不會「去 y 加上 ier」。

(II) 少部分的單字是非主流的變化（不規則變化）

原級	比較級	最高級
good / well （好）	better	best
bad / badly （壞）	worse	worst
many / much （多）	more	most

★ little （少）	less	least
★ far （遠）	farther / further	farthest / furthest
★ late （晚、遲）	later / latter	lates t/ last

★注意

1. little

　　在 CH1 詞性判斷的「名詞」部分有跟大家提醒過，多益有時候會考可數名詞和不可數名詞的搭配。那個時候也有提到 little 搭配的是「不可數名詞」。而搭配可數名詞的「少」是 few，比較級和最高級的變化是規則變化，分別是 fewer 和 fewest。

2. far (adj.) / (adv) 重點放在語意理解！

　　far（遠）可以指「距離上的遙遠」或「程度上的遙遠（程度上更往前一步）」，因此延伸出兩種比較級和最高級。

　　(1) 若是指「距離上的遙遠」，比較級和最高級分別是 farther 和 farthest。例如：

> The mall is not within walking distance. It is **farther** than you expected.
> 購物中心用走的到不了。購物中心比你想的還要更遠。

　　(2) 若是指「程度上更往前一步」，比較級和最高級分別是 further 和 furthest。例如：

> The policy remains effective until **further** notice.
> 這個政策是生效的，直到進一步通知。
>
> We can **further** discuss the proposal after we reach a consensus.
> 我們可以在達成共識後，更進一步地討論這個提案。

3. late (adj.) / (adv.) 重點放在語意理解！

　　late（晚、遲）除了表示「時間上的晚」，也延伸出了「順序上的晚」。哥來跟你各位說明一下：

(1) 「時間上的晚」

● 比較級是 later (adj.) / (adv.)，表示「較晚」。例如：

> The item you want to buy is currently out of stock, but it will be available again soon. You are welcome to contact us at a **later** date to check its availability.
> 您想要的商品目前缺貨，但很快就可以再次供貨。歡迎您日後聯絡我們查看是否到貨。
>
> Because of traffic congestion, I got to the office **later** than usual this morning.
> 因為塞車的關係，我今天早上比平常晚到辦公室。

● 最高級是 latest (adj.) / (adv.)，這個字雖然看上去是「最晚的」，但常用在表達「最新的」、「最近的」。因為「最新的」、「最近的」就是時間上是最晚發生的概念。例如：

> As an apparel designer, Mr. Travis considers it his responsibility to keep himself informed of the **lates**t fashions.
> 身為一個服裝設計師，Travis 先生認為讓自己了解最新的時裝是他的責任。

(2) 「順序上的晚」

● 比較級是 latter (adj.)，表示「順序上較後的」。例如：

> **The latter phase** of the construction will resume next year.
> 後半部階段的建設工程明年會繼續。

　　要注意的是，在文章中常會看到 "the latter" 的表達法，表示「後者」。原本 latter 後面接一個名詞，但是因為溝通上都可以理解，所以省略了後面的名詞。"the latter" 也成了一個固定的用法。例如：

> Although Ms. Barty and Ms. Sakkari are about the same age, the **latter** is more experience in marketing.
> 雖然 Ms. Barty 和 Ms. Sakkari 年紀相當，後者在行銷方面比較有經驗。

這個例句中的 latter 後面其實本來有 person，但加了這個字好像是廢話，少了這個字好像也沒差，於是就省略 latter 後面的名詞了。

● 最高級是 last (adj.) / (adv.)，表示「順序上是最後的」。例如：

> The **last** issue on the agenda is about the advertising campaign for our new product.
> 議程上最後一個議題是關於我們新產品的廣告活動。

覺得太囉嗦就先當故事看過去！

「最後」的概念有時候可以理解為「最不可能的」。例如：

Jack is **the last person** that I would marry.

Jack 是我最不可能結婚的人。

可以這樣理解：把世界上的人都排成一列然後依序跟他們結婚，Jack 是排在最後一個，也就是最不可能的那一個。接著還有一個例子：

Disposing of this wonderful book is **the last thing** I would do.

把這本完美的書丟掉是我最不可能做的事情。

　　剛剛 latter 的用法中，提到 "the latter" 是在 latter 後面省略了一個名詞。其實語言中省略的現象很常見，因為溝通起來比較簡便。不過人真的很懶，哥記得以前比較不會那麼流行「省略字詞」。最常聽到的大多是飲料名稱的省略，例如「珍奶」或「珍紅」。不過現在好像「省略字詞」的現象更常見了，而且對方還會期待你必須聽得懂。例如哥有一次去超商，結帳時店員問我：「你要『累點』嗎？」我呆滯了五秒鐘才了解店員在說的是「累積點數」。

　　而且有個有趣的現象是，之前比較常見的是「四個字」才會省略字詞，但現在不一定如此了。有一次我跟朋友的對話讓我印象深刻：

　　我：「你今天健身多久？」

　　朋友：「兩小。」

　　他連「時」都懶得講！

題型一　★★★★★
該用「比較級」還是「最高級」

　　這個題型當然是這個概念最常考的了。比較級和最高級的表達法在 **Part 1** 都有提到。這種題型就看關鍵字迅速解題。哥也要提醒你各位，這種題型也會用到「詞性判斷」的概念。你各位看到這種題型的時候，要先把不是形容詞和副詞的選項刪除，然後判斷這個空格適合填形容詞還是副詞。

　　哥在此快速複習比較級和最高級的表達法，順便提醒你各位關鍵字：

1. 比較級

● as　形容詞 / 副詞　as

　　這個表達法的意思是「比較結果一樣」。題目中看到 "as＿＿＿＿as"，就可以想到是在考這個概念了。要注意的是，因為表達的是「比較結果一樣」，所以不能選擇有 more 或是 -er 的選項，不然會很奇怪。例如：

> ✕ I am as **taller** as he.

　　這樣寫是不對的，因為明明比較結果一樣，那怎麼會用 taller（更高）？

● 形容詞 / 副詞 -er
　　　　　　　　　　　　　} than
　 more 形容詞 / 副詞

　　這是你各位很熟悉的表達法。關鍵字就是 than。多益在考這種題目的時候，空格後常會看到 than。

　　但是哥這裡要提醒你，有時候在空格前面會出現 more，要記得 more 後面也可以加上「名詞」。因此，**如果空格前面會出現 more，要用「詞性判斷」的概念小心選擇**，不要好傻好天真的立馬選形容詞的答案。

2. 最高級

- $$\text{the} \begin{cases} \text{形容詞 / 副詞 -est} \\ \text{most 形容詞 / 副詞} \end{cases} + \text{範圍}$$

在 **Part 1** 有提到，最高級前面會加上 the，所以 the 可以當作「最高級」的關鍵字。雖然在 **Part 1** 也有提到也可以加上「所有格」，但題目中最常看到的還是 the。

● Practice 題型一

1. Please respond to customers' inquiries as _____ as possible.
   (A) prompt (B) promptly (C) promptness (D) more promptly

2. We should do more _____ before reaching a conclusion.
   (A) analyze (B) analysis (C) analytic (D) analytically

3. We need a table which is twice as _____ as this one.
   (A) long (B) length (C) more long (D) longer

4. Conducting a survey is one of the _____ ways to do market research.
   (A) most easy (B) most easily (C) easiest (D) easier

5. Because Ms. Badosa's car broke down this morning, she arrived at the office _____ than usual.
   (A) later (B) last (C) latest (D) late

6. Ms. Jabeur usually completes her tasks _____ than her colleagues.
   (A) efficiency (B) more efficient (C) more efficiently (D) most efficiently

● 解析

1. **Ans: (B)**，看到題目 "as _____ as"，因此知道是考比較級，而且是考「比較結果一樣」的概念，所以排除選項 (C) 和 (D)。運用詞性判斷口訣技巧，可知空格是副詞往前修飾動作 "respond to customers' inquiries"，因此答案是 (B)。

   譯 請盡可能地立即回覆客人的問題。

2. **Ans: (B)**，空格前面有 more，因此空格可以填入名詞、形容詞或副詞。運用詞性判斷口訣技巧，可以看出空格是「名詞」的環境，因為當作動詞 do 的受詞，因此答案是 (B)。

   譯 我們應該在下結論之前進行更多分析。

3. **Ans: (A)**，看到題目 "as _____ as"，因此知道是考比較級，因此可以先刪除名詞選項 (B)。而且 "as _____ as" 是「比較結果一樣」的概念，因此答案是 (A)。

   譯 我們需要一張比現在長兩倍的桌子。

4. **Ans: (C)**，可以觀察到空格前面有最高級的關鍵字 the，因此考慮最高級的選項 (B) 和 (C)。運用詞性判斷口訣技巧，可知空格是形容詞往後修飾名詞 ways，因此答案是 (C)。

   譯 做問卷是進行市場調查最簡單的方法之一。

5. **Ans: (A)**，先觀察選項，看到有「比較級」和「最高級」的選項，然後從題目找線索。看到空格後有比較級的關鍵字 than，因此考慮比較級的選項 (A)。

   譯 因為今天早上 Ms. Badosa 的車子故障，所以她比平常晚到辦公室。

6. **Ans: (C)**，先觀察選項後，看到有「比較級」和「最高級」的選項，然後從題目找線索。看到空格後有比較級的關鍵字 than，因此考慮比較級 (B) 或 (C)。(B) 是形容詞，(C) 是副詞。可以運用詞性判斷的解題技巧判斷應該要選擇 (C)。因為副詞往前修飾動作 "completes her tasks"。

   譯 Jabeur 小姐經常比她的同事更有效率地完成任務。

題型二 ★★★
比較級和最高級的相關搭配字詞

　　多益考文法也常常會考這個用法前後出現的搭配字詞，比較級和最高級的題目即是如此。文法搭配字詞的題目在觀察選項的時候，乍看之下會以為該題在問的是單字，但如果發現題目中有比較級或是最高級出現，就可以往「比較級或最高級的搭配字詞」思考。哥在這裡快速地幫你各位整理一下比較級和最高級常考的搭配字詞：

1.「比較級」常考的搭配字詞

● as 和 than

　　這兩個搭配字詞你各位到這裡應該已經很熟悉了。比較級「比較結果一樣」的表達法 "as ____ as"，還有常搭配「比較級」的 than。因此 as 和 than 搭配比較級會在考題中出現。很多非官方試題的題本也會考有些比較級的表達法不會搭配 than，在本章「題型四」會特別整理出來。

● 用 much、a little、even 等，修飾「比較級」　 Hen 重要！

　　這個標題是很多文法書會看到的標題。這樣寫是沒問題，只不過如果可以了解為什麼會有這樣的表達法，就是可以真正了解這個文法，印象也會更深刻。哥用一句簡單的句子舉例：

> I am taller than my brother.

　　不過你各位可以思考一下，這句話是不是只有表達「我比哥哥高」，但是其實看不出來「差距」呢？到底是只有「高一點點」，或是「高出很多」，從這句話是看不出來的。多益中的考題常看到三類修飾比較級的方法：

✦ 如果我 180 公分，我哥只有 90 公分，大概到我的肚臍眼而已。我比我哥「高出很多」。要表達這個概念就可以在比較級 taller 前面加上 **much**、**a lot**、**far**。例如：

> I am **far** taller than my brother.
> I am **much** taller than my brother.

　　以上兩句都可以表達「我比我哥哥**高很多**」。

✦ 如果我 180 公分，我哥 179.9 公分，根本沒人看得出我比哥哥高出那 0.1 公分。我只比我哥「高一點點」。要表達這個概念就可以在比較級 taller 前面加上 **a little**、**a bit**。例如：

I am **a little** taller than my brother.

這句話是表達「我比我哥哥**高一點點**」。

✦ **even**（甚至）和 **still**（仍然）兩個字也能放在比較級前面。不過和剛剛提到的「差距」無關，跟說話語氣比較相關。例如：

My brother is tall, but I am **even** taller.

這句話是表達「我哥哥很高，但是**我甚至更高**」。

2. 「最高級」常考的搭配字詞

在 Part 1 的時候有提到過，在表達最高級的時候常會提到「範圍」，因為會說「在某個範圍中是最……的」。有時候考題會看到搭配範圍的「介系詞」。範圍可以是地點、時間等。要注意的是有時候也會用 **of** 和 **among** 來表示「範圍」的概念。例如：

Tom is the tallest **of the five boys**.
Tom is the tallest **among** the five boys.

以上兩句都是在表達「Tom 是**五個男孩**中最高的。」

有沒有發現哥常常直接就用粗題字來幫你各位劃出重點了。所以這裡你各位在頁緣空白處註記一個重點：作者是一枚帥暖男。

3. 用 ever 搭配比較級和最高級：700 分以上必讀！

ever 在英英字典中其中一個定義是 "at any time"，如果用中文來說就是「在任何時候」。在搭配比較級和最高級時，可以翻譯成「一直以來」。

● ever 搭配「比較級」

ever 常會看到搭配兩種「比較級」的表達法。其實就是跟比較級的兩種表達法是一樣的。

(1) "as _____ as ever"：ever 搭配 "as...as"，意思就是「跟往常一樣」。例如：

> Yesterday I ran into Ms. Smith, my junior high teacher. She was **as beautiful as ever**.
> 昨天我巧遇我的國中老師 Smith 小姐。她跟往常一樣漂亮。

(2) 形容詞 / 副詞 -er
　　　　　　　　　　　} than ever
　　 most 形容詞 / 副詞

　　ever 搭配形容詞或副詞比較級，意思就是「比以往更加⋯⋯」。例如：

> The application is popular among language learners because it makes learning **easier than ever**.
> 這個應用程式在語言學習者間很受歡迎，因為它使得學習比以往更容易。

● ever 搭配「最高級」

　　形容詞 / 副詞 -est
　　　　　　　　　　} ever
　　 most 形容詞 / 副詞

　　ever 搭配形容詞或副詞最高級，可以理解為「有史以來最⋯⋯」。例如：

> The English teacher aspires to write an English grammar book that is **the most comprehensible ever** for native Mandarin speakers.
> 這名英文老師立志寫一本對於漢語母語人士而言，有史以來最好理解的英文文法書。

● **Practice 題型二**

1. Although Mr. Thomas is the youngest of all the candidates, he is more experienced _____ any others.
　 (A) than　(B) as　(C) to　(D) of

2. Salespeople in our store are asked to explain every term _____ clearly as possible when signing contracts with customers.

   (A) than (B) as (C) to (D) of

3. A new sports center is currently under construction. According to the mayor, the new sports center will be _____ more spacious than the old one.

   (A) as (B) the (C) very (D) far

4. Fitness Sports Inc. is going to release a tennis racket that is the lightest _____ .

   (A) more (B) much (C) of (D) ever

5. We need a _____ larger meeting room to accommodate all the conference attendees.

   (A) more (B) much (C) very (D) as

● 解析

1. **Ans: (A)**，光看選項，可能會覺得在考單字。但要記得多益有時候會考文法相關的搭配字詞。空格前有比較級 "more experienced"，空格後是「比較對象」，因此該空格應該要填入 than。

   譯 雖然 Thomas 先生是所有求職者之中最年輕的，但他比其他人都還有經驗。

2. **Ans: (B)**，光看選項，可能會覺得在考單字。但經由觀察選項，看到選項的 as 和 than 跟比較級相關，可以考慮這一題可能在考比較級的搭配字詞。空格後 "_____ clearly as"，看到空格後的 as，可以推測出這一題在考「比較結果一樣」的概念，因此答案選擇 (B)。

   譯 當在跟客戶簽合約的時候，我們店裡面的銷售人員被要求儘可能地清楚地解釋每條條款。

3. **Ans: (D)**，空格後有比較級 "more spacious"。因此空格可能跟比較級的搭配字詞相關。比較級前可以放「表達差距程度」的字詞。因此這一個空格適合填 far。　譯 一棟新的健身中心目前正在興建中。根據市長的說法，新的健身中心會比舊的寬敞許多。

4. **Ans: (D)**，空格前面有最高級 lightest。可以放在最高級後面的字詞，可以是表達「範圍」的概念，因為最高級會跟範圍相關。如果選擇 (C)，of 確實可以表達「範圍」的概念，但語句會不完整。因此選擇 ever，也就是 (D)。

   譯 Fitness Sport 即將推出一支有史以來最輕的網球拍。

5. **Ans: (B)**，光看選項，可能會覺得在考單字。但可以觀察到空格在比較級 larger 之前，而且選項也有跟比較級相關的搭配字詞，因此這個空格可能跟比較級相關。比較級前可以放「表達差距程度」的字詞。可知這一個空格適合放選項 (B) much。要留意的是，larger 已經是比較級，前面不能再加上 more。

   譯 我們需要再大更多的會議室來容納所有的會議參與者。

題型三 ★★
比較的對象用 that 或是 those 代替 〈 700 分以上必讀！ 〉

　　英文在使用比較級的時候，很在意一件事情，就是「相同的東西才能互相比較」。這裡有一個中文句子：「這家店的產品比那家店貴。」

　　如果翻譯成英文的話，你會怎麼寫呢？如果你是寫這個句子：

> The products in the store are more expensive than that store.

　　這個句子看起來沒有問題，就是把英文照翻成中文。但是外國人會問你：「你怎麼會把『這家店的產品』 "the products in the store" 跟『那家店』 "that store" 來比較呢？『產品』跟『商店』要怎麼比呢？」於是為了讓外國人聽得懂，你就把句子寫得清楚一點：

> The products in the store are more expensive than **the products** in that store.

　　但是外國人看完又有意見了：「句子出現了兩次 "the products"，不會很麻煩嗎？」

因為出現了兩次 "the products"，因此第二次出現的 "the products" 就用「代名詞」代替。如果代替的名詞是單數用 that，如果是複數用 those。因此這個例句改好後會是：

> **The products** in the store are more expensive than **those** in that store.　　　　　　　　　　　　　　　　　　　(the products)

題型四 ★
比較級的「比」不用 than　官方考試極少出現！

其實這個觀念在正式考試以及 ETS 出版的官方題本比較少看到，不過在非官方的試題本倒是蠻常出現的。你各位要考多益的話，買題本刷題的功夫是冤不了的，然後買的題本也是以非官方的試題本為主，所以哥就來聊聊這個觀念，這樣你寫題本才會答對，然後心情才會很好。

一般來說，我們聊的比較級的「比」都是 than 這個字，例如：I'm taller **than** you."。 不過有下列狀況的「比」都是用 to：

1. **以下三個形容詞都是比較級，只不過它們的比較級不是在字尾加上 -er，而是加上 -ior**

● A be superior to B　（A 比 B 還要優秀）　*這個表達法在考題中最常出現*

> Ms. Barty **is superior to** all the other job applicants.
> Ms. Barty 比其他應徵者優秀。

● A be senior to B　（A 比 B 資深）

> I sometimes bully new hires because I **am senior to** them.
> 我偶爾會欺負新進員工，因為我比他們資深。

● A be junior to B　（A 比 B 資淺）

> You have to obey my orders because you **are junior to** me.
> 你必須服從我的命令因為你比我資淺。

最後兩個句子好像造歪掉了。你各位在公司有被資深前輩欺負過嗎？還是仗著自己比較資深然後欺負比較資淺的呢？

2. prior to（在……之前）　Hen 重要！

prior 本來是形容詞，表示「之前的」，這個字其實隱藏一個比較級字尾 -or，加上字首 pri- 是「往前」的概念，合在一起就是「比較前面的」，也就是「之前的」的意思。例如：

Applicants are required to have **prior** related experience.
求職者被要求要有之前相關的工作經驗。

在多益中常看到這個字常搭配 to 合起來成為一個介系詞，意思是「在……之前」的意思。例如：

Prior to his presentation, the speaker distributed some material to the attendees.
在做簡報前，講者分發一些資料給參與者。

"prior to" 是在多益考試中很常看到的介系詞。雖然有比較級的概念，但這個字詞已經成了固定用法。建議你各位就將 "prior to" 一整個當作一個介系詞記起來吧！

3. prefer A to B（A 跟 B 比較起來，比較喜歡 A）

I **prefer** aisle seats to window seats when I take a plane.
當我搭飛機的時候，比起靠窗的座位，我更喜歡靠走道的座位。

這裡哥要提醒你各位，在本章最一開始有提到，只有「形容詞」和「副詞」才有比較級和最高級。Prefer（更喜歡）是動詞，是沒有比較級的。只是 prefer 這個動詞本來就有「比較」的概念，並且介系詞也是配 to。

題型五 ★ 比較級其他表達法

重點放在語意理解！

這裡的「其他表達法」，在部分的非官方試題或文法書，就是指「比較級和最高級的句型」。不過就官方試題和正式考試來說，Part 5 和 Part 6 真的很少考到「比較級和最高級的句型」，只是有時候在閱讀句子可能會看到。哥這裡幫你各位整理一定要會的「比較級和最高級其他表達法」。

1. as _____ as possible 「儘可能的……」

"as _____ as possible" 表示「儘可能的……」，也就是「儘一個人可以做到的……」，因此這個表達法也可以改成 "as _____ as 人 can"。例如：

Please get to the office **as early as possible** tomorrow.
Please get to the office **as early as you can** tomorrow.
明天請儘早到達辦公室。

2. 「比較級 and 比較級」表達「越來越……」

With **more and more** people giving positive feedback on the restaurant, it is becoming **more and more famous**.
隨著越來越多人給予這間餐廳好的評價，這間餐廳越來越有名。

3. 「The 比較級……，the 比較級……」表達「越……，越……」

The larger our customer base grow, **the more important** it is for us to expand the repair team.
我們的客戶群越大，擴大維修團隊對我們而言越重要。

這個句型要注意的是，這個章節裡常強調 the 常搭配的是「最高級」，但是這個句型可以看到的是「the 比較級」。

● **Practice** 題型三、四、五

1. The banquet halls in our hotel are much larger than _____ in all the other hotels in this city.
   (A) theirs (B) which (C) those (D) this

2. The president is confident that the products manufactured by his company are superior _____ those manufactured by his competitors.
   (A) to (B) than (C) in (D) of

3. Job applicants are advised to read through the terms thoroughly _____ signing the contracts.
   (A) through (B) against (C) after (D) prior to

4. We prefer talking to our clients in person _____ speaking to them on the phone.
   (A) to (B) than (C) in (D) of

5. The clearer instructions a supervisor gives, the _____ his subordinates can complete a task.
   (A) more efficiently (B) efficiency (C) most efficiently (D) efficient

● 解析

1. **Ans: (C)**，觀察選項可以看到選項似乎跟代名詞相關。題目中的比較級 larger 可以聯想到這一題可能跟比較級相關，詳細解說請見「題型三」。這一題原本的句子是 "The banquet halls in our hotel are much larger than **the banquet halls** in all the other hotels in this city."，但是兩個 "banquet halls" 重複了，因此第二個改用代名詞 those 代替。
   譯 我們旅館的宴會廳比這個城市其他旅館的宴會廳大上許多。

2. **Ans: (A)**，觀察選項會認為這一題是純粹在考介系詞的概念。但如果對空格前的 superior 了解，那就可以馬上看出 superior（較優秀的）是比較級，但是要配的是 to，而不是大部分的比較級所搭配的 than，因此選 (A)。如果忘記相關概念可以複習「題型四」。
   譯 這個總裁認為他公司所製造的產品好過其他同業公司所生產的產品。

3. **Ans: (D)**，觀察選項可以看出都跟介系詞相關。這一題在考介系詞的意思，是「題型四」中提到的介系詞 "prior to"，意思是「在……之前」。

    譯 求職者被建議在簽約之前徹底讀過合約條款。

4. **Ans: (A)**，在題型四有提到幾個跟比較級相關的表達方法，但這些表達法要配的是 to，而不是大部分的比較級所搭配的 than。"prefer A to B" 是表達「A 跟 B 比較起來，比較喜歡 A」，介系詞也是配 to。

    譯 跟透過電話跟顧客對談比較起來，我們比較喜歡面對面跟客戶對談。

5. **Ans: (A)**，看到選項 (A)、(C)、(D) 有形容詞、比較級和最高級，所以可以往這個方向思考。空格前面有 the，比較常搭配的是「最高級」，但是可以看到句首是「the + 比較級」，所以可以判斷是「題型五」提到比較級的句型「The 比較級……，the 比較級……」，因此選擇 (A)。

    譯 一個主管給的指示越清楚，他的部屬能夠越有效率地完成任務。

● Overall Practice

Part 5

1. _____ people registered for the seminar than we had expected.
   (A) Less (B) Much (C) Fewer (D) Few

2. State Water Corporation announced yesterday that there will be water outage for 24 hours because of routine maintenance. Therefore, please store as _____ water as you can.
   (A) more (B) many (C) much (D) most

3. The latest model of XP smartphone, released by XP Electronics, may not be well-received because it is _____ more expensive than its previous models.
   (A) many (B) far (C) very (D) well

4. The lotion features a special ingredient, and those who apply it will look younger than _____ .
   (A) all (B) ever (C) much (D) other

5. Professor Anderson is recognized as one of the _____ scholars in the 21st century.

   (A) most accomplished (B) accomplishment (C) accomplishing

   (D) accomplished

6. Because of several customers' complaints, customer service representatives are asked to respond to customers _____ than they used to.

   (A) polite (B) more polite (C) more politely (D) politeness

7. People who intended to attend the workshop were asked to fill out a survey _____ signing up.

   (A) with (B) beside (C) regarding (D) prior to

8. Many residents have expressed gratitude to the mayor. Because of his effort, the level of pollution in the city is much lower _____ ever.

   (A) as (B) of (C) to (D) than

9. Since some of the employees may take a nap during lunch breaks, please refrain from making noise and talk to each other _____ quietly as possible during this time.

   (A) as (B) of (C) to (D) than

● 解析

1. **Ans: (C)**，看到 (A) 和 (C) 是比較級，可以考慮這一題可能跟比較級相關。空格往後又看到關鍵字 than，因此就在 (A) 和 (C) 之間做選擇。(A) 和 (C) 都是「比較少」，但空格後的 people 是「可數名詞」，因此要搭配 (C)，(C) 是 few 的比較級，搭配可數名詞。選項 (A) less 是 little 的比較級，搭配「不可數名詞」。

   譯 比我們預期還要少的人報名了這場研討會。

2. **Ans: (C)**，看到空格是在 "as ＿＿＿as" 的環境，因此可以知道這題考的是「比較結果一樣」的概念。因此只能選擇 (B) 和 (C)，兩者都是「多」，差別在 (B) 搭配「可數」， (C) 搭配「不可數」。空格後的 water 是不可數名詞，因此選擇 (C)。

    譯 State Water 公司昨天宣布，因為進行例行維修，將要停水 24 小時。因此，請盡可能地儲存越多水越好。

3. **Ans: (B)**，單單觀察選項的話可能無法看出這一題在考什麼概念。空格後面有比較級，可以思考比較級前面能夠放什麼樣的概念。比較級前面可以放表達「差距程度」的字詞，因此選擇 (B)。

    譯 由 XP Electronics 推出的 XP 最新型號的智慧型手機，接受度可能不會很高，因為這個型號比之前的型號貴上許多。

4. **Ans: (B)**，這一題也是在考比較級的搭配字詞，「比較級 than ever」表達「比一直以來更……」。選項 (A) 和 (D) 除了文法不對之外，語意也有瑕疵。「擦乳液」應該是看起來比自己以往更年輕，不是比其他人還看起來年輕。

    就算哥把乳液整罐喝了，看起來也不會比一個高中生還年輕吧？

    譯 這個乳液主打一個特殊的成分，擦這款乳液的人會看起來比以往更年輕。

5. **Ans: (A)**，觀察選項，可以發現選項有名詞也有形容詞，因此可以先思考詞性判斷。空格後的 scholar 是名詞，因此用形容詞修飾。但是空格前又有 the，因此空格適合放「最高級」。

    譯 Anderson 教授被公認為 21 世紀最有成就的學者之一。

6. **Ans: (C)**，可以直接看到空格後面有比較級的關鍵字 than，考慮比較級的選項 (B) 和 (C)。接著思考該用哪種詞性，空格前 "respond to customers" 是動作，因此要用副詞往前修飾動作，所以選擇 (C)。

    譯 由於幾個顧客的客訴，客服人員被要求比以往更有禮貌地回應顧客。

7. **Ans: (D)**，這題是考介系詞的語意，綜合整句話的語意，應該選擇 (D) prior to「在……之前」最恰當。

    譯 想要參加這個工作坊的人被要求在報名前填寫一份調查問卷。

8. **Ans: (D)** ，這題考的是比較級的搭配字詞。空格前面的比較級 lower 後面要放 (D) than。

   譯 很多居民對市長表達感謝。因為他的努力，這個城市的汙染嚴重程度較以往低了許多。

9. **Ans: (A)** ，這題考的是比較級的搭配字詞。空格後面的 "quietly as" 提示這句話要表達的是 "as ＿＿＿＿ as" 的概念，因此選擇 (A) as 。

   譯 由於很多員工在午休時段會小睡片刻，在這段時間請避免發出噪音，並且盡可能地輕聲交談。

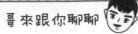

英文名字（2）

　　在 CH7 說到了哥的英文名字演變史，你各位可能會問：「英文名字要怎麼找比較好呢？」其實我認為沒有什麼標準，有時候就是一個感覺，這個名字「聽起來」跟自己搭不搭。這樣講好像很玄，但是在選名字的時候你各位可能自己就會有感覺了。哥這裡也來跟大家分享三個可以篩選名字的方法，說不定照著我的方法，能幫你自己找到可以開運的英文名字：

1. 英文名字念起來跟自己的名字聽起來接近

　　哥覺得可以找到一個跟自己中文名字念起來接近的英文名字那是最厲害的。例如，女生如果中文名字是「凱云」，英文名字取 Karen，好像就更容易讓別人把英文名字跟這個人聯想在一起。當然，這不是絕對，也不一定找得到。也可以直接把自己的中文名字用英文拼音的方式念給別人聽，保證你的英文名字和中文名字是接近的。

2. 查查看英文名字所代表的意思

　　英文名字跟中文名字蠻像的，都有這個名字代表的性格特色。找到幾個英文名字的時候，你各位可以查查看這幾個英文名字所代表的意思哪個最適合自己。例如哥就查過 Alex，有「守護者」的意思。所以為了可以擔任「守護者」這個角色，哥已經下定決心要練出南瓜肩和六塊肌來保護你各位了！

　　而且如果你各位對英文的字根、字首有研究的話，會發現有些英文名字裡面藏著英文字根。例如 Lucy 的 -luc- 就是「光」的意思，所以 Lucy 這個名字就會有相關的涵義。

3. 檢查一下這個英文名字有沒有剛好有一些奇妙的用法

　　有些英文名字會有一些奇妙的意思，可以先檢查一下。例如，哥就

很不建議男生朋友取名叫 John 。因為 "Dear John letter" 是「分手信」的意思。 John 也有「廁所」的意思，下次你可以跟美國人說 "I'm going to the john."，對方就會知道是「你要去廁所」的意思。所以把自己取名 John 的朋友，要不要改名字了呢？

哥也絕對不會叫自己 Tom，因為 "peeping Tom" 是「偷窺狂」的意思。這個典故的由來也很瞎，大概就是有名裁縫師偷看裸體的女子，猜猜看這個裁縫師的名字叫什麼？沒錯，就是 Tom。他真的害慘了想要取名為 Tom 的男生了！

這樣你各位知道可以怎麼選擇英文名字了嗎？其實只要選一個自己喜歡的就好。但是如果想要更慎重的話，不妨照著哥的「開運取名 SOP」步驟試試看吧！

最後最後，哥希望女生朋友們在取 Venus 當名字之前要考慮清楚。你會問：「維納斯不是神話故事裡的美之神嗎？為什麼不好呢？」那哥跟你說個故事。很久很久以前，天和地是合在一起的。地母蓋亞，跟她的老公，也就是天神，兩個人似乎沒有相親相愛。於是蓋亞就叫她的兒子拿刀砍老爸，結果兒子刀子一砍，就把天和地分開了。那一刀，恰巧砍在老爸的ㄐㄐ。兒子也夠狠，順手就把爹地的命根子往海裡丟。神話故事通常挺唬爛的。據說丟入海裡的陽具開始冒泡，然後維納斯就誕生了！！！夠扯吧！

聽了這故事後，你各位還要取名叫 Venus 嗎？而且哥覺得 Venus 和 penis 念起來還真的蠻像的！

CH9 形容詞子句

哥有一個很討厭英文的朋友。他常跟我說他英文很不好。

我：英文再怎麼爛，有些基本單字還是知道吧？
朋友：不確定耶！不然你考我看看。
我：喔，那這個字是什麼意思？（我寫 wife 給他看）
朋友：喔喔，這個會啦！這是那個無線網路 Wi-Fi。

嗯嗯……，他很誠實。英文真的很不好。

但是他多益考 640 分！他做得到，相信你各位一定也可以達到自己理想的目標！

哥寫這一段的目的不是為了出賣朋友，而是想分享中文也有「形容詞子句」。例如「一個**很討厭英文的**朋友」的「很討厭英文」就是形容詞子句。所以「形容詞子句」這個表達法，在溝通中經常出現。

Part 1 秒懂文法概念

哥盡量簡潔地來讓你各位了解形容詞子句一定要知道的概念。不過這個章節有很大一個重點是「句子解讀」。因為在文章中一定會看到有包含形容詞子句的句子。因此，除了可以輕鬆解題 Part 5 和 Part 6 形容詞子句相關的題目外，你各位讀句子的時候也要知道「形容詞子句出現了」以及「形容詞子句的相關變化」。

I 「子句」是什麼

英文的子句有三種：「名詞子句」、「形容詞子句」以及「副詞子句」。**子句就是句子**，句子就是至少有主詞和動詞，所以子句的結構也是要有主詞和動詞。既然子句就是句子，為什麼還要發明一個新的專有名詞呢？因為子句是不能獨立存在的。你各位可以這樣思考，「子」就是小孩子。你忍心讓一個孩子自己獨立嗎？他只是個孩子啊！……我好浮誇，哈哈！

另外，「名詞子句」、「形容詞子句」以及「副詞子句」會這樣命名，就是因為這三種結構雖然看上去是句子，但是在句子中分別是「名詞」、「形容詞」以及「副詞」的角色。例如，你各位最熟悉的名詞可能是 car、table 等單字，現在知道一個「句子也可以當成名詞」，用法跟名詞是一樣。因此，看上去是個句子，用法其實是名詞，就叫做「名詞子句」。同樣地，你各位熟悉的形容詞 beautiful、cute、handsome 等，是「單字」的樣貌。現在你各位也要知道，形容詞也可以長成「句子」的樣子，稱為「形容詞子句」，跟單字類的形容詞一樣，用來修飾名詞，因為「形容詞子句」就是當作 _____ 詞。這個格子換你各位填填看……

知道這個概念後，就可以知道為什麼子句不能獨立了。因為他們的地位跟一個字詞沒兩樣。「名詞子句」和「形容詞子句」就分別只是當作「名詞」和「形容詞」，但一個句子不會只有「名詞」和「形容詞」對吧？

哥在 CH6 介紹連接詞的時候提過有一種「從屬連接詞」是引導「副詞子句」的，「副詞子句」的特色是在句子中可以有位置的變化——「副詞子句」可以整個放在句尾，也可以放在句首打逗點。例如：

I didn't go to school yesterday **because I was sick**.
Because I was sick, I didn't go to school yesterday.

哥這裡再次提醒你一下：

兩個句子要連接的方法有兩種：

1. 用「連接詞」連接，而連接詞又分為「對等連接詞」和「從屬連接詞」。

> ● 連接詞的部分，就分成兩種：「對等連接詞」和「從屬連接詞」。「對等連接詞」的重點放在 and、so、but、yet、or；其他的就都是「從屬連接詞」。

2. 另一個連接兩個句子的方式是，其中一個句子是「子句」的形式，子句就由 wh- 字詞或 that 所引導，分為「形容詞子句」和「名詞子句」。至於如何區分二者，看子句所在的位置。

> ● 雖然子句分成三種子句，但不必在乎是否看得出來「副詞子句」。「形容詞子句」和「名詞子句」才需要判斷出來，因為兩者比較可能在閱讀中造成困擾。
>
> ● 「形容詞子句」和「名詞子句」都是由 wh- 字詞或 that 所引導。因此看到 wh- 字詞或 that 所引導的子句大部分就可以認定為「形容詞子句」或「名詞子句」。
> （當然啦！when「當……的時候」、while「正當、然而」、whereas「然而」、whether「不論」以及 no matter wh-，這些字詞看上去是 wh- 字詞，卻是引導副詞子句。不過其實知道它們的意思，就可以看懂句子了）

(I)「形容詞子句」怎麼來的？

　　「形容詞子句」一開始是由兩個句子合併而來的。哥就用我朋友的例子來跟你各位說明：

I have a friend.　我有一個朋友。
My friend hates English a lot.　我朋友很討厭英文。

　　這兩句話如果要合併的話，「連接詞」當然可以是個選擇：

I have a friend, **and** he hates English a lot.

　　不過這句話也可以用另一個方法來合併。你各位有發現這兩句話都重複了哪個名詞嗎？對！由於哥也有在國中教過書，也練成了學校老師必備的「順風耳」，哥聽到了，你說重複的名詞是 friend（這裡請忽略一個是 "**a** friend"，一個是 "**my** friend"，反正說的都是同一個人）。既然兩句話都提到相同的名詞，就可以把一句話當成「形容詞」來修飾另一句話的 friend，所以這裡就把第二句話 "My friend hates English a lot." 當成形容詞。這裡有兩小點哥要特別說明：

● "My friend hates English a lot." 本來是個句子，現在被「降級」成為形容詞，來形容第一句話的 "a friend"，所以這句話就變成了「形容詞子句」，看上去是句子，但地位跟一般的單字形容詞一樣。

● 哥在「CH7 不定詞和動名詞」，在聊「不定詞當作形容詞，修飾名詞」的那個部分有提到「中文的形容詞」和「英文的形容詞」在句中的位置不同的地方，這裡快速跟你各位複習一下：

　　基本上，中文的形容詞不管多長都會放在修飾的名詞前面。例如：
　　・那個「大方的」經理
　　・那個「跟我一起考多益的」經理
　　・那個「常跟祕書調情的」經理

但是英文就要留意了。如果修飾名詞的形容詞是「單字」，會放在名詞前面修飾。這樣的修飾我們也比較熟悉，因為跟中文的規則是一樣的。例如：

a fat and noisy baby　一個又胖又吵的嬰兒
　Adj.　　　　　n.　　　Adj.　　　n.

a sexy baby　一個性感的嬰兒
　Adj.　n.　　　Adj.　n.

　　不過如果修飾名詞的形容詞是「片語」（「介系詞片語」或是「不定詞片語」）、「形容詞子句」或是「形容詞子句簡化後的分詞片語」的結構，這樣的形容詞會出現在名詞的後面修飾。也就是在英文文法書常看到的「後位修飾」。因為英文的習慣是「短的東西放前面，長的東西往後丟」。因此，「片語」或是「形容詞子句」的結構概念上比「單字」的結構還要長，所以放在名詞的後面作修飾。例如：

a baby with chubby cheeks　圓嘟嘟臉頰的嬰兒
　n.　　　　Adj.　　　　Adj.　　　n.

a baby who looks like a superstar　長得像超級巨星的嬰兒
　n.　　　　Adj.　　　　　　　Adj.　　　n.

　　因此，"My friend hates English a lot." 要修飾第一句話的 "a friend"，要放在 "a friend" 的後面。兩者結合後，初步變成這樣：

> 這句話變成「形容詞子句」了
>
> I have **a friend** my friend hates English a lot.
>
> 修飾

　　不過這個句子會有個問題，有兩個 friend 。既然重複了，就要用「代名詞」， 這個代名詞稱為「關係代名詞」。這裡跟你各位小聊一下「關係代名詞」：

- 「關係代名詞」簡稱「關代」，就是代名詞。「人稱代名詞」最在意的是「格位」、「人稱」等，**「關代」最在意的是代替對象是不是人**。以這個例句來說，關代會代替 "a friend"，是人，因此關代會用 who 或是 that 。

- 在讀英文的時候，可以把 wh- 相關字詞和 that 看作是「提醒我們子句要出現了」的符號。因此，「關係代名詞」不但當作代名詞，也表示後面有一個子句。所以，這兩句話用「形容詞子句」的概念合併後就是：

形容詞子句

I have **a friend** who hates English a lot.

修飾

我有一個很討厭英文的朋友。

By the way，因為形容詞子句第一個字都是「關係代名詞」或是「關係副詞」，所以「形容詞子句」又稱為「關係子句」。

哥真的是跟你各位語重心長的建議，學文法的時候不要把事情複雜化了。很多文法書很努力地跟讀者解釋形容詞子句出現的位置，也會用一些名稱來幫讀者記憶。例如有些書介紹「三明治」的句型位置，意思就是把形容詞子句放在主詞跟動詞中間，感覺像三明治。哥看完後覺得肚子好餓……

我認為，這樣理解可能更單純：名詞就可以用形容詞修飾，例如：

The boy is looking at the girl.

既然 boy 跟 girl 都是名詞，就可以用個形容詞來修飾，變成：

The cute **boy** is looking at the beautiful **girl**.

同樣地，其實哥覺得沒有必要特別聊形容詞子句在一句話中的位置，因為**形容詞子句就是形容詞，所以只要是名詞後面就可以放形容詞子句修飾**。這樣理解就單純許多了。剛剛的例句 "The boy is looking at the girl." 的 "the boy" 和 "the girl" 都是名詞，所以後面都可以加上形容詞子句修飾（當然也可以修飾其中一個就好了）。例如：

修飾　　　形容詞子句

The boy who usually eats fried chicken for breakfast is looking at the girl.

那個經常早餐吃炸雞的<u>男孩</u>看著一個女孩。

修飾　　　　形容詞子句

The boy is looking at **the girl** who wants to become a superwoman.

那個男孩看著那個想成為女超人的<u>女孩</u>。

修飾　　　形容詞子句

The boy who usually eats…for breakfast is looking at

修飾　　　形容詞子句

the girl who wants to become…

那個經常吃……當早餐的<u>男孩</u>看著那個想要成為……的<u>女孩</u>。

　　最後一個例句就是 "the boy" 和 "the girl" 後面都有形容詞子句修飾，但太長了，畫面會不美觀，所以有些內容用點點點帶過，但你各位都知道哥的意思吧？！希望你各位都可以了解真的不用去死背形容詞子句在句子中的位置了，因為只要有名詞，後面就可以加上形容詞子句修飾。

　　天啊，哥真的好囉嗦，是不是因為年紀大了……。不過有沒有覺得哥這樣解釋很貼心？請在下方空格處寫上一個超重要筆記：「作者是帥暖男一枚！」

(II) 從 "I have a friend who hates English a lot." 來聊聊你各位一定要知道的基本概念和專有名詞

　　了解形容詞子句是兩個句子合併得到的結果後，很快速地用這句話作範例，來聊聊一個形容詞子句中你各位一定要知道的基本概念和文法名稱。現在看著這個句子：

```
                       形容詞子句
I have **a friend** who hates English a lot.

                修飾
```

先看整個句子

- 這整個句子的主詞是 I，動詞是 have。句子中的 "a friend" 被一個形容詞修飾，這個形容詞是個形容詞子句 "who hates English a lot"。
- 句子中的 "a friend" 是被形容詞子句修飾的對象，被形容詞子句修飾的對象有一個文法名稱：**先行詞**。這樣想更好理解：先行詞就是「走在形容詞子句前面的字詞，因為被形容詞子句修飾」。

  拍謝，其實這不是「先行詞」真正的定義，但你各位先這樣理解。

- 形容詞子句在一個句子裡是可有可無的；意思就是，就算把形容詞子句刪掉，句子依舊是完整的。因為形容詞子句就是形容詞，就好比你把 "Alex is a handsome teacher." 的 handsome 刪掉，整句話也不會因此不完整。

仔細看形容詞子句

- 「關係代名詞」所代替的名詞一定和先行詞一樣。哥圖解給你看：

```
I have **a friend**.
**My friend** hates English a lot.
```

　　這兩句話把第二句變成形容詞子句來修飾第一句的 "a friend"。

```
 my friend       形容詞子句
I have **a friend** who hates English a lot.
```

　　who 代替的是 "My friend"，"a friend" 和 "My friend" 指的又是同一個人，因此 who 會等於 "a friend"，也就是「先行詞」。

　　所以我們得到了一個結論：**關係代名詞跟先行詞是一樣的**。

關代永遠等於先行詞！關代永遠等於先行詞！關代永遠等於先行詞！因為太重要所以要複製貼上三次！記得喔！關代 FOREVER 等於先行詞，就算我們到了下輩子還要學形容詞子句的時候，關代還是等於先行詞喔！

● 形容詞子句也是句子的結構。句子至少會有主詞和動詞。這個形容詞子句 "who hates English a lot" 的動詞是 hates，動詞前面的名詞就是主詞，剛好是關係代名詞 who。所以你各位可能有看過文法書寫「關代在子句中作主詞」就是這個意思。要特別說這個是因為之後會說到「關代在子句中作受詞」的時候會有些很煩的規則，所以你各位要先會分辨「關係代名詞在子句中是當作主詞還是受詞」。

　　「關係代名詞」可以當作「主詞」或「受詞」能接受嗎？不能接受的話跟著哥哥的邏輯走一次：關係代名詞，就是代名詞，而代名詞也歸類在名詞的一種。名詞就可以出現在主詞和受詞的位置。就像人稱代名詞一樣，可以放在主詞和受詞的位置對吧？既然關係代名詞也是代名詞的一種，當然就可以在主詞和受詞的位置出現了。

　　　其實「先行詞」是指「代名詞所指涉的字詞」。例如：

　　　I like **Susan** because **she** is cute.

　　　she 指的就是 Susan；因此 Susan 就是 she 的「先行詞」。
　　　因此，"a friend who hates English a lot" 裡，關係代名詞 who 指的就是 "a friend"，所以 "a friend" 就是 who 的「先行詞」。然後 "a friend" 剛好又是形容詞子句修飾的對象，所以哥一開始才會那樣解釋。
　　　所以其實你各位早就有「先行詞」的概念了，只是以前在學文法的時候，這個文法名稱總是只在學形容詞子句的時候聽到，自然就覺得這個專有名詞是形容詞子句的概念才會看到的，但其實不是。

如果以上的閒聊會讓你混淆的話，就理解這兩點就好：

1. 關係代名詞 = 先行詞。
2. 「先行詞」恰恰好就是被形容詞子句修飾的那個名詞。

(III) 關係代名詞

　　既然形容詞子句的句首都是關係代名詞，表示關係代名詞在形容詞子句的概念中是重要的角色了。既然關係代名詞也是代名詞。關係代名詞的重點是「代替的是人或不是人」還有「格位」。你各位不要覺得奇怪，「人稱代名詞」也有格位不是嗎？例如，I 是「主格」，me 是「受格」。既然關係代名詞也是代名詞，有格位的區分也是很正常的。

　　哥直接用表格的方式來跟你各位介紹「關係代名詞」：

先行詞　　　關代	主格	受格
人	who / that	who / whom / that
非人	which / that	which / that
人和非人	that	that

你各位注意了，關係代名詞沒有 what 也沒有 "wh- ever" 喔！

　　這個表格的意思就是，例如「先行詞是『人』的時候，而且關係代名詞在形容詞子句中作『主詞』的時候，關係代名詞要用 who 或是 that。」這裡哥就來舉例，都先舉「關係代名詞在形容詞子句中作『主詞』」的例子，而「關係代名詞在子句中作『受詞』」的狀況因為有一些細節規則，所以在下一點聊。

先行詞是「人」，關代用 who 或 that

The person **who** is designated to work on the final budget is Jane.
The person **that** is designated to work on the final budget is Jane.
被指派來處理最終預算的人是 Jane。

先行詞「非人」，關代用 which 或 that

Tom Harris is one of the leading actors in the movie **which** will premiere this weekend.
Tom Harris is one of the leading actors in the movie **that** will premiere this weekend.
Tom Harris 是這週末要上映的電影裡的主角之一。

★你各位這裡注意一下，關係代名詞 which 也可以指前一個句子。例如：

My manager approved my proposal, **which** surprised me.
我的經理核准了我的提案，這讓我很驚訝。

　　這個例句裡的形容詞子句在修飾前面整個句子，而關係代名詞 which 指的也是 "My manager approved my proposal." 這整句話。可以這樣思考，一句話指的就是一個事件，也算是「事物」，所以可以搭配關係代名詞 which。然後哥聽到你在 murmur：「代名詞為什麼能代替整個句子？」當然可以啊！瞧瞧下面這個例句：

Mary likes John. **It** is surprising to me.
Mary 喜歡 John。這真是令我驚訝。

　　我想你各位不會反對例句中的 It 指的是前一句話 "Mary likes John"。所以，代名詞當然可以指的是一個句子。

關係代名詞這表格，哥再跟你各位聊三個重點：

1. 雖然剛剛提到「格位」也是關係代名詞的重點，但要特別留意的是「關係代名詞在形容詞子句中作『受詞』」的相關規則，把重點放在理解句子語意就好，會在重點 (IV) 跟你各位細聊。

2. 可以注意到先行詞是「人」的時候，而且關代作受詞的時候可以用 who、whom 以及 that。其實很久很久以前 whom 是 who 的受格形式，但現在沒有分了，可以互相使用。不過接下來在重點 (IV) 會說到一個細節，只能用 whom，不能用 who。

3. 關係代名詞 that 的使用規則：基本上關係代名詞 that 可以跟 who、whom 和 which 交替使用，不過有一些情況一定不能用 that，還有一些情況一定要用 that。但是因為「形容詞子句」整個章節對大部分的人而言已經很有負擔了，所以哥集中火力針對多益會看到的概念，跟你聊「一定不能用 that」的情況就好：

一定不能用 that 的狀況

● 介系詞後面不能加上 that（這個情況會發生在「關係代名詞在子句中作『受詞』」，重點 (IV) 會說到）。例如：

> The house **in** which our manager lives is haunted.
> ✕ The house **in** that our manager lives is haunted.
> 我們經理住的房子鬧鬼。

●「逗號」後面不能用 that（這個情況會發生在形容詞子句「補述用法」的情況，但在多益考試真的可以不用深入探究形容詞子句「限定用法」以及「補述用法」的差別）。

> My father, who is actually rich, is quite stingy.
> ✕ My father, that is actually rich, is quite stingy.
> 我爸爸，他事實上蠻有錢的，很小氣。

以上都了解後，哥要來談談關係代名詞的「所有格」了。這個 hen 重要……。

哥聽到你在問為什麼關係代名詞會有「所有格」的形式。其實可以這樣思考，人稱代名詞也是有「所有格」的形式，例如 I 是「主格」，my 是「所有格」。既然關係代名詞也是代名詞，有不同格位的形式也是可以理解的。

哥還是用合併句子當範例來跟你各位聊關係代名詞的所有格：

有一天，小明回家跟媽媽打小報告。

小明：「媽，今天爸爸在公車上要我讓位給一個漂亮阿姨。」

媽媽：「說不定阿姨身體不舒服。爸爸這樣是對的。」

小明：「可是媽，我本來是坐在爸爸的大腿上耶！」

媽媽（幾霸兜會）：「告訴媽媽 BITCH 阿姨有什麼特徵。」

小明：「阿姨有帶一隻很可愛的狗。」

用這個情境來造個句子吧：

> The woman sat on father's lap. 　那個女子坐在爸爸的大腿上。
> The woman's dog was cute. 　　那個女子的狗很可愛。

跟重點 (I) 的概念一樣。這兩個句子都有提到相同資訊 " the woman"，只不過第二句話的是「所有格」的形式 "the woman's"。把第二句話當作形容詞來修飾第一句話的 "the woman"；由於形容詞子句要放在修飾的名詞後面，因此合併後的雛型會是這樣：

形容詞子句

The woman | the woman's dog was cute | sat on father's lap.

但由於子句裡的 the woman's 和「先行詞」 "The woman" 重複了，因此需要用個代名詞。形容詞子句要由關係代名詞引導，而且這個 "the woman's" 是所有格的形式，因此要用所有格形式的關係代名詞 whose。完整句子如下：

形容詞子句

The woman **whose** dog was cute sat on father's lap.

修飾

狗很可愛的那位女子坐在爸爸的大腿上。

　　句子中的 whose 本來是 "the woman's"。因為 "the woman's" 是所有格的形式，因此要用代名詞代替的話也需要個所有格的形式。如果還是無法理解的話哥就先用「人稱代名詞」的概念解釋給你聽。

Jack is my friend. Jack's mother is a teacher.

↓

= Jack is my friend. His mother is a teacher.

　　第一句的 Jack's 需要一個代名詞代替，而且是所有格的形式，所以用「所有格形式的代名詞」his。概念是一樣的，只不過形容詞子句要用的是「關係代名詞」，因此用的是 whose。

　　whose 還有個重點，就是不管先行詞是不是人，都可以搭配「關係代名詞所有格形式」whose。例如：

The book **whose** cover is colorful is about philosophy.
那本封面色彩鮮豔的書是有關哲學的書。

　　哥來用關係代名詞的完整表格來結束這個重點：

先行詞　　　　關代	主格	受格	所有格
人	who / that	who / whom / that	whose
非人	which / that	which / that	whose
人和非人	that	that	whose

　　哥建議你看到這裡的時候，就可以先去看 **Part 2** 看「多益怎麼考」。因為哥已經把考題的重點講完了！之後的內容，重點是句子的理解。

(IV) 關係代名在子句中作「受詞」 重點放在語意理解！

　　剛剛跟你各位聊基本概念的時候，順勢提到了「關代在形容詞子句中作『主詞』」的概念。那就可以來談談「關係代名詞在子句中作『受詞』」的概念。多益不會考你關係代名詞在子句中當作主詞還是受詞，不過「關係代名詞在子句中作受詞」的時候會有一些細節規則，也會牽扯到句子解讀，所以 hen 重要！

　　來用一個哥的親身經歷當作例句好了。忘了是哪一年的十月十號國慶日，我騎著車不小心闖入了排隊要等著進入台中大遠百週年慶血拚的車陣中。我一台機車行駛在緩慢移動的車陣中，一個恍神就擦撞到了前面的車。還好速度很慢。但當我回過神來看清楚我擦撞到哪一台車後，心裡真心希望自己可以突然暈倒，因為哥擦撞到的是一台賓士…… **OH MY GOD**！！

　　用這個經驗，哥來造兩個句子，你各位用第一個句子來當作形容詞子句合併看看：

> I hit a car.　我撞到一輛車。　➔ 當作形容詞子句
> The car was a Mercedes Benz.　那輛車是一台賓士。

　　思考的步驟是一樣的：這兩個句子重複的是 "a car" 和 "the car" ➔ 把第一句話變成「形容詞子句」來修飾第二句話的 "the car" ➔ 形容詞子句修飾名詞，要放在該名詞的後面。

形容詞子句

The car | I hit a car | was a Mercedes Benz.

修飾

　　如果可以思考到這個步驟，表示你了解形容詞子句的基本概念。當然，這個句子還沒有完成。形容詞子句 "a car" 和「先行詞」"the car" 重複了，所以把形容詞子句的 "a car" 改為關係代名詞。「車子」不是人，因此關係代名詞搭配 which 或 that，所以變成這樣：

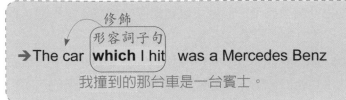

```
       形容詞子句
The car │ I hit a car │ was a Mercedes Benz.

The car │ I hit which │ was a Mercedes Benz.
```

但是關係代名詞一定要「引導」形容詞子句（就是放在形容詞子句第一個字的意思），因此要把關係代名詞 which 移到子句的最前面，提醒對方「子句要出現了」！

```
          修飾
       形容詞子句
→The car  which I hit   was a Mercedes Benz
       我撞到的那台車是一台賓士。
```

★不要忘記 which 本來是在動詞 hit 的後面喔。

哥聊內心話

　　這樣一步一步解釋，是希望你各位真的了解其實概念很簡單。其實「形容詞子句」是國三的英文課內容，不過我相信很多人都沒有真正的弄懂，只是覺得印象中這個文法很艱深。沒關係，我們現在好好弄懂。哥的教學理念就是，不要假設學習者應該早就知道什麼了。

　　那這樣我乾脆假設你各位已經有托福的程度好了。「幫助快放棄英文的人重啓學習信心」是我的教學初衷，也是我寫這本書的理念。已經有程度的朋友，看到上面一連串的解釋，可能會翻白眼，想說「講那麼細，是當我北七膩？」你那麼行的話，就請直接翻到 **Part 2** 的多益怎麼考，哼哼！（哥的內心小劇場一直如此精采 XD）

所以這整句話 "The car which I hit was a Mercedes Benz.",這裡哥來給你一個小測驗,看看你是不是可以了解一些基本概念:

1. 整句話的主詞是 _____ ,動詞是 _____ 。
2. 主詞 The car 被形容詞子句 _____ 修飾 ,因此又可以稱為 _____ 。
3. 關係代名詞 which 指的就是 _____ 。

Ans: 1. The car / was　**2.** which I hit / 先行詞　**3.** the car

　　如果你可以輕鬆地把空格寫出來,那就可以繼續了。如果還是不懂,建議先再從頭看一次喔,不然之後會越看越不懂,心情會很不好。

　　剛剛有提到, "The car which I hit was a Mercedes Benz." 中的形容詞子句 "which I hit" 的 which 本來是在動詞 hit 的後面移出來的。所以 "which" 是 hit 的受詞。

　　所以文法書就會這樣寫:**關係代名詞在形容詞子句中當作受詞。**

　　要一直特別強調關係代名詞在子句中當作主詞還是受詞是有原因的。以下要跟你各位聊聊「關代在形容詞子句中作受詞」的時候有什麼規則:

1. 關代可以省略。 以下重點放在語意理解!

● 例如:

The car which I hit was a Mercedes Benz.

● 也可以寫成:

The car I hit was a Mercedes Benz.

　　如果只有這個規則,好像沒有什麼,但第二個規則可能有些人暈了。

2. 如果關代在形容詞子句中作受詞,而且是從「介系詞」後移出來(因為這個關係代名詞是當作一個介系詞的受詞),則:

● 介系詞和關代可以一起移動到形容詞子句句首。
● 當介系詞和關代一起移動的時候,關代不可以放 that 和 who。

可先著重在「介系詞後面不加 that」

在解釋這個點之前，哥要確定你各位了解一個概念，就是這一點是針對「關代是受詞，而且是『介系詞』後的受詞」才有這個規定。

那這裡再來個例句吧。我撞到了賓士後，一位小姐從駕駛座擔心地走了下來。那天是下午，太陽很大，我看不太清楚擦撞到的確切位置。

我：「請問擦撞到哪裡了？」

賓士姐：「這裡啊！你瞎啦！」

我湊近看，果然有幾條白色的擦痕。她聽起來很怒，不過可以理解她的愛車被擦撞到的心情。於是我們來造個句子吧：

> The woman who I talked to sounded angry.
> 那個跟我說話的女子聽起來很生氣。

這個例句中，關代 who 在形容詞子句中當作「受詞」。

> … **who** I talked to _____ （who 本來是在這裡，但關代一定要放子句句首）
>   S   V

原本是在介系詞 to 的後面當作受詞。既然這個形容詞子句的關代在子句中當作受詞，複習一下剛剛的觀念──關係代名詞在子句中作受詞時可省略：

> The woman I talked to sounded angry.

因為這個關代是從介系詞後面移出來的，所以又可以符合剛剛第二點提到的規則，介系詞可以跟這關係代名詞一起移出來；意思就是本來只有關係代名詞移出來，但介系詞也可以跟關係代名詞一起移出，如下：

> The woman who I talked **to** sounded angry. （只有移動關係代名詞）
>
> The woman to whom I talked sounded angry.

要注意喔，當介系詞跟著關係代名詞一起移出來的時候，關係代名詞是不能省略的。介系詞跟著關係代名詞一起移出來跟沒有移出來的語意是一樣的，沒有差別，只不過前者比較常用在「正式」的場合。這裡的重點是，介系詞如果一起移動的時候，關係代名詞不能用 that，而且先行詞是「人」的時候，關係代名詞不能用 who，只能用 whom，因此下面兩句話都是不對的：

✕ The woman **to** <u>that</u> I talked sounded angry.
✕ The woman **to** <u>who</u> I talked sounded angry.

哥在上一點跟你各位介紹關係代名詞的時候就說過，關係代名詞 who 和 whom 基本上可以互換使用，只有一個時候不行，就是在說這個時候。

來做個總結，這幾個句子都是一樣的：

The woman **who** I talked to sounded angry.｝（先行詞是「人」，
The woman **that** I talked to sounded angry.｝關代可用 who 和 that）

The woman I talked to sounded angry.

（關代在形容詞子句中作受詞時可省略）

The woman **to whom** I talked sounded angry.

（介系詞和關係代名詞一起移動到形容詞子句句首）

你各位讀完重點 (IV) 後，要把重點放在「讀懂句子」。以選擇題來說，多益在這個點不會考到太細，但是閱讀測驗的句子會出現這個重點裡面提到的句子形式。例如，當你發現怎麼某個名詞後面有個形容詞子句，但是沒有看到關係代名詞，那你就可以知道被省略了。

本來我跟賓士姐說就報警備個案好了，但可能是因為人生第一次跟賓士發生擦撞（也希望是最後一次），然後賓士姐好像也急著去百貨公司血拼，所以她就要我先給她 5000 塊，然後記下我的聯絡方式，跟我說不夠會再跟我要。我想說這樣也好，花錢消災。現在想想其實還是要報個警處理一下比較好，讓她想買的東西被搶光 XDD （好陰險的作者……）

(V) 關係副詞 ＿ 重點放在讀懂句子！

如果你真的對形容詞子句不熟悉的話，哥已經聽到你在「嘖嘖嘖」，覺得概念怎麼那麼多。這真的是最後一個概念了。還好在多益的考題中，哥沒遇過要你分辨空格該填入「關係代名詞」或是「關係副詞」（但是非官方的試題本會遇到這樣的題目）。所以「關係副詞」的重點也是放在讀懂句子，了解關係副詞也是形容詞子句會出現的成分即可。

為了更快速了解關係副詞，哥用以下幾個重點幫你各位科普：

● 什麼是關係副詞？

關係副詞就是「介系詞 + 關係代名詞」。為什麼這兩個合併會是「關係副詞」呢？不知道你各位有沒有聽過一個英文的都市傳說，就是「介系詞 + 名詞」也可以當作副詞。傳說是真的！！！你各位思考一下，句子中的「時間副詞」和「地方副詞」是不是常常就是用「介系詞 + 名詞」的方法來表達呢？

同樣地，「關係**副詞**」就是「副詞」，當然也可以寫成「介系詞 + 關係代**名詞**」，因為「關係代**名詞**」就是「名詞」。

● 什麼時候可以用「關係副詞」？

剛剛有提到「關係副詞 = 介系詞 + 關係代名詞」，那什麼時候介系詞和關係代名詞會同時聚在一起呢？是的，哥聽到你說的答案了，就是重點 (IV) 提過的 「介系詞 + 關係代名詞」一起往前移動的情況。例如：

The house which Mary lives in is haunted.（介系詞沒有和關代一起移動）

= The house in which Mary lives is haunted.（介系詞和關代一起移動）

= The house where Mary lives is haunted.（介系詞和關代改為關係副詞）

Mary 住的房子鬧鬼。

以上三句話的意思是一樣的。

不過不是任何時候「介系詞 + 關係代名詞」都可以改成「關係副詞」喔。

● 「關係副詞」的種類

　　關係副詞分成四種——where、when、why、how。關係副詞的使用跟關係代名詞一樣，也是搭配先行詞的語意。搭配方法請看下方表格：

先行詞	關係副詞
地點	where
時間	when
理由、原因	why
方法、手段	how

　　例如：

This was **the shop** where I was overcharged by one hundred dollars.
這就是我被多收一百元的商店。

The president refused to tell us **the reason** why our manager had been laid off before the relocation of the company headquarters.
總裁拒絕告訴我們為何經理會在總公司搬遷之前被解雇的原因。

　　最後，哥再嘮叨一下，關係副詞 where 要搭配的先行詞語意是地點相關。這裡的地點，也可以是「抽象概念」的地點，例如「情況、狀況」。例如：

We found ourselves stuck in **a situation** where we couldn't meet the expectation of both our supervisor and our clients.
我們發現自己困在無法滿足主管和客戶期望的情況。

　　呼，總算用以上五個重點讓你各位可以大致上了解形容詞子句和相關重點了。好的，很好，我聽到你說講解得很清楚！……哥幻聽 again……

　　當老師真的耳朵會變好。哥在教國中孩子的時候，耳朵似乎特別靈敏。

而且跟你各位說，不要覺得說悄悄話老師聽不見。事實上，用氣音說話有時候聽得很清楚。記得有一次，哥在一個補習班，每個禮拜有一次課，不小心連續四個禮拜都選中了相同的衣服去上課，第五個禮拜總算換了不同件。走進教室時，聽到一個孩子跟旁邊的同學用悄悄話說：「ㄟ，他換衣服了。」那孩子很謹慎，還用手摀著嘴巴，靠近同學的耳朵說。但是這句話已經飄進哥的耳裡。於是我拿起麥克風，露出慈祥的笑容問那孩子：「對啊！你覺得今天的衣服好看嗎？」

　　之後那孩子要跟旁邊的同學說話，只會用傳紙條的方法……

Part 2　多益怎麼考

題型一　★★★★★
關係代名詞的選擇

　　多益文法題如果有考到形容詞子句的概念，最常考的就是關係代名詞的使用。哥再把之前提到的一個表格再放到這裡來一次：

先行詞 ＼ 關代	主格	受格	所有格
人	who / that	who / whom / that	whose
非人	which/ that	which / that	whose
人和非人	that	that	whose

　　哥把 **Part 1** 提過的重點，精簡出多益最常考的的概念再提醒一次：

1. 關係代名詞的使用要看先行詞是不是人。
2. 「介系詞後」和「逗點後」不能加上 **that**。
3. 介系詞和關係代名詞一起移動到子句句首的時候，關係代名詞不能放 **who** 和 **that**，也就是只能放 **which** 和 **whom**。（這個概念的考題在非官方試題本較常看到）
4. 「關係代名詞所有格」的使用：多益很常考這個概念，也是你各位比較容易答不出來的考題。哥用下面這個例句來示範如何破解這道題：

> **The girl** whose **father is a police officer** wants to be my girlfriend.
> 那個爸爸是警察的女孩想當我的女朋友。

關係代名詞所有格的要點：

● 因為是所有格，所以後面會加上名詞。

● whose 就等於「先行詞的所有格形式」，因此可以將 whose 替換為「先行詞的所有格形式」檢查看看語意是否正確。以這個例句為例， whose 就等於 "the girl's"（先行詞 "the girl" 的所有格形式）。如果將 whose 代換為 "the girl's" 代入形容詞子句 "The girl's father is a police officer." 是通順的（因為本來這個形容詞子句最初就是長這樣）。

如果你看不懂以上在說什麼的話，表示你可能不太清楚 **Part 1** 重點 (III) 中對於關係代名詞所有格的講解，可以再回去補一下。

哥這裡再放一個考題你各位試試看：

The student ＿＿＿ parents are both teachers is good at singing.

(A)who　(B) his　(C) this　(D) whose　　注意喔！會出現不是關係代名詞的選項來混淆你各位喔！

來跟著哥的腳步解題，順便了解怎麼看出是在考關係代名詞的概念：

1. 觀察選項，發現選項有關係代名詞的選項，但也有兩個選項不是關代。

2. 觀察題目，發現題目有兩個動詞 are 和 is。如果一個句子有兩個動詞，那表示有兩種可能——「有連結詞連接兩個句子」或是「有包含子句」。（再次提醒你各位喔，一句話中有幾個動詞，是要看有幾個時態喔！）

3. 空格前面有名詞，暗示該空格和形容詞子句相關。因為形容詞子句修飾名詞，而且放在名詞後修飾。因此在選項 (A) 和 (D) 之間做選擇。

4. 空格後面有名詞，所以可能是所有格。將 whose 代換為「先行詞的所有格形式」**"the student's"**，套入形容詞子句就是 **"the student's parents are both teachers"**，語意也是對的，因此可以確定要選 (D)。

- **Practice 題型一**

1. Our new logo, _____ was designed by Vivid Graphics, fully represents the spirit of our corporation.
    (A) it (B) which (C) that (D) this

2. Employees _____ identification badges have been lost should contact the personnel department.
    (A) their (B) who (C) whose (D) those

3. The restaurant _____ parking lot is across from the street is currently under renovation.
    (A) there (B) whose (C) this (D) which

4. Mr. Isner, _____ has held the position of regional manager for fifteen years, is going to retire this August.
    (A) who (B) that (C) he (D) which

5. Kallisto Museum, in _____ numerous valuable paintings are on display, is visited by nearly 5 million visitors every year.
    (A) that (B) who (C) it (D) which

- **解析**

1. **Ans: (B)**，發現題目有兩個動詞 was 和 represents。如果一個句子有兩個動詞，那表示有兩種可能──「有連結詞連接兩個句子」或是「有包含子句」。空格前面有名詞 "Our new logo"（但在考試的時候為了速度，可以看到 logo 就好），暗示該空格和形容詞子句相關。因為形容詞子句修飾名詞，而且放在名詞後修飾。因此在選項 (B) 和 (C) 之間做選擇。但空格前面有逗點，因此不能放 that，因此選擇 (B) which。

    譯 我們新的公司標誌，由 Vivid Graphics 公司所設計，充分展現我們公司的精神。

2. **Ans: (C)**，發現題目有兩個動詞 "have been lost" 和 "should contact"。如果一個句子有兩個動詞，那表示有兩種可能——「有連結詞連接兩個句子」或是「有包含子句」。空格前面有名詞 Employees，暗示該空格和形容詞子句相關。因為形容詞子句修飾名詞，而且放在名詞後修飾。因此在選項 (B) 和 (C) 之間做選擇。空格後面有名詞，所以可能是所有格。將 whose 代換為「先行詞的所有格形式」employees'，套入形容詞子句就是 "(the) employees' identification badges have been lost"，語意也是對的，因此可以確定要選 (C)。

   譯 識別證已經遺失的員工應該聯絡人事部門。

3. **Ans: (B)**，概念同第二題，也是考「關係代名詞所有格的概念」。請參考第二題的解析。

   譯 停車場在街道對面的那家餐廳目前正在進行翻新工程。

4. **Ans: (A)**，如何看出該題目在考形容詞子句的概念，請參考第一、二題的解析。此題目空格前是「人」 "Mr. Isner"，因此關係代名詞要用 who 或是 that。但因為空格前有逗點，因此不能用 that，所以選擇 (A)。

   譯 Isner 先生，他已經擔任區域經理的職位十五年了，即將在今年八月退休。

5. **Ans: (D)**，如何看出該題目在考形容詞子句的概念，請參考第一、二題的解析。空格要填入關係代名詞。先行詞 "Callisto Museum" 不是人，因此關代要選擇 which 或是 that。但因為空格前有介系詞 in，因此不能用 that，所以選擇 (D)。該題的形容詞子句是「介系詞和關係代名詞一起往前移動到子句句首」的情況。

   譯 Kallisto 博物館，有很多珍貴的畫作在裡面展示，每年幾乎有五百萬人次造訪。

題型二　★★★
動詞搭配

　　多益在考形容詞子句的時候，會考句子結構的概念，並且特別著重在動詞的搭配，其實概念就跟 CH3 到 CH5 動詞章節談論到的一樣，要注意「主詞動詞一致」、「主動被動」、以及「時態」。會出現兩種考題：「形容詞子句裡的動詞」和「整個句子的動詞」。 哥以下就這樣分類跟你各位聊聊：

　　哥先跟你各位說一下，在文法的專有名詞裡，可以獨立成句的句子稱為「獨立子句」；而「名詞子句」、「形容詞子句」以及「副詞子句」是無法獨立成句的，他們三個一定會在獨立子句中出現。但哥不希望你被專有名詞搞得頭昏腦脹的，以下，我會把「獨立子句」稱為「整個句子」或「主要句子」。例如這個句子 "I like the girl whose father is a police officer."，哥以下說「整個句子」或「主要句子」就是 "I like the girl whose father is a police officer."（一般文法書會稱為「獨立子句」）；「形容詞子句」就是 "whose father is a police officer"。

● 形容詞子句裡的動詞

　　考題考這個概念的時候，通常會出現「關係代名詞在形容詞子句中作『主詞』」的句子。你各位只要記住一件事——**關係代名詞永遠等於先行詞**，其他跟動詞的相關概念——「主詞動詞一致」、「主動被動」、以及「時態」就跟之前 CH3 到 CH5 解說動詞時提到的解題方法是一樣的。例如這個例題：
More people than expected attended the Sunshine Medical Conference, which _____ two weeks ago.
(A)hold (B) to hold (C) being held (D) was held

　　跟著哥的腳步解題一次：

1. 觀察選項可以發現選項跟動詞相關。這時候馬上要想到動詞的三個概念——「主詞動詞一致」、「主動被動」以及「時態」。

2. 觀察空格，發現空格前面有關係代名詞 which，所以知道這個動詞是在形容詞子句內，並且看出兩個重點——關代 which 就等於先行詞 Conference（正確說法是等於 "the Sunshine Medical Conference"，但這裡就不說得這麼細），而且關代後面直接是動詞，所以可以知道關代

which 在形容詞子句中作主詞（這個概念很簡單，因為主詞後面接動詞。不要因為是形容詞子句所以就暈了）。

3. 以上的概念都可以看出來的話，解題就容易許多了。先刪去選項 (B) 和 (C)，因為子句也是要符合句子的結構，要有動詞。動詞的重點是要有時態。只有 "to V" 和 "V-ing" 是沒有時態的。再來思考「主詞動詞一致」。動詞要搭配主詞，也就是關係代名詞 which。既然 which 就是 Conference，那 which 就是單數，因此不能搭配 hold。將選項 (A) 刪去後，就剩下 (D)，也就是正確答案。選項 (D) was held 是「被動式」，符合主詞 "which = Conference" 是「被舉辦」。此外，以時態而言，形容詞子句中有關鍵字 "two weeks ago"，也符合選項 (D) 的過去式。

因此，這個例題整句就是：

> More people than expected attended the Sunshine Medical Conference, which was held two weeks ago.
> 比預期還要多的人參加兩個禮拜前舉辦的 Sunshine 醫學會議。

● 整個句子的動詞

其實這個概念跟形容詞子句沒有關係，但是題目的動詞會接在一個有形容詞子句修飾的主詞之後，所以整個句字的動詞會在形容詞子句後出現。出現了形容詞子句後你各位可能就看不出來空格是考整個句子的動詞了。所以這個觀念的重點就是要看得出來空格是在考整個句子的動詞。這段話也可能有人看不懂哥在說什麼，就用個示意圖來跟你各位解釋。

> S V...（你各位看得懂的句子）
>
> S 形容詞子句　V...（別慌！只是加了個形容詞子句來修飾主詞而已）
> ↖ 修飾

其實主詞就是名詞，後面本來就可以加上形容詞的概念來修飾，例如之前提過的用「介系詞片語」、「不定詞片語」等的結構當作形容詞往前修飾。而這一章所談論的形容詞結構就是「形容詞子句」。哥這裡也用一個例題來講解：

Employees who intend to apply for the managerial positions _____ an online application form by next Friday.

(A) should submit (B) to submit (C) are submitted (D) has submitted

　　跟著哥的腳步解題一次：

1. 觀察選項可以發現選項跟動詞相關。這時候馬上要想到動詞的三個概念——「主詞動詞一致」、「主動被動」以及「時態」。

2. 先思考「主詞動詞一致」。看到主詞 Employees 後面有關係代名詞 who，可以看出兩個重點——主詞後面有形容詞子句修飾，而且空格的動詞是整個句子的動詞，不是形容詞子句內的動詞。可以把形容詞子句 "who intend to apply for the managerial positions" 遮住，會更好答題。

3. 以上的概念都理解的話，解題就容易許多了。先刪去選項 (B)，因為沒有時態。接著「主詞動詞一致」的部分，因為主詞 Employees 是複數，因此刪除選項 (D)。接著思考「主動被動」。主詞 Employees 有能力繳交申請表單，因此選擇主動的選項 (A)。

　　因此，這個例題整句就是：

Employees who intend to apply for the managerial positions should submit an online application form by next Friday.
想要申請管理職位的員工要在下禮拜五前繳交線上申請表單。

題型三　★★
代名詞、不定代名詞搭配關係代名詞

　　這種題型又可以分成兩種考法，聽哥跟你各位娓娓道來：

考法一

　　這種考法比較單純，選項會跟不定代名詞相關，空格後有形容詞子句，只要你知道關代怎麼跟先行詞搭配的就可以作答。例如：

After the speech, _____ who have at least bought one book can attend the book signing session and take a picture with the author.

(A) those (B) their (C) anything (D) other

看到空格後面的關係代名詞是 who，表示先行詞要是「人」，因此答案選擇 (A)。those 如果沒有上下文時，大部分是指「那些人」。選項 (B) 和 (D) 後面都要加上名詞；選項 (C) 無法搭配關係代名詞 who。整句題目如下：

After the speech, those who have at least bought one book can attend the book signing session and take a picture with the author.
在演講後，那些已經至少買一本書的人可以參與簽書的環節，並且跟作者拍照。

考法二　700 分以上必讀！

這種考法是哥很後面考多益正式考試題目的時候才看到的，出題的頻率也蠻低的。但因為正式考試有考過，而且讀句子的時候也會讀到，所以這裡來跟你各位聊一下。其實概念很簡單的，我們再用合併句子來解釋吧！

有沒有覺得用合併句子的方法就很容易了解形容詞子句呢？因為形容詞子句的概念就是從合併句子來的。

I was talking to my students.
Some of them are Americans. 變成「形容詞子句」
　　　　　　　　　　　　　　　來跟第一個句子合併

我想這兩句話如何用形容詞子句合併，你各位看到這裡應該已經很了解了。因為第二句話的 them 就是第一個句子的 students，所以把第二個句子放到第一句話的 "my students" 後面。並且將 them 改為關係代名詞 whom，因為先行詞 "my students" 是「人」。因此，合併後的句子如下：

I was talking to my students, some of whom are Americans.
我在跟我的學生說話，他們之中有些人是美國人。

句子中的 some 就是在 CH2 代名詞章節所提到的不定代名詞。其實沒有什麼特別的，只不過在這個句子裡是跟關係代名詞搭配使用。哥在考試的時候，這種句子會考**不定代名詞的使用**。只要知道關係代名詞 whom 等於先行詞 "my students"，這個句子就可以看懂了。

不知道你各位這個章節從一開始讀到這裡，有沒有發現哥著重的都是那幾個重點，例如「關係代名詞永遠等於先行詞」，因為概念真的就是那麼簡單！

● Practice 題型二、三

1. The historic building that _____ millions of tourists annually will be closed for restoration.
   (A) is attracted (B) attracts (C) have attracted (D) attracting

2. According to the founder of the charity, people who had made donations to the charity _____ a special gift last weekend.
   (A) has received (B) received (C) receiving (D) will receive

3. On the list are 50 conference attendees, _____ of whom participate in the conference on behalf of their managers.
   (A) both (B) every (C) much (D) some

4. _____ who register for the workshop will receive a special gift.
   (A) Those (B) Any (C) Another (D) Theirs

● 解析

1. **Ans: (B)**，選項跟動詞相關，而且空格前有關係代名詞，表示考的概念是形容詞子句內的動詞形式。可以刪除 (D) 因為沒有時態。由於 "that = building"，因此 that 是單數，因此刪除 (C)，因為主詞動詞不一致。最後，因為空格後面有受詞 "millions of tourists"，在談論到「主動被動」時有提到，若動詞後接有受詞，絕大多數是「主動」，因此可以確定答案是 (B)。

   譯 那個每年吸引幾百萬遊客的歷史古蹟將會關閉，進行修復工程。

2. **Ans: (B)**，觀察選項可以發現選項跟動詞相關。先思考「主詞動詞一致」。可以觀察出主詞 people 後面有關係代名詞 who，可知兩個重點——主詞後面有形容詞子句修飾，而且空格的動詞是整個句子的動詞。可以刪除 (C) 因為沒有時態。接著可以看出「主詞動詞不一致」來刪除 (A)。最後

由句子的時間副詞 "last weekend" 知道時態應該要搭配過去式，因此選擇 (B)。

（譯）根據這間慈善機構的創辦者，曾經捐錢給這間慈善機構的人在上週末得到了一份特別的禮物。

3. **Ans: (D)**，選項大部分跟不定代名詞相關。不定代名詞所談論的名詞就是 of 後面的名詞。例如 "two of the teachers" 的 two 指的就是「兩個老師」。所以空格談論的名詞就是 whom，而關係代名詞 whom 又等於先行詞 "50 conference attendees"，是「可數名詞」而且「多於兩個」，因此刪除選項 (A) 和 (C)。而選項 (B) every 不能當作代名詞使用，因此不考慮。若以上概念尚有不清楚的地方，請參閱 CH2 代名詞章節中有關「不定代名詞」的講解部分。

（譯）名單上是五十名會議參與者，其中有些人是代表他們的經理來參加會議的。

4. **Ans: (A)**，空格後有關係代名詞 who，表示空格應填入先行詞。選項 (A) 的 Those 可以直接是「那些人」、搭配後面的關代 who，因此選擇 (A)。

（譯）那些報名要參加工作坊的人會得到一份特別的禮物。

● **Overall Practice**

Part 5

1. Our new products have been delivered to five distributors, _____ of whom believe that the products will soon be sold out.

   (A) every (B) both (C) all (D) much

2. We ask that our customer service representatives should politely respond to the customers _____ file complaints.

   (A) who (B) they (C) which (D) whoever

3. Mr. Harrison, _____ strategy had led to significant decrease in production costs, earned a $10000 bonus.

   (A) that (B) who (C) his (D) whose

4. It is mandatory for employees to attend the workshop that _____ by several renowned economists.

   (A) will be led (B) has led (C) leading (D) are led

5. New employees _____ competence is demonstrated through their performance are likely to be promoted to managerial positions in a short period of time.

   (A) that (B) those (C) whose (D) whom

6. The list of employees who _____ for outstanding employees of the year has been given to the board.

   (A) nominates (B) were nominating (C) have nominated (D) are nominated

7. The conference room where we held our annual seminar last year _____ for another event.

   (A) reserved (B) being reserved (C) will reserve (D) has been reserved

8. Specialty stores in this area are popular among tourists, especially those _____ floor tiles are decorated with mosaic images.

   (A) who (B) whose (C) which (D) these

9. The annual technology expo in where many newly released products can be seen _____ in a venue in the vicinity of our company.

   (A) will hold (B) holding (C) will be held (D) is holding

● 解析

1. **Ans: (C)**，選項大部分跟不定代名詞相關。這裡的不定代名詞就是關代所代替的 "five distributors"，是「可數名詞」而且「多於兩個」，因此最能搭配選項 (C)。

   譯 我們的新產品已經運送給五位經銷商，他們全都相信這個產品很快就會賣完。

2. **Ans: (A)**，此題考關係代名詞的搭配。先行詞是「人」，因此搭配選項 (A)。

   譯 我們要求我們的客服人員要有禮貌地回應投訴的顧客。

3. **Ans: (D)** ，此題在考關係代名詞的搭配。可先刪去選項 (A)，因為空格前面有逗點不能搭配關係代名詞 that。空格後面的 strategy 是名詞，可以搭配關係代名詞所有格 whose，而且將 whose 代換為 "Mr. Harrison's" 代入，語意也通順，因此選擇 (D)。

   🔵譯 Harrison 先生，他的策略大幅減少了生產成本，賺到了 10000 元的紅利獎金。

4. **Ans: (A)** ，選項跟動詞相關。空格前有關係代名詞，因此可以知道該動詞是形容詞子句內的動詞，而且要跟主詞，也就是關代 that 作搭配。that 等於先行詞 workshop，是「單數」而且應該是「被領導」，因此選擇 (A)。

   🔵譯 員工務必要參加那場由幾位著名的經濟學家所領導的工作坊。

5. **Ans: (C)** ，此題在考關係代名詞的搭配。空格後面的 competence 是名詞，可以搭配關係代名詞所有格 whose，而且將 whose 代換為 "new employees'" 代入，語意也通順，因此選擇 (C)。

   🔵譯 經由工作表現展現能力的新員工很有可能在短時間內升遷到管理職位。

6. **Ans: (D)** ，選項跟動詞相關。空格前有關係代名詞，因此可以知道該動詞是形容詞子句內的動詞，而且要跟主詞，也就是關代 who 作搭配。who 等於先行詞 employees，是「複數」而且這些員工應該是「被提名」，因此選擇 (D)。

   🔵譯 被提名為年度最佳員工的員工名單已經繳交給董事會。

7. **Ans: (D)** ，選項跟動詞相關。主詞 The conference room 後面被形容詞子句修飾，空格是整個句子的動詞，要跟主詞 The conference room 搭配。主詞是單數而且應該是「被預訂」，因此選擇 (D)。

   🔵譯 我們去年舉辦年度研討會的那個會議室已經被預訂要舉辦其他活動。

8. **Ans: (B)**，此題在考關係代名詞的搭配。空格後是名詞，因此可以搭配關係代名詞所有格。空格前面的 those 指的是 "specialty stores"，可以將 whose 用 "specialty stores'" 代替檢查語意。

    譯 這個地區的特產店很受遊客歡迎，尤其是那些地磚有馬賽克圖樣裝飾的店。

9. **Ans: (C)**，選項跟動詞相關。主詞 The annual technology expo 後面被形容詞子句修飾，空格是整個句子的動詞，要跟主詞 The annual technology expo 搭配。科技博覽會應該是「被舉辦」，因此選擇 (C)。

    譯 那個可以看到很多新發行產品的年度科技博覽會將被舉辦在一個靠近我們公司的會場。

CH10 分詞

　　喲呼！恭喜你各位看到 CH10 了，加油，你們快能輕鬆掌握多益文法了。想像一下你考到理想分數的那個 moment，有人問你多益考幾分，你事實上是要跟他炫耀但表面上裝謙虛的表情。不過其實哥現在也在恭喜自己，因為這本書總算快寫完了！（灑花）

　　在 CH1 詞性判斷的章節中，哥跟你各位提到，動詞都會有兩種分詞形式的變化——現在分詞 (V-ing) 和過去分詞 (p.p.)，也提到這兩者是沒有時態的；現在詞和現在式無關，過去分詞和過去式無關。順便跟你各位複習一下，"be + V-ing" 是「進行式」，而 "have + p.p." 是「完成式」。當然也別忘了 "be + p.p." 是「被動式」。

　　除了上述之外，分詞有個很重要的用法——當作「形容詞」。跟形容詞的功能一樣，用來修飾名詞。而且分詞會附帶著語意：**現在分詞表達「進行或主動」的概念；過去分詞表達「完成或被動」的概念。**

　　例如，"the cute boy" 中，咱們把形容詞 cute 換掉，改成分詞來當作形容詞：

the crying boy　→ crying 是現在分詞，有「進行」的涵義
那個哭泣中的小孩

the punished boy　→ punished 是過去分詞，有「被動」的涵義
那個被處罰的小孩

　　分詞修飾名詞的概念有兩個：

1. 分詞作形容詞用
2. 子句簡化為「分詞片語」
● 形容詞子句簡化為「分詞片語」
● 副詞子句簡化為「分詞片語」（有些文法書會稱為「分詞構句」）

哥就來針對這幾個概念跟你各位聊聊，在多益考試中需要知道什麼重點。不過哥先跟你各位說一下，這個章節句子解讀會比解題更重要。為了不要讓文字敘述太累贅，哥以下的「現在分詞」都直接用 V-ing 表達；「過去分詞」都直接用 p.p. 表達。

Part 1 秒懂文法概念

I 分詞當作形容詞

當分詞用作形容詞時，位置就會出現在形容詞的位置。還記得在 CH1 詞性判斷的章節中，哥跟你各位聊到多益常考形容詞會放在兩個位置：
- 形容詞放在名詞前面修飾名詞。
- 形容詞放在連綴動詞後（如 be、become 等）做「主詞補語」。

這裡就直接用解題的角度來跟你各位分析，當在考題中遇到分詞作形容詞的題目時，你各位可以怎麼思考。

(I) 用語意思考

如果題目可以用語意思考就千萬不要為難自己，這樣想就對了。例如：

> a reduc**ed** price 折扣價
> ➔ 折扣價就是「被減少」的價格，因此用 reduced
>
> an expect**ed** result 預期結果
> ➔ 結果是「被預期」，因此用 expected
>
> nominat**ed** candidates 被提名的候選人
> ➔ 候選人是「被提名」，因此用 nominated

所以如果可以用語意判斷的話，應該不難答題。哥看了很多題目發現，多益題目蠻常考「p.p. 修飾『事物』」的概念，不過 candidate「候選人」和 employee「員工」也常用 p.p. 修飾，例如 "the designat**ed** employee" 「那個被指派的員工」。但你各位在看題目的時候還是要仔細檢查喔！

哥要強調喔，「事物」不一定被動！「人」不一定主動！

(II) 情緒動詞的分詞

　　你各位在國中的時候，一定遇過這幾個動詞：interest（使……有興趣）、surprise（使……驚訝）、excite（使……興奮）、bore（使……感到無聊）、tire（使……感到疲累、厭煩）、satisfy（使……滿意）等，英文老師們一定苦口婆心的跟你各位說：「這些動詞的分詞修飾人的時候用 p.p.，修飾事物的時候用 V-ing。課本圈起來！畫線！這會考！」你各位記得嗎？那時候課本基本上一定會有這兩個句子：

> **This is an interesting book.**
> 這是一本有趣的書。
>
> **I am interested in the book.**
> 我對這本書有興趣。

　　第一個例句中，動詞 interest 的 V-ing 用來修飾 book；而在第二個例句中，是用 interest 的 p.p. 當作主詞補語來說明主詞 I。所以看起來在使用情緒動詞的分詞的時候，常常用「p.p. 修飾『人』」、用「V-ing 修飾『事物』」。把這句話畫起來，死背就對了。

　　開玩笑的，不要把書燒掉，哥怎麼可能對你各位那麼殘忍。

　　先了解一下為什麼這些動詞會叫做情緒動詞，因為它們都跟情緒相關……好像在說廢話……。你各位思考一下，為什麼你們會有喜怒哀樂之類的情緒呢？大部分情況下，是外在事物讓你產生這些情緒的，還是你自發性就會有這些情緒呢？例如，你去電影院看電影，你為什麼會感到悲傷掉淚呢？是因為電影的情節很悲情讓你流淚，還是電影還沒開始演，你就會默默掉淚呢？應該是前者對嗎？因此就可以得出這個結論：

　　人是因為外在事物而產生情緒，換句話說，人是「被動」產生情緒。

　→ **人搭配情緒動詞的分詞用 p.p.（被動）；事物搭配情緒動詞的分詞用 V-ing（主動）。**

　　所以你各位思考一下，假設你在生日的時候收到的生日禮物是一台 iPhone，你要表達「一個令人驚訝的禮物」怎麼說呢？

　　(A) a surprised gift　(B) a surprising gift

如果你選擇 (A) 的話，那你一定有超能力！(A) 的 surprised 是 p.p.，表示「被驚訝到的」是禮物！那會是什麼場景你各位想像一下——你打開 iPhone 後，iPhone 自己開始震動了，因為 iPhone 太驚訝了。然後 Siri 自動用各國語言跟你打招呼：「哇！原來主人是你啊！」——相信你想了想這個情況後就會選擇 (B) 了，因為是這個禮物主動給你驚訝的感覺。哥用這個句子讓你印象深刻一點：

> I was surprised at the surprising gift.
>
> p.p. surprised 作「主詞補語」　　　　　　V-ing surprising
> 來說明主詞 I　　　　　　　　　　　　修飾後面的 gift

哥再把結論強調一次：

遇到情緒動詞的分詞的選項的時候，「人」搭配 p.p. 說明人的感覺，「事物」搭配 V-ing！

不過你各位考的是多益，不能只會國中學過的那幾個情緒動詞，哥這裡把你各位考多益要會的情緒動詞整理起來，用法都是一樣的：**情緒動詞的分詞「人」搭配 p.p. 說明人的感覺，「事物」搭配 V-ing！**……哥就是要盧到你記起來為止……

annoy 使……感到困擾	excite 使……感到興奮
amuse、entertain 使……感到愉悅	exhaust 使……感到筋疲力竭
bore 使……無聊	fascinate 使……感到著迷
confuse 使……困惑	impress 使……印象深刻
depress、frustrate 使……沮喪	interest 使……有興趣
delight、please 使……感到高興	satisfy 使……感到滿意
disappoint 使……感到失望	tire 使……感到疲累、厭倦
disgust 使……感到厭惡、噁心	refresh 使……感到精神振作

還有像 irritate「使……憤怒」和 trouble「使……感到煩惱」也都是情緒動詞，用法也都是**使用分詞時，「人」搭配 p.p. 說明人的感覺，「事物」搭配 V-ing**！

你各位有發現 disgust 也是情緒動詞嗎？不知道你們之前有沒有説過蟑螂 disgusting，用 V-ing 就是因為蟑螂主動給你噁心厭惡的感覺。你各位千萬別指著蟑螂喊著 "It's disgusted!"，這樣説就完了。因為這樣表示你比蟑螂噁心所以蟑螂是「被你噁到了」！

哥來造幾個句子讓你各位加深印象：

The manager was **disappointed** at the disappoint**ing** result.
經理對這個令人失望的結果感到失望。

The employees were **tired** of the tir**ing** task.
員工們對這項令人疲累的任務感到厭倦。

不過表格中有三個字在形容「事物」的時候要注意：

- please 在形容「事物」時可用 pleasing 或 pleasant
- delight 在形容「事物」時只能用 delightful
  例如："a delightful experience"（一次令人愉快的經歷）
- impress 在形容「事物」時只能用 impressive
  例如："an impressive speech"（一次令人印象深刻的演講）

哥相信一定有些人想問：明明就有看過情緒動詞的 V-ing 用來修飾「人」，例如 "an interesting man"（一個有趣的男子）。注意喔！哥説用 p.p. 修飾人，指的是一個人心裡的感覺；這種感覺是「被動」產生的，所以用 p.p.。而 "an interesting man" 的 interesting 並不是在説 man 心裡的感覺，而是在説 man 給別人的感覺。

(III) 慣用語

　　有的分詞在使用上你各位可能用語意判斷不出來，那就把這些分詞當作單字記下來吧。哥整理了在官方多益考題，或是非官方出版的考題中常出現的搭配給你各位參考。哥先跟你各位說明，以下有的 V-ing 應該是歸類在「動名詞」而不是「現在分詞」，但哥就先不解釋哪些是動名詞，以及為何它們不是現在分詞了，怕你各位覺得太複雜。

● **V-ing 系列**

boarding documents　登機文件	
existing 存在的	existing problems　存在的問題
leading 主要的	leading suppliers　主要的廠商
misleading 誤導的	misleading news　誤導的新聞
missing 遺失的、下落不明的	missing documents 遺失的文件
promising 有前途的、有希望的	promising careers 有前途的事業
remaining 留下的、剩餘的	remaining items　　剩下的商品
rewarding 有意義的	rewarding activities　有意義的活動

● **p.p. 系列**

qualified 有資格的	qualified candidates 有資格的候選人
experienced 有經驗的	experienced physicians 有經驗的醫生
accomplished 有成就的	accomplished scholars 有成就的學者
skilled 熟練的	skilled workers　　熟練的工人
specialized 專門的、專精的	specialized workers　專精的工人
acclaimed、celebrated、distinguished 著名的、傑出的（★ "outstanding"「傑出的」）	an acclaimed author 一位著名的作家

這個表格中的 p.p. 有的是表達「完成」的概念。你各位可以思考一下，像是 "accomplished scholars"「有成就的學者」，是不是表示這些學者「已經完成」了這些成就，才會稱為「有成就的學者」呢？

● 跟「公司部門」或相關業務（例如廣告、行銷、會計等）用 V-ing

| marketing division | 行銷部門 | advertising campaigns | 廣告活動 |
| accounting manager | 會計經理 | recruiting committee | 招聘委員會 |

　　對「分詞作形容詞」的概念認識後，哥建議可以先到 **Part 2** 熟悉解題思考方法，然後先把這個概念練熟，再繼續往下看其他分詞的文法觀念。

II　由子句簡化而來的分詞片語　重點要放在看懂句子結構！

　　分詞還有一個重要的概念，就是可以將一個「形容詞子句」或「副詞子句」簡化成為「分詞片語」。有的文法書會將副詞子句簡化而來的稱為「分詞構句」，但哥認為這裡的文法名稱不重要。你各位要注意的是，「形容詞子句」或「副詞子句」簡化為分詞片語後，就是用 V-ing 或是 p.p. 開頭，因此才稱為「分詞片語」。這個文法概念，哥認為你各位要把重點放在能讀懂這樣結構的句子。

(I)「形容詞子句」簡化而來的分詞片語

　　上個章節才聊過形容詞子句，你各位應該還記得形容詞子句是放在名詞後面修飾，既然形容詞子句可以簡化為分詞片語，那由形容詞子句簡化而來的分詞片語就會出現在名詞後，就像下面這個示意圖：

哥用最有效率的方法來跟你各位講解形容詞子句是如何變成分詞片語的基本概念：

1. 先省略形容詞子句的關係代名詞。

2. 形容詞子句簡化為分詞片語後就不是句子的結構了（還記得哥一直提醒你各位「子句的結構根句子一樣，也要有主詞和動詞」嗎？），「分詞片語」是沒有時態的，因為分詞片語不是句子。分詞片語的重點是表達形容詞子句本來是主動還是被動。

● 子句中動詞的變化

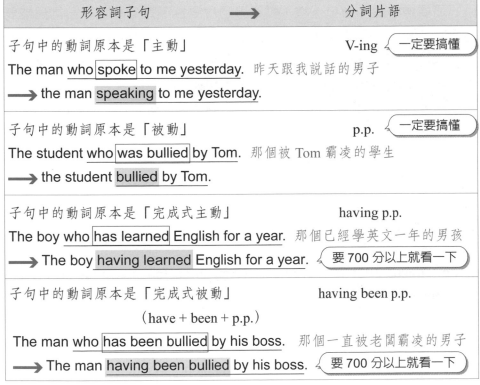

形容詞子句	➡	分詞片語
子句中的動詞原本是「主動」 The man who spoke to me yesterday. 昨天跟我說話的男子 ➡ the man speaking to me yesterday.		V-ing 〈一定要搞懂〉
子句中的動詞原本是「被動」 The student who was bullied by Tom. 那個被 Tom 霸凌的學生 ➡ the student bullied by Tom.		p.p. 〈一定要搞懂〉
子句中的動詞原本是「完成式主動」 The boy who has learned English for a year. 那個已經學英文一年的男孩 ➡ The boy having learned English for a year. 〈要 700 分以上就看一下〉		having p.p.
子句中的動詞原本是「完成式被動」 （have + been + p.p.） The man who has been bullied by his boss. 那個一直被老闆霸凌的男子 ➡ The man having been bullied by his boss. 〈要 700 分以上就看一下〉		having been p.p.

　　就像哥在表格中標註的，你各位如果剛接觸這個概念的話，就先忽略完成式相關的變化。哥也先不解釋，因為希望你各位先搞懂最基本且核心的概念，就可以讀懂多益很絕大部分的考題句子了。整個邏輯是很好懂的，如果形容詞子句原本是主動，簡化成為分詞片語後當然也還是主動，因此用 V-ing，就像是表格中的例子：

The man who spoke to me yesterday.
→ the man speaking to me yesterday.

如果形容詞子句原本是被動，簡化成為分詞片語後當然也還是被動，因此用 p.p.，就像是表格中的例子：

The student who was bullied by Tom.
→ the student bullied by Tom.

哥要再提醒你各位一次，變成分詞片語後不是句子了，分詞只能表達主動被動，這裡沒有時態，像是剛剛的例子 "the man speaking to me yesterday" 和 "the student bullied by Tom" 的 "speaking" 和 "bullied" 是沒有時態的，分別只表達「主動」和「被動」的概念。

這裡來跟你各位總結重點：如果形容詞子句原本是主動，簡化為分詞片語就會用 V-ing；如果形容詞子句原本是被動，簡化為分詞片語就會用 p.p.。

了解後，哥就來給幾個完整例句，讓你各位熟悉這樣的結構，順便教你各位怎麼分析有分詞片語的句子。你各位會遇到的問題可能會是「名詞後面的分詞片語為 p.p.」的情況，因為有可能會跟動詞過去式搞混。先讀讀看下面這幾個句子吧：

1. The reduced price is offered exclusively to customers frequently placing orders with us.
2. The employee promoted to regional manager is the company **president's** cousin.
3. The board approved the marketing strategy proposed in the meeting.

要看懂句子，要先找出主詞和動詞（一句話的主要動詞，就是可以看出整個句子的時態的那個動詞）。你各位會看不懂句子，有一部分原因是被名詞後面的修飾語搞混了。哥整理一下這本書提過名詞後面可以加的修飾語，打上星號的是你各位特別要留意的。

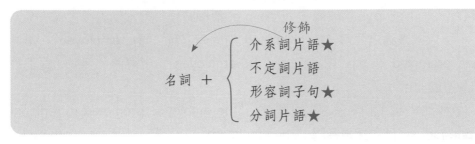

修飾

名詞 + { 介系詞片語 ★
不定詞片語
形容詞子句 ★
分詞片語 ★ }

　　所以當你各位看到不是在主要動詞的地方有分詞出現時，就往前看看該分詞前面有沒有名詞，很有可能就是「名詞 + 分詞片語」的結構。

1. 第一句

The reduced price is offered exclusively to customers frequently placing orders with us.

主詞：The reduced price　動詞：is
分詞片語：frequently placing orders with us 修飾名詞 customers
　　　　　　→ 副詞 frequently 在修飾後面的 V-ing

修飾

The reduced price <u>is</u> offered exclusively to **customers** frequently
　　　　S　　　　V

placing orders with us.

折扣價只提供給經常跟我們下訂單的客人。

　　順便嘮叨一下，這裡用 V-ing：placing 是因為被修飾的名詞 customers 是「主動」下訂單的。

2. 第二句

The employee promoted to regional manager is the company president's cousin.

　　你各位可能會有個問題：到底動詞是 promoted 還是 is ？聽哥一句，一個句子會有兩個動詞，如果有，那表示句子中可以找到「連接詞」（連接詞可以連接兩個句子，那就可以有兩個動詞），或是這個句子中有「子句」的結構（別忘了，子句也是有動詞的）。如果沒有連接詞，也沒有子句的結構，

那表示你可能被 p.p. 所誤導了，因為 p.p. 很多時候長得跟動詞過去式一樣。

可以觀察到這個句子的 promoted 前面有名詞 "the employee"。如果分析 promoted 為 p.p. 往前修飾 "the employee" 說得通，因為「員工是被升遷的」。

因此，這個句子的主詞是 "the employee promoted to regional manager"，這個主詞是名詞 "the employee" 後面被分詞片語 "promoted as a manager" 修飾。整個句子的動詞是 is。

The employee promoted to regional manager is the company president's cousin.
那個被升遷為區域經理的員工是公司總裁的表兄弟。

3. 第三句

The board approved the marketing strategy proposed in the meeting.

這個句子可能又比剛剛那個句子又更有挑戰性。乍看之下有兩個動詞 approved 和 proposed。但這個句子沒有連接詞，也沒有子句的成分，因此這兩者一定有一個是 p.p. 來修飾前面的名詞。這時候就來觀察 approved 和 proposed 前面的名詞。你各位是不是也覺得應該是名詞 "the marketing strategy" 被後面的 "proposed in the meeting" 修飾，因為用語意看的話「行銷策略是**被**提出的」。因此，這整個句子的主詞是 "the board"，動詞是 approved，而 "proposed in the meeting" 不是動詞，是修飾前面名詞 "the marketing strategy" 的分詞片語。

The board approved the marketing strategy proposed in the meeting.
董事會允許了在會議中所提出的行銷策略。

(II)「副詞子句」簡化而來的分詞片語

在 **CH6** 連接詞的章節有跟你各位提過，副詞子句就是「從屬連接詞＋句子」，因此副詞子句簡化為分詞片語就是將「從屬連接詞＋句子」作簡化。你各位還記得副詞子句可以放在句首，打上逗號後再加上主要句子嗎？忘記的話要去 **CH6** 複習一下嘿！所以副詞子句簡化為分詞片語後，整個句子會長這樣：

> ┌──▶ 從屬連接詞＋句子
> 副詞子句，主要句子
> 簡化 ↓
> 分詞片語，主要句子

你知道哥不拖泥帶水的，這裡就用最有效率的方法來跟你各位說「副詞子句」簡化為分詞片語的基本概念：

1. 省略從屬連接詞，但也可以不省略。

2. 省略子句中的主詞。兩個句子的主詞一樣才能省略，才不會影響溝通。

3. 子句中動詞的變化。

副詞子句	⟶ 分詞片語
子句中的動詞原本是「主動」	V-ing
子句中的動詞原本是「被動」	(being) p.p.
子句中的動詞原本是「完成式主動」	having p.p.
子句中的動詞原本是「完成式被動」(have + been + p.p.)	having been p.p.

有沒有發現動詞變化跟剛剛在聊「形容詞子句」簡化為分詞片語的時候基本上是一樣的。當然，這裡聊的是基本概念，如果你各位之後要寫作，就要學得更深入。（同樣地，可以先忽略完成式的部分）

有些在形容詞子句簡化為分詞片語的部分強調過的概念，哥就不嘮叨了（例如分詞片語是沒有時態的）。這裡哥跟你各位強調一下，在英文句子中

可以省略某些元素一定是因為不影響溝通（各種語言應該都是如此）。所以在 2.「省略子句中的主詞」的部分，哥提到可以省略是因為跟後面主要句子的主詞是一樣的，不影響溝通，所以可以省略。你各位可能會想問：「連接詞不會影響語意嗎？為什麼可以省略？」

……還是你心裡只想著到底這本書什麼時候可以讀完……

其實有的時候就算不出現連接詞，你各位也可以聽懂對方在說什麼，例如：「我沒有去學校，我生病了。」你一定知道中間可以安插一個連接詞「因為」。所以連接詞有的時候省略是可以的。至於什麼情況不能省，在這裡不是重點。

其實你各位國中時，英文老師就有偷偷教「副詞子句省略為分詞片語」這個觀念了，只是不會一直念這些文法名稱。不然哥舉個例子你瞧瞧：

Before I go to bed, I usually do some exercise.
　　（副詞子句）　　　　　　（主要句子）

➡️ Before going to bed, I usually do some exercise.
　　在上床睡覺前，我常常做些運動。

你各位國中時應該看過 before 這樣的相關用法，其實就是副詞子句簡化為分詞片語：

▶ 主詞 I 跟後面一樣，所以可省略

Before (I) (go) to bed, I usually do some exercise.

▶ 動詞 go 是主動，因此改為 V-ing

所以副詞子句 "before I go to bed" 就會變成 "before going to bed"。

因此，當你各位在讀句子的時候，不管從屬連接詞有沒有省略，看到 V-ing 或 p.p. 為首的分詞片語放在句首，打了逗號後加上主要句子，就可以猜到是副詞子句簡化為分詞片語的結構了。要記得，分詞片語的動作，都是後面主要句子的主詞的動作。別忘了，分詞片語是副詞子句簡化而來的，其

中有個步驟是省略子句的主詞，因為跟主要句子的主詞一樣，才能省略。因此分詞片語的動作，都是後面主要句子的主詞的動作。

> ➤ **going** 的動作者是 I
>
> Before going to bed, I usually do some exercise.

順便思考一下，V-ing 有表達「主動」的概念，所以 going 剛好符合後面主要句子的主詞 I 可以「主動上床睡覺」。

接著又到了讀句子的時間了，哥來幾個句子，你各位讀讀看：

1. When asked about the affair with his secretary, the president of High Tech put on a long face and left the meeting room.
2. Noticing the rising popularity of e-books, Power Publication will start publishing e-books next month.
3. Located near the coast, the hotel is usually fully booked during summer.

1. 第一句

When asked about the affair with his secretary, the president of High Tech put on a long face and left the meeting room.

這個句子的 when 是連接詞，後面應該是要加個句子──有主詞和動詞。不過這個句子的 when 後面沒有主詞，這個時候你各位就要想到主詞是被省略了，而且省略的主詞跟逗號後的主要句子的主詞是一樣的：the president of High Tech。所以 "When asked about the affair with his secretary" 是分詞片語，後面的 asked 是 p.p.，表示 "the president of High Tech" 是「被問」。主要句子是在逗號後，主詞是 "the president of High Tech"，動詞是 "put on"。

When asked about the affair with his secretary, the president of
S
總裁被問

High Tech put on a long face and left the meeting room.
V

當被問到與祕書之間的緋聞時，High Tech 公司的總裁擺臭臉並且離開會
議室。

你各位還記得副詞子句也可以整個移動到主要句子後面嗎，所以這個句
子也可以寫成這樣：

The president of High Tech put on a long face and left the meeting
room when asked about the affair with his secretary.

2. 第二句

Noticing the rising popularity of e-books, Power Publication will start
publishing e-books next month.

看到 V-ing 開頭，並發現主要句子從逗點後才開始，就可以想到分詞片
語。剛剛第一句的分詞片語是連結詞保留的情況，而這個分詞片語是連接詞
也一併刪除。再次提醒你各位，句首的 V-ing：noticing 是在說逗點後主要句
子的主詞 "Power Publication"；這家出版社應該是「**主動**注意到電子書日
漸受到歡迎」。主要句子是在逗號後，主詞是 "Power Publication"，動詞
是 "will start"。

出版公司主動注意到

Noticing the rising popularity of e-books, Power Publication will
S   V

start publishing e-books next month.

注意到電子書漸漸受到歡迎，Power 出版公司將會在下個月開始出版電
子書。

3. 第三句

Located near the coast, the hotel is usually fully booked during summer.

　　別被 located 給騙了，它並不是這個句子的動詞。如果 located 是整個句子的動詞的話，前面也要有個主詞才是。一個句子不會有兩個動詞，除非有連接詞或子句。很明顯的 is 可以是動詞，因為有時態，因此就可以推測 located 是 p.p.，"located near the coast" 是分詞片語。主要句子在逗號之後，主詞是 "the hotel"，動詞是 is（或是哥喜歡先找到動詞，因為動詞前面都是主詞）。同樣地，located 指的是 "the hotel"，你各位還記得哥在 CH5「被動語態」的章節中，整理常使用被動語態的慣用語有提到「建築物座落在某處」會用被動，因此這裡的分詞片語會用 p.p.：located。

Located near the coast, the hotel is usually fully booked during summer.
　　　　　　　　　　　　　S　　V

由於位在海岸附近，這個旅館在夏季期間常常被訂滿。

　　副詞子句簡化為分詞片語的部分就跟你各位介紹到這裡了。這種句子結構不只在多益，在很多閱讀都會看到的。副詞子句還有其他內容，例如對等連接詞 and 跟後面的句子也可以簡化為分詞片語，不過哥這裡就不多聊了。你各位只要讀懂哥這裡的內容，一定可以看懂多益考題中的句子。

III　概念統整

　　你各位讀句子讀到分詞的時候，就要想到如果這個分詞出現在形容詞的位置，那就是當作形容詞用，修飾後面的名詞：

　　　　　　修飾
● 分詞 + 名詞

　　分詞的另一個重點就是子句簡化而來的分詞片語，會出現在兩種位置：

1. 放在名詞後面（形容詞子句簡化而來）。➡ **名詞 + 分詞片語**
   <修飾

2. 放在句首，打逗號後加上主要句子（副詞子句簡化而來，要注意的是分詞片語的 V-ing 和 p.p. 說的是主要句子的主詞）。 ➡ **分詞片語，主要句子**

　　哥在看多益閱讀測驗的文章的時候，似乎名詞後面加上分詞片語的結構更常見。但這兩個結構都很重要，哥希望你各位兩種結構都很熟悉。哥用個句子讓你各位熟悉分詞這個文法：

Working on his fifth book, the distinguished English teacher, known for his unique teaching style, is planning to establish a language learning center.

　　別被那麼多逗點嚇到了，記得逗點不能連接句子，所以這整個結構只有一個句子。看到句首似乎有分詞結構 "working on his fifth book" 並且打了逗號，可以想到是副詞子句簡化來的，所以逗點後，主要句子才開始。

　　如果你各位看快一點，可以看到 is 是動詞（因為有時態）。動詞前面全部都是主詞，因此 "the distinguished English teacher, known for his unique teaching style" 是主詞，這個主詞很長。你各位要記得，如果主詞很長可能是因為有修飾語。這個主詞應該是 "the distinguished English teacher"（distinguished 在形容詞的位置，往後修飾 "English teacher"），在整個名詞 "the distinguished English teacher" 後面看到分詞片語 "known for his unique teaching style" 放在名詞後，所以是形容詞子句簡化來的分詞片語，往前修飾名詞 "the distinguished English teacher"。分詞片語 known 用 p.p. 是因為一個人有名是「**被**大家知道」。當然，這裡的 "known for" 會翻譯為「因……而聞名」。

　　回到句首的 "working on his fifth book"，working 是在說主詞 "the distinguished English teacher" 的動作。當然主詞 "the distinguished English teacher" 有能力寫書，但用意思推測可以知道這個 working 也有「進行中」的概念。

英文老師寫書中　　　　　　　　　　修飾

Working on his fifth book, the distinguished English teacher, known

主詞

for his unique teaching style, is planning to establish a language

V

learning center.

撰寫他的第五本書中，這位傑出且因他獨特的教學風格而聞名的英文老師正在規畫成立一間語言學習中心。

IV　動名詞 vs. 現在分詞

　　「動名詞」和「現在分詞」都是 V-ing ，這裡哥來做個整理好讓你各位分清楚兩者的區別。動名詞就是名詞，所以在一個句子中就出現在名詞的位置，你各位就先留意動名詞作「主詞（動詞前）」和「受詞（動詞後和介系詞後）」。而現在分詞的用法哥就不再用文字嘮叨一次了。以下再用表格來讓你各位印象深刻：

● 動名詞

作「主詞」（動詞前）
Exercising three times a week is important. 　　　　　　　　　S　　　　　　V 一個禮拜運動三次很重要。
作「受詞」（動詞後、介系詞後）
I enjoy walking my dog along the bank. 　V　　　O 我很享受沿著河岸遛狗。

I'm interested in playing golf.
　　　　　　　介　　O
我對打高爾夫球有興趣。

● 現在分詞

"be + V-ing" 表「進行式」

The manager is having a meeting with some clients now.
這個經理正在跟一些客戶開會。

當作「形容詞」修飾名詞

The misleading news report made the manager angry.
　　　　　　　　　　修飾
這個誤導的報導讓經理很生氣。

子句簡化成為「分詞片語」

● 「形容詞子句」簡化為分詞片語
The reduced price is offered exclusively to **customers** frequently placing orders with us.
折扣價只提供給經常跟我們下訂單的客人。

● 「副詞子句」簡化為分詞片語
Noticing the rising popularity of e-books, Power Publication will start publishing e-books next month.
注意到電子書漸漸受到歡迎，Power 出版公司將會在下個月開始出版電子書。

哥再提醒你各位一次，這個章節的概念要把重點更加著重在句子解讀。以考題而言，考題最常考「分詞作形容詞」，尤其又常考出現在名詞前修飾的形容詞，所以考題的空格會出現在名詞前。子句簡化為分詞片語的部分，多益最常考的是，「形容詞子句簡化為分詞片語」，因此這類的考題的空格會出現在名詞後。所以你各位在了解分詞的考題時，可以先區分這兩種題型：「空格在名詞前」以及「空格在名詞後」。

題型一 ★★★
分詞作形容詞修飾名詞 （空格在名詞前）

雖然形容詞可以放在主詞補語的位置，但多益在這個概念最常考放在名詞前修飾的形容詞。這個題型，有些人會和「詞性判斷」搞混。哥這裡提供你一個思考方向。當你在看題目時，**發現選項該填入形容詞，但卻沒有形容詞字尾的選項（例如 -ous、-al 等），就想到「分詞」可作形容詞。**

哥在 **Part 1** 有提到一些解題判斷的方法，分別是「用語意判斷」、「情緒動詞的分詞」以及「慣用語」。但是在思考的時候，哥建議你的順序顛倒過來：

解題思考順序

不是考「慣用語」 → 是不是考「情緒動詞的分詞」
（別忘了，這個概念要「V-ing 搭配『事物』」、「p.p. 搭配『人』」）

也不是考這個 → 那就用語意判斷
（哥強調一次，事物不一定配 p.p.，但如果你無法判斷的話，就先猜測「p.p. 搭配『事物』」，因為多益常常這樣考）

最後再嘮叨一下，如果選項有形容詞字尾的選項和分詞字尾的選項，那你可以用語意判斷（例如 p.p. 就是「被……的」）。如果你無法判斷，那就**先選有形容詞字尾的選項**吧（不過要記得，情緒動詞搭配「人」還是要選擇 p.p.，慣用語還是要搭配該搭配的分詞）。以下整理一下：

- 看到題目該選形容詞，卻沒有形容詞字尾的選項 → 想到分詞作形容詞的概念 → 依照思考順序解題。
- 選項有形容詞的字尾，「也有分詞選項」和「用意思判斷」之間會有個箭頭（判斷不出來就先選有形容詞字尾的選項。不過情緒動詞搭配「人」還是要選擇 p.p.，慣用語還是要搭配該搭配的分詞。）

● Practice 題型一

1. The _____ materials are some useful information that will be discussed at the conference.

   (A) encloses (B) enclosed (C) enclosing (D) enclose

2. The _____ result of the experiment made the crew members excited.

   (A) surprise (B) surprised (C) surprising (D) to surprise

3. Customers can find _____ information about the products they want to buy on our website.

   (A) detailed (B) detailing (C) detail (D) details

4. Star Electronics is one of the _____ companies in the industry.

   (A) lead (B) led (C) leads (D) leading

5. Members of the marketing team were _____ when they found out that the marketing strategy wasn't as effective as expected.

   (A) depressing (B) depression (C) depressant (D) depressed

6. Because of the rising unemployment rate, citizens in the city urge the government to come up with _____ solutions to deal with the situation.

   (A) practiced (B) practicality (C) practically (D) practical

7. Fans of the _____ singer were quite sad when she announced her retirement at the press conference.
(A) distinguish (B) distinguishable (C) distinguishing (D) distinguished

● 解析

1. **Ans: (B)**，空格該選形容詞，但卻沒有形容詞字尾，因此想到分詞作形容詞的概念。本題不是慣用語，也不是情緒動詞的分詞，因此可以用語意來思考，選擇 (B)。

   譯 隨信附上的資料是將會在會議中討論的有用資訊。

2. **Ans: (C)**，空格該選形容詞，但卻沒有形容詞字尾，因此想到分詞作形容詞的概念。本題考的是情緒動詞的分詞。空格後的 result 是「物」，因此選擇 (C)。

   譯 這個驚人的實驗結果讓組員們感到興奮。

3. **Ans: (A)**，空格該選形容詞，但卻沒有形容詞字尾，因此想到分詞作形容詞的概念。本題不是慣用語，也不是情緒動詞的分詞，因此可以用語意來思考，選擇 (A)。detail 作動詞有「詳細描述」的意思。因此，"detailed information" 就是「詳細的（詳細描述的）資訊」。

   譯 顧客可以在我們的網頁上找到他們想要買的商品的詳細資訊。

4. **Ans: (D)**，空格該選形容詞，但卻沒有形容詞字尾，因此想到分詞作形容詞的概念。本題考的是慣用語，因此選擇 (D)。

   譯 Star 電子公司是這個產業主要的公司之一。

5. **Ans: (D)**，這一題的形容詞是在主詞補語的位置（be 動詞後）。主詞補語是在說明主詞。本題考的是情緒動詞的分詞。主詞 "members of the marketing team" 是「人」，因此選擇 (D)。

   譯 行銷團隊的成員們很沮喪，因為發現行銷策略不如預期中的有效。

6. **Ans: (D)**，選項 (D) 有形容詞字尾，因此可以先考慮。如果將 (A) 解釋為過去分詞作形容詞，語意和題目意思不搭，因此選擇 (D)。

   譯 由於失業率上升，這個城市的市民敦促政府想出可行的解決方案來處理這個情況。

7. **Ans: (D)**，本題考的是慣用語，因此選擇 (D)。雖然 (B) 有形容詞字尾，但語意和題目意思不搭。

　　譯 這位傑出歌手的粉絲們當她在記者會上宣布退休時很傷心。

題型二 ★★ 〔700 分以上必讀！〕
「形容詞子句」簡化而來的分詞片語（空格在名詞後）

　　哥認真覺得如果你各位評估，覺得等一下看不太懂哥說的解題方法，那拜託你先放過自己，把重點先放在句子解讀更重要。雖然哥等一下說的解題方法概念很單純，但畢竟這是書，有些事情還是要面對面才能講得比較清楚。

　　多益在考這個題型的時候，會放動詞選項來混淆你各位。不過你各位要看仔細，如果題目只有一個句子（沒有連接詞連接兩個句子，也沒有子句的結構），且句中已經有一個動詞了，那這個空格就不能再填入動詞，因為一個句子只能有一個動詞（就是只能有一個時態）。所以，這樣思考：

題目已經有一個動詞，選項跟動詞相關，而且空格在名詞後面
➔ 想到可能是在考形容詞子句簡化而來的分詞片語。

先來個簡單的例題：
The dog _____ loudly every night is quite cute.
(A) barking　(B) barked　(C) bark　(D) barks

　　不要不小心選到 (D) 喔。句子已經有動詞 is 了，因此 is 前全部都算是主詞的一部分。不過為何選項似乎跟動詞相關呢？這時候你各位就想到可以在名詞後加上由形容詞子句簡化而來的分詞片語，所以就往 p.p. 和 V-ing 的選項選了。分詞片語的 p.p. 和 V-ing 就是在說前面名詞；狗當然是主動叫的，因此選擇 barking。這個例題完整句子如下：

The dog **barking** loudly every night |is| quite cute.
　　　　　　　　　　S　　　　　　　　　　　　V
那隻每天晚上叫得很大聲的狗蠻可愛的。

到這裡你各位應該還看得懂。等一下的解題技巧如果不是很懂，就先放過自己。不過概念真的很單純啦，所以哥還是希望你理解看看。

不過有的時候從語意無法判斷要填入 V-ing 還是 p.p. 。這時候要思考哥在 CH5「被動語態」聊到的解題觀念。怎麼會講到被動語態呢，因為分詞片語是形容詞子句簡化而來的，你各位思考個邏輯：

形容詞子句本來是主動 ➜ 簡化為分詞片語就是 V-ing（V-ing 有主動的概念）
形容詞子句本來是被動 ➜ 簡化為分詞片語就是 p.p.（p.p. 有被動的概念）

例如：

the boy who danced with Mary yesterday ➜ the boy **dancing** with
（形容詞子句是「主動」）
Mary yesterday.

the boy who was punished by the teacher ➜ the boy **punished** by
（形容詞子句是「被動」）
the teacher.

還記得哥在 CH5 跟你聊過的解題技巧嗎，這裡提醒你各位兩個最常用到的解題技巧（忘記為什麼的話，要回到 CH5 複習喔）：
● 如果動詞後有「受詞」，常常是「主動」。
● 要記住常用被動語態表達的慣用語，例如 "be located in / at"「座落於」。

哥這裡來跟你分析這兩個重點：
● 如果動詞後有「受詞」，常常是「主動」。
　➜ 因此如果看到空格後有受詞，表示形容詞子句本來是主動
　➜ 選擇 V-ing

the travel package which |includes| round-trip airplane tickets
　　　　　　　　　　（主動）　　　　（受詞）

➔the travel package **including** round-trip airplane tickets
　　　　　　　　　　　　　　　（受詞）

題目會長這樣：

the travel package _____ round-trip airplane tickets

　　　　　　　　　　　　　題目看到受詞 ➔ 選 **V-ing**

● 要記住常用被動語態表達的慣用語，例如 "be located in / at"「座落於」。
　➔ 看到選項是會使用被動語態表達的慣用語，表示形容詞子句本來是被動
　➔ 選擇 p.p.

the shopping mall which is located next to a department store
　　　　　　　　（「座落於」會用被動語態表達）

➔the shopping mall **located** next to a department store

　　　至於哪些是常用被動語態的表達法，嗯，就勞煩您翻回 CH5 被動語態的章節複習一下吧。……算了，哥還是直接放在這裡讓你複習好了，你知道的，哥是暖男……

中文	英文	例句
A 暴露於 B	A be exposed to B	The power plant workers are worried that they **are exposed** to radiation. 電廠工作人員很擔心他們暴露於輻射中。
A 跟 B 有關係	A be related to B A be connected with B A be associated with B	The murder case **is related to** the robbery. 這個凶殺案跟這個搶劫有關。

A 致力於 B	A be dedicated to B A be devoted to B	The professor **was dedicated to** the invention of the machine. 這個教授致力於這台機器的發明。
A 跟 B 比較	A be compared with B	The twins **are** always **compared with** each other. 這對雙胞胎總是被互相比較。
A 涉入 B	A be involved in B	The judge is investigating whether the mayor is **involved in** the bribery case. 法官正在調查市長是否涉入這個賄賂案。
A 由 B 組成	A be composed of B A be made up of B ★ A **consist of** B	The committee **is composed of** several doctors and professors. 這個委員會是由幾位醫生和教授組成的。
A 座落於 B	A be located+ 地方介系詞 B A be situated+ 地方介系詞 B	The new department store **is located near** a tourist attraction. 這個百貨公司位於一個景點附近。
A 建立於 B 的基礎上	A be based on B	Our friendship **is based on** mutual belief. 我們的友誼是建立在互相信任的基礎上。

● **Practice** 題型二

1. The English learning application _____ by a group of English instructors and engineers is popular among English learners.
   (A) designing (B) is designed (C) will be designed (D) designed

2. Luggage _____ the weight limit cannot be carried on board.
   (A) exceeds (B) exceeded (C) exceeding (D) has exceed

3. Confirmation emails have been sent to people _____ for the medical conference.
   (A) registering (B) register (C) registered (D) have registered

4. Research indicates that salespeople _____ by bonuses are more likely to exceed their sales targets.
   (A) motivating (B) motivated (C) are motivated (D) have motivated

5. Market analysts find that smartphones _____ wide-angle cameras are more popular among consumers.
   (A) are featured (B) feature (C) featured (D) featuring

● 解析

1. **Ans: (D)**，選項跟動詞相關，但是題目只有一個句子，因此只能有一個動詞。題目已經有動詞 is，因此空格不能再是動詞，要刪掉 (B) 和 (C)。這時候看到空格前有名詞 "the English learning application"，可以想到分詞片語放在名詞後修飾。這一題可以用語意判斷，應用程式是被設計，因此選擇 (D)。
   譯 這個由一群英文教學者和工程師所設計的英文學習應用程式很受英文學習者的喜愛。

2. **Ans: (C)**，選項跟動詞相關，但是題目只有一個句子，因此只能有一個動詞。題目已經有動詞 "cannot be carried"，因此空格不能再是動詞，要刪掉 (A) 和 (D)。這時候看到空格前有名詞 luggage，可以想到分詞片語放在名詞後修飾。不要因為 luggage 是「事物」就選擇 p.p.。空格後面有受詞 "the weight limit"，表示在簡化為分詞片語前，形容詞子句是

主動，因此要選擇 V-ing 的選項 (C)。

(譯) 超過重量限制的行李不能拿到飛機上。

3. **Ans: (A)**，選項跟動詞相關，但是題目只有一個句子，因此只能有一個動詞。題目已經有動詞 "have been sent"，因此空格不能再是動詞，要刪掉 (B) 和 (D)。這時候看到空格前有名詞 people，可以想到分詞片語放在名詞後修飾。這一題可以用語意判斷，人們是主動報名參加會議的，因此選擇 (A)。

(譯) 確認郵件已經寄給報名參加這個醫療會議的人們。

4. **Ans: (B)**，選項跟動詞相關，空格在 that 子句後，that 子句已經有動詞 are，因此空格不能再是動詞，要刪掉 (C) 和 (D)。這時候看到空格前有名詞 "salespeople"，可以想到分詞片語放在名詞後修飾。不要因為 salespeople 是「人」就選擇 V-ing。空格後的 by 可以推測在簡化為分詞片語前，形容詞子句是被動，而且銷售人員是被紅利激勵，因此要選擇 p.p. 的選項 (B)。

(譯) 研究指出被紅利所激勵的銷售人員更有可能超越他們的目標銷售額。

5. **Ans: (D)**，選項跟動詞相關，空格在 that 子句後，that 子句已經有動詞 are，因此空格不能再是動詞，要刪掉 (A) 和 (B)。這時候看到空格前有名詞 smartphones，可以想到分詞片語放在名詞後修飾。不要因為 smartphones 是「事物」就選擇 p.p.。空格後面有受詞 "wide-angle cameras"，表示在簡化為分詞片語前，形容詞子句是主動，因此要選擇 V-ing 的選項 (D)。

(譯) 市場分析家發現主打廣角相機的智慧型手機更受消費者的喜愛。

● **Overall Practice**

Part 5

1. All the _____ candidates for Employee of the Year will be invited to the awards banquet.

(A) nominates (B) nominating (C) nomination (D) nominated

2. The column article on vision care was written by Morris Stevenson, an _____ physician.

   (A) experience (B) experiences (C) experiencing (D) experienced

3. Almost every attendee gave positive feedback to the conference _____ by Wuji Health Care Association.

   (A) was held (B) held (C) has held (D) holding

4. Mr. Stevenson's colleagues were _____ to know that he was going to retire.

   (A) surprise (B) surprisingly (C) surprised (D) surprising

5. The task _____ the negotiation on the merger terms was assigned to Mr. Simpson, who had prior experience in related matters.

   (A) involving (B) has been involved (C) involved (D) was involved

6. Members of the research and development group enjoyed the picnic and were glad that they could spend a _____ afternoon with their colleagues.

   (A) pleasant (B) pleased (C) to please (D) pleasure

7. The manager was _____ that a biochemist would join the research and development division.

   (A) delightful (B) delighted (C) to delight (D) delight

8. According to the research, most of the business owners _____ in the region mentioned mentioned a decline in sales due to the opening of the new shopping mall.

   (A) were surveyed (B) had surveyed (C) surveyed (D) surveying

● 解析

1. **Ans: (D)**，本題屬於分詞考題題型一。空格該選形容詞，但卻沒有形容詞字尾，因此想到分詞作形容詞的概念，要想到思考答案的順序，本題不是慣用語，也不是情緒動詞的分詞，因此可以用語意來思考，候選人是被提名，選擇 (D)。

   譯 所有被提名為年度最佳員工的候選人都會被邀請參加頒獎晚宴。

2. **Ans: (D)**，本題屬於分詞考題題型一。空格該選形容詞，但卻沒有形容詞字尾，因此想到分詞作形容詞的概念，要想到思考答案的順序，本題可視為慣用語，因此選擇 (D)。

    譯 這個關於視力保護的專欄文章是由 Morris Stevenson，一位有經驗的醫生，所寫的。

3. **Ans: (B)**，選項跟動詞相關，但是題目只有一個句子，因此只能有一個動詞。題目已經有動詞 gave，因此空格不能再是動詞，要刪掉 (A) 和 (C)。這時候看到空格前有名詞 conference，可以想到分詞片語放在名詞後修飾，屬於分詞考題題型二。這一題可以用語意判斷，會議是被舉辦，因此選擇 (B)。

    譯 幾乎每位參與者對於 Wuji 照護機構所舉辦的會議給了正面的回饋。

4. **Ans: (C)**，本題屬於分詞考題題型一。空格在 be 動詞後，該選形容詞，但卻沒有形容詞字尾，因此想到分詞作形容詞的概念，要想到思考答案的順序，本題在考動詞的情緒分詞。主詞 "Mr. Stevenson's colleagues" 是「人」，因此選擇 p.p. 選項 (C)。

    譯 Stevenson 先生的同事知道他將要退休時很驚訝。

5. **Ans: (A)**，選項跟動詞相關，但是題目只有一個句子，因此只能有一個動詞。題目已經有動詞 "was assigned"，空格不能再是動詞，要刪掉 (B) 和 (D)。這時候看到空格前有名詞 "the task"，可以想到分詞片語放在名詞後修飾。屬於分詞考題題型二。不要因為 task 是「事物」就選擇 p.p.。空格後面有受詞 "the negotiation on the merger terms"，表示在簡化為分詞片語前，形容詞子句是主動，因此要選擇 V-ing 的選項 (A)。

    譯 這個包含要協商合併事宜條約的任務被指派給 Simpson 先生，他之前有相關事務的經驗。

6. **Ans: (A)**，本題屬於分詞考題題型一。空格該選形容詞，選項 (A) 為形容詞字尾，因此選 (A)。

    譯 研發團隊的成員們很享受這個野餐，他們也很高興可以跟他們的同事們度過一個愉快的下午。

7. **Ans: (B)**，本題屬於分詞考題題型一。空格該選形容詞，選項 (A) 雖然為形容詞字尾，但選項跟情緒動詞相關這裡指的是人的感受，因此要搭配 p.p.，所以選 (B)。

譯 經理很高興一位生化學家將會加入研究發展部門。

8. **Ans: (C)**，選項跟動詞相關，但是題目只有一個句子，因此只能有一個動詞。題目已經有動詞 mentioned，因此空格不能再是動詞，要刪掉 (A) 和 (B)。這時候看到空格前有名詞 "the business owners"，可以想到分詞片語放在名詞後修飾。屬於分詞考題題型二。不要因為 the business owners 是「人」就選擇 V-ing。在研究中，人們應該是被調查者，因此要選擇 p.p. 的選項 (C)。

譯 根據研究，這個地區接受調查的大部分的經營者都提到因為新商場的開啟，銷售量有減少的趨勢。

三、

偶爾出現的文法概念

0%   100%

CH11 名詞子句

哥常會問來上課的朋友：「你知道為什麼文法會有『名詞子句』嗎？」很多回答都是：「考試會考啊！」OK，但哥還是要強調我們學英文不要只是為了考試，嗯⋯⋯不過你各位買這本書的主要目的應該就是考試。OK，拿個好成績，有成就感後增加學習動力也是很好的！⋯⋯我真是很會為自己打圓場⋯⋯。

文法都是因為人們溝通所需要而來的，名詞子句也是因為我們說話會用到這個文法。例如你會說：　我 知道 這個新聞。
　　　　　　　　　　　　　　　S　V　　O

「知道」會加上一個受詞。剛剛的句子中，「知道」後面的受詞是「這個新聞」。但是有時候「知道」後面可以加上一個句子。

例如我們可以說：我 知道 里長的家並沒有因為演唱會而劇烈搖晃。
　　　　　　　　　　S　V　　　　　　　　O

在這個句子中，「知道」也加上一個受詞，不過這個受詞的結構是一個「句子（有主詞和動詞）」 ── 里長的家並沒有因為演唱會而劇烈搖晃。受詞的詞性是「名詞」，所以「里長的家並沒有因為演唱會而劇烈搖晃」雖然是句子，但是已經變成了「名詞」來當作知道的受詞，所以稱為「名詞子句」，就是結構上是句子，但是用法跟「名詞」是一樣的。

哥總覺得，可能是因為大家可以獲得新聞資訊的方法太多了，所以很多網路上的新聞為了求點閱率，會故意下很誇張的標題。然後哥就被這些標題騙進去，然後讀完後才發現整個沒內容！例如這兩個新聞標題：
● 網紅挑戰 30 天不洗頭髮，結果驚人！
我的 OS：「難道那麼多天不洗頭髮，反而養出一頭秀髮嗎？」
答案揭曉──結論是頭髮很油！
● 薑母鴨的鴨肉為何都很柴，怎麼煮才好吃？網路神人解答。
我的 OS：「薑母鴨的鴨肉真的都很柴耶，有什麼好方法呢？」
答案揭曉──煮久一點！

　　有關「子句」的概念哥之前就說過了，不過再來嘮叨一次。學英文一定逃不了三大子句——副詞子句、形容詞子句、名詞子句。「副詞、形容詞、名詞」分別表示這三種子句的功能，雖然子句就是完整句子——有主詞和動詞，但是已經是當成「副詞、形容詞、名詞」使用，所以不能自己獨立，因此稱為「子句」。所以「名詞子句」就是**結構上是句子，但是當成名詞使用**。

　　既然名詞子句當成名詞使用，名詞能放在哪裡，名詞子句就可以放在哪裡。你各位思考一下，名詞可以放在哪裡呢？是不是就是主要這三個位置：

● 動詞前 ➔ 主詞
● 動詞後和介系詞後 ➔ 受詞
● 補語 ➔ 主詞補語（說明主詞狀態）、受詞補語（說明受詞狀態）

　　哥下面用這個表格，來說明名詞子句在句中的位置就是跟名詞一樣。

	名詞	名詞子句
主詞	**My mother** is a teacher. 　S　　　V 我媽媽是個老師。	**What you saw** was not real. 　　S　　　　V 你看到的並不是真的。
受詞	I hit **that boy**. 　V　　O 我打了那個男孩。	The student said **that he was pissed off.** 　　　　V　　　　　O 那個學生說他生氣了。
補語 （主詞 補語）	That is **my umbrella**. 　　V　S.C. 在說主詞 that 那是我的雨傘。	The truth is **that the lady is married**. 　　　V　　　　S.C. 在說主詞 the truth 事實是那位小姐已經結婚。

另外，在這個表格中，你各位有沒有注意到名詞子句可以有兩種形式的開頭，一種是用 that 引導子句，例如這兩句：

The student said <u>that he was pissed off</u>.

The truth is <u>that the lady is married</u>.

另一種是 wh- 疑問詞引導的子句，例如這句：

<u>What you saw</u> was not real.

名詞子句分成兩類，一種是用 that 開頭的「that 子句」，另外一種是「間接問句」。間接問句又分成兩種：「wh- 間接問句」和「yes / no 間接問句」，前者用「wh- 疑問詞」引導，後者用 whether 或 if「是否」帶出子句。其實會有這兩種間接問句不難理解，因為英文的問句本來就有兩種：「wh- 問句」和「yes / no 問句」。哥用這個圖表來整理給你各位看：

名詞子句
- that 子句，Ex: I know **that he is a singer.**
  我知道他是個歌手。
- 間接問句
  - wh- 間接問句，Ex: I want to know **where the singer lives**.
    我想知道這個歌手住在哪裡。
  - yes / no 間接問句，Ex: I wonder **whether he is a singer**.
    我想知道他是不是歌手。

知道名詞子句根本就跟名詞用法一樣，然後了解名詞子句的類型，其實就對這個文法有概念了。這裡的重點不是在選擇題，多益 Part 5 和 Part 6 其實不常考「名詞子句」。但在閱讀中是很重要的，哥這裡有幾個句子，你各位來看看是不是可以分析句型。但哥還是要提醒你喔，分析句型的目的是為了要看懂句子，在看文章的時候看不懂句子才需要分析句型，不要走火入魔了。

● I would like to know <u>when I should return my car</u>.

我想知道**我什麼時候該還車**。

→ 這個例句中，「wh- 間接問句」 "when I should return my car" 當作動詞 know 的受詞。

● Whether some provisions of the previous contract should be amended will be discussed in the meeting.

上一份合約中的一些條款是否該修改將會在會議中討論。

→ 這個例句中,「yes / no 間接問句」 "whether some provisions of the previous contract should be amended" 當作整句話的主詞。整句話的主要動詞是 "will be"。

● What amazed the audience was that innovalive technology was integrated into the concert to create unprecedented visual effects.

讓觀眾驚豔的是演唱會融合了創新的科技來創造出空前的視覺效果。

→ 這個例句用到了兩個名詞子句,「wh- 間接問句」 "what amazed all the audience" 當作主詞。主要動詞是 be 動詞 was,然後加上「that 子句」當作主詞補語來說明主詞,說出是什麼讓觀眾驚豔。

如果你各位可以讀懂上面的例句,就來跟哥了解這兩種類型的名詞子句的一些小細節。

Ch6、Ch9 以及本章節都有談論到子句。哥再很囉唆的提醒你一次一些相關的重要概念:

1. 雖然子句分成三種,但不必在乎是否看得出來「副詞子句」。「形容詞子句」和「名詞子句」才需要判斷出來,因為這兩者比較可能在閱讀中造成困擾。

2. 「副詞子句」可以直接解讀為「從屬連接詞」連接兩個句子。副詞子句有個特色就是可以放在整個句子的句首,打上逗號後,後面再加上主要句子。

連接詞的部分，別忘囉，就分成兩種：「對等連接詞」和「從屬連接詞」。「對等連接詞」的重點放在 and、so、but、yet、or，其他的就都是「從屬連接詞」。

3. 「形容詞子句」和「名詞子句」都是由 wh- 字詞或 that 所引導。因此看到 wh- 字詞或 that 所引導的子句大部分就可以認定為「形容詞子句」或「名詞子句」。至於如何區分二者，要看子句所在的位置：

● 放在名詞後面修飾該名詞的子句就是「形容詞子句」。
● 可以放在名詞位置的子句就是「名詞子句」，因為名詞子句就當成名詞使用。

I　that 子句 重點一樣放在理解句子

(I) 虛主詞 it

　　在 CH7 「不定詞和動名詞」有提到不定詞或動名詞作主詞的時侯，因為英文不喜歡「頭重腳輕」的結構，因此可以將主詞移至句尾，並且主詞的部分用虛主詞 it 先應付應付。用一個例句來複習這個概念：

To do exercise every day is important.　每天運動是重要的。

➡ It is important to exercise every day.

　　充場面用的「虛主詞」　　眞正的主詞移到句尾

「that 子句」作主詞的情況也是一樣的。例如這個句子：

That he was laid off shocked all of us. 他被解雇讓我們很驚訝。

→It shocked all of us that he was laid off.

充場面用的「虛主詞」　　　　　真正的主詞移到句尾

如圖示，主詞 "that he was laid off" 可以移到句尾，主詞的部分用虛主詞 it 先代替。概念都是一樣的，因為主詞結構太長的情況下，就會有這樣的文法產生。

當然，不只是「that 子句」有這樣的規則，「wh- 間接問句」和「yes / no 間接問句」也會看到這樣的句子。例如：

Whether he will come to the party or not is not important.
他是否會來派對並不重要。

→It is not important whether he will come to the party or not.

這個例句道理是一樣的，哥就不再把剛剛的解釋複製貼上給你看了。……糟糕，說出祕密了……等一下聊到「間接問句」的部分就不會把這個文法再說一次囉！

(II) 直接加在動詞後面的「that 子句」的 that 可以省略

要接在動詞後面可能會有兩種情況：「that 子句」當作「受詞」或「主詞補語」。例如之前提到過的例句：

The student said (that) he was angry.
The truth is (that) the lady is married.

這兩個例句中，第一個例句和第二個例句的「that 子句」分別是當作「受詞」或「主詞補語」，直接接在在動詞 said 和 is 後面，因此 that 是可以省略的。因此你各位如果下次遇到一個句子裡面沒有連接詞也沒有子句的情況下有兩個動詞，可以思考一下是不是「that 子句」的 that 省略了。

(III) 形容詞 +「that 子句」

　　哥一直跟你各位強調名詞子句就是名詞，所以名詞在句子中可以放什麼位置，名詞子句也可以。不過就只有 (III) 這個用法，「that 子句」和名詞的用法不一樣。這個用法是經過一些句子結構上的省略而來的，但這裡哥先不深入討論，因為其實文意上不難理解。例如：

The general manager is aware that streamlining administrative procedures can reduce costs.
這個總經理知道精簡公司行政流程可以減少開銷。

Most people are convinced that they can lose weight by doing exercise.
很多人相信他們可以藉由運動來減重。

Mr. Thomas is delighted that he will be promoted to the head of the marketing department.
Thomas 先生很高興他將會被升遷為行銷部門的主管。

　　這三個例句分別是在形容詞 aware「知道的」、 convinced「相信的」和 delighted「高興的」後面加上「that 子句」。只要照著字面順序讀句子，也能理解文意。

　　你各位除了會看到有的形容詞會加上「that 子句」，也會看到「形容詞 + 間接」：

Mr. Thomas is uncertain whether he is qualified for the job.
Thomas 先生不確定他是否有資格做這份工作。

　　等一下聊到「間接問句」的部分就不會再把這個用法再說一次囉！

II　間接問句： wh- 間接問句　重點一樣放在理解句子

　　「wh- 間接問句」是由「wh- 疑問詞」引導名詞子句。有些跟「that 子句」共同的重點這裡就不再贅述。「wh- 間接問句」的部分，哥有兩個重點要跟你各位聊。

(I)「wh- 間接問句」簡化為「不定詞片語」

　　有時看到「wh- 間接問句」被簡化為 "wh- to V" 的結構。兩者語意是一樣的。例如：

> The recruits asked their supervisors **when they should get to the office every day.**
> = The recruits asked their supervisors **when to get to the office every day.**
> 新進人員問他們的主管每天要什麼時候到辦公室。

　　這個例子中，第一個句子是「wh- 間接問句」 "when they should get to the office every day"，可以簡化為第二句的 "wh- to V" 結構 "when to get to the office every day"，兩句話的語意是一樣的。

　　(II) whatever、whoever、whichever 引導的名詞子句

　　Whatever「任何……的東西、事情」、whoever「任何……的人」、whichever「任何一個」可以引導名詞子句。例如：

> Whoever exceeds the sales target will get a bonus.
> 　　　　　　　S　　　　　　　　　　　　　V
> 任何超過銷售業績的人都會得到紅利獎金。
>
> You can take whatever you want in the box.
> 　　　V　　　　　　　O
> 你可以拿箱子裡任何你想要的東西。

　　第一個例句， "whoever exceeds the sales target" 當作整句話的主詞；而在第二個例句， "whatever you want in the box" 當作整句話的受詞。

　　很多文法書聊到 whatever、whoever、whichever 的時候，會提到一個文法名稱叫「複合關係詞」，但請你各位無須理會這個名稱，以考多益而言，這裡的重點是能解讀句子並且了解語意，然後大概理解 whatever、whoever、whichever 是引導名詞子句，因為拿剛剛的例句來說，whoever 引導的子句是當作整句話的主詞，而 whatever 引導的子句是當作整句話的受詞，所以都是名詞子句（能放在「主詞」和「受詞」的位置就是名詞）。千萬不要把文法搞複雜了！

　　還記得哥在 CH6 連接詞的章節，也有聊到「從屬連接詞」"no matter what"、"no matter who" 和 "no matter which" 嗎？也提到他們也可改寫為 whatever、whoever、whichever。在那個章節也提到，可以改寫為 "no matter wh-" 的 wh- ever 會用在「副詞子句」，翻譯為「不論……」或「不管……」。因此，用在副詞子句的時候，whatever、whoever、whichever 分別翻譯為「不論什麼」、「不論誰」、「不論哪一個」。例如：

> **No matter what** you decide, you have to be responsible for your decision.
> = **Whatever** you decide, you have to be responsible for your decision.
> 不論你做什麼決定，你都要為你的決定負責。

　　這個例句中，"no matter what you decide" 可以改成 "whatever you decide"，當作副詞子句用（還記得哥跟你說過可以放在句首打逗點的子句就是「副詞子句」嗎？）

　　哥拜託你各位這裡的重點，請放在讀懂意思就好，不要一直鑽研是什麼子句，除非你讀不懂句子意思，才需要分析句子結構。另外，哥也希望你各位思考一個問題，就是哥知道很多文法書會一直強調用在名詞子句的 whatever、whoever、whichever 要翻譯為「任何……」，而放在副詞子句的要翻譯為「不論……」，但是，這兩者意思真的有差那麼多嗎？哥把剛剛提到過的例句，挑個兩句分別寫成名詞子句和副詞子句，你參考看看：

> ──────────► 名詞子句（做主詞用）
> Whoever exceeds the sales target will get a bonus.
> 　　　　　　S　　　　　　　　　　　V
> 任何超過銷售業績的人都會得到紅利獎金。
>
> ──────────► 副詞子句
> Whoever exceeds the sales target, he or she will get a bonus.
> 不論誰超過銷售業績，他都會得到紅利獎金。

名詞子句（做受詞用）

You have to be responsible for whatever you decide.
　　　　　　　　　　介　　　　　　O
你必須為任何你做的決定負責。

副詞子句

Whatever you decide, you have to be responsible for your decision.
不論你做什麼決定，你都要為你的決定負責。

　　這兩組的比較，句子的結構是不同的，但是意思有太大的差別嗎？這個問題就留給你各位思考了。

III 間接問句：yes / no 間接問句 〔重點一樣放在理解句子〕

　　「yes / no 間接問句」是由 whether 或 if「是否」帶出子句。有些跟「that 子句」共同的重點這裡就不再贅述。「yes / no 間接問句」的部分，哥有三個重點要跟你各位聊：

(I)「yes / no 間接問句」可以在句尾加上 "or not"
　　如標題，「yes / no 間接問句」可以在句尾加上 "or not"，不過意思跟不加上 "or not" 是沒有差別的。例如：

Whether he will come to the party (or not) is not important.
他是否會來派對並不重要。

　　這個例句最後不管有沒有加上 "or not" 都不會影響語意。
　　試著分析句子吧。這個例句是用名詞子句作「主詞」，看得出來嗎？

(II)「yes / no 間接問句」簡化為「不定詞片語」

　　「yes / no 間接問句」可簡化為 “wh- to V” 的結構。例如：

John asked me whether he should come to the meeting.
= John asked me whether to come to the meeting.
John 問我他是否該來開會。

　　在這個例句中，第二個句子簡化為 “whether to come to the party” 跟第一個句子的語意是一樣的。

(III) whether 和 if 用在「副詞子句」時，意思不同

　　如標題，whether 和 if 也可以用在「副詞子句」。哥在 CH6 連接詞的章節有跟你各位提過用在「副詞子句」時，whether 翻譯為「不論」或「不管」；if 翻譯為「如果」。例如：

Whether we go by taxi or by subway, we are going to be late for the meeting.
= We are going to be late for the meeting whether we go by taxi or by subway.　不管我們搭計程車或地下鐵，我們開會都會遲到。
If it is sunny tomorrow, I will go swimming.
= I will go swimming if it is sunny tomorrow.
如果明天是晴天，我會去游泳。

　　這兩個例句的 whether 和 if 都用在「副詞子句」，意思會跟用在「名詞子句」的 whether 和 if 表達「是否」的意思不一樣。你各位要留意喔！

　　那要怎麼判斷 whether 和 if 所在的句子是名詞子句還是副詞子句？記得，「名詞子句」就表示這個子句當名詞用，所以如果這個子句出現在主詞、受詞等位置，表示這個子句是名詞子句，即 whether 和 if 是用在名詞子句，翻譯為「是否」。「副詞子句」（就是「從屬連接詞 + 句子」的結構）會接在一個完整的句子後面，而且副詞子句在句中可以有位置上的改變（放在一個完整句子後，或是放在句首打上逗號再接主句）。

哥這裡用 whether 之前提過的例句跟你各位做比較，試試看用哥剛剛解釋的方法是不是能判斷 whether 所在的子句，並且了解 whether 的語意：

（名詞子句）

Whether he will come to the party or not is not important.
他是否會來派對並不重要。

（副詞子句）

We are going to be late for the meeting whether we go by taxi or subway.
= Whether we go by taxi or subway, we are going to be late for the meeting.
不管我們搭計程車或地下鐵，我們開會都會遲到。

Part 2 多益怎麼考 〈 700 分以上看一下！ 〉

　　這個文法的重點真的是句子解讀，在多益考試 Part 5 和 Part 6 中的名詞子句考題真的很少，不過很偶爾很偶爾還是會看到，或是非官方的多益題本也會做到。如果不是追求 700 分以上的話，真的可以忽略這個 Part 。不過哥知道你各位有很多人想要奪金，這裡就來快速聊聊考題重點：

1. 哥做過的考題中，發現名詞子句會考在受詞的位置，也就是說出現在動詞後或介系詞後。並且常常考該填入哪個 wh- 疑問詞，或是 whether。因此如果空格在動詞後或介系詞後，空格後似乎又是個句子，就可以聯想到名詞子句。例如這個題目：

I want to know _____ will attend the conference next week.
(A) whether (B) though (C) because (D) who

這個題目中，空格前面有動詞 know，空格後似乎有句子，因為看到了時態。動詞後的子句就可以想到是名詞子句，而名詞子句都是 that 或 wh- 為首，因此就將 (B) 和 (C) 刪除。剩下兩個選項可以用語意的方式判斷，選擇 (D) 較洽當。這個例題完整如下：

I want to know **who** will attend the conference next week.
我想知道下禮拜誰會參加會議。

2. 有時候空格會在句首。當你發現空格在句首，而且題目有兩個動詞，表示很有可能是考「名詞子句做主詞」的概念。你有發現在上一個重點的例句中，多益考題會很奸詐用其他從屬連接此來混淆你各位嗎？不過如果空格是在受詞的位置很好判斷，受詞就是出現在動詞後或介系詞後，可以直接把不是 wh- 或 that 的選項刪除。

不過如果空格在句首，你各位就要小心了。「名詞子句可以放在句首作主詞」這件事情哥相信你在這個章節聽我嘮叨到很熟悉了。不過還記得嗎，「副詞子句」也可以放在句首，例如：

Because I was sick, I didn't go to school.

如果選項同時有 wh-、 that 和其他用在副詞子句的從屬連接此的選項，你各位可能就會擔心了。不過真的一秒就破解了，還記得副詞子句放在句首的時候會打「逗點」嗎？千萬不要小看這個鳥屎般大小的符號，真的 hen 重要！**有逗號的是副詞子句，要往「從屬連接詞」的方向思考；沒有逗號的是名詞子句，要往 "wh-" 或 "that" 的方向思考！**

這裡有兩個例題：

● _____ he can't attend the meeting next week, I will make a presentation on his behalf.

(A) Whether (B) Because (C) How (D) After

● _____ can't attend the meeting next week has to obtain permission from their supervisors.

(A) Because (B) Whoever (C) Whatever (D) Before

第一個例題有逗號，不是名詞子句，因此將 wh- 或 that 的選項刪除 (C)。要注意喔，(A) Whether 翻譯為「不論」的時候適用在副詞子句，因此可以考慮。接著用語意判斷，可以選出 (B) 較符合語意。第一題完整句子如下：

Because he can't attend the meeting next week, I will make a presentation on his behalf.
因為他下禮拜無法參加會議，我將代表他報告。

第二個例題，可以看到選項都是可以連接句子，空格在句首，沒有逗號，表示考題是名詞子句當作主詞，因此只考慮 (B) 和 (C)。判斷語意後可以選出 (B)。第二題完整句子如下：

Whoever can't attend the meeting next week has to obtain.
　　　　　　　　S　　　　　　　　　　　　　V
permission from their supervisors.
任何不能參加下禮拜會議的人要得到他們主管的允許。

剛剛哥講解中，你各位對「副詞子句」還不懂得地方，要去 CH6 提到「從屬連接詞」的部分把觀念搞清楚喔！

● Overall Practice

Part 5

1. Only the general manager can decide _____ to merge with Star Electronics.

   (A) so that (B) in case (C) whether (D) unless

2. The committee members have yet to decide _____ can be nominated for the award.

   (A) who (B) what (C) since (D) though

3. _____ amazed the employees most in the newly-renovated office was the beautifully designed bookshelves.

   (A) Who (B) What (C) Since (D) Though

● 解析

1. **Ans: (C)**，選項 (A)、(B)、(D) 後面要加上完整句子，而名詞子句可以簡化為不定詞片語形成 "wh- to V" 的形式。而且空格在動詞後，因此可以加上名詞子句作為受詞。所以選擇 (C)。

   譯 只有總經理可以決定是否要跟 Star 電子公司合併。

2. **Ans: (A)**，空格在動詞後，空格後又有動詞，因此表示題目有子句的結構。空格前的 decide 需要一個受詞，使語意完整。因此可以知道空格和之後的句子結構跟「名詞子句」相關。因此選擇 wh- 或 that 的選項 (A) 或 (B)。搭配語意可以知道 (B) 較恰當。

   譯 委員會成員還沒有決定誰能被提名得到這個獎。

3. **Ans: (B)**，這個句子有兩個動詞 amazed 和 was，因此表示有子句的成分。空格在句首，沒有逗號，表示考題是名詞子句當作主詞，因此只考慮 (A) 和 (B)。判斷語意後可以選出 (B)。

   譯 在剛翻新好的辦公室中，最讓員工驚豔的是設計漂亮的書架。

哥 來 跟 你 聊聊

多益考試大哉問—考前篇

Q1. 英文雜誌或是看英文新聞,例如 CNN ,對考多益是有幫助的嗎?

A1. 讀英文雜誌或是看英文新聞一定會讓英文進步的。但進步的是整體的英文能力,所以可以幫助到任何英文考試,包括多益、托福等。但這種培養整體英文能力的方式是漸進式的,是慢慢累積的。如果希望直接對多益做最有效而且最快速的準備,那一定是閱讀專門為多益考試編寫的書籍以及大量練習多益題本,這是最快可以熟悉多益考試的方法。如果你正在看這本書,表示你方法對了。好的開始是成功的一半!加油!

Q2. 如何增加閱讀部分的答題速度?

A2. 多益要考高分,在閱讀部分答題一定要「快、狠、準」,缺一不可。閱讀部分一定要把握 Part 5 和 Part 6,熟悉多益核心單字和這本書提到的文法概念,就可以在 Part 5 和 Part 6 快速作答,留下多一點時間給 Part 7。Part 7 的閱讀測驗,除了也是一定要熟悉多益核心單字外,真的就是要很勤勞的寫題目,因為寫多了就會發現多益文章的內容常常會有類似的概念。但 Part 5 和 Part 6 的熟練度和速度真的比 Part 7 好培養很多,你各位一定要好好把握啊!

Q3. 要做幾回模擬試題才夠?

A3. 這個沒有明確的答案,每個人的狀況不同。但哥覺得有時候考試就是求個心安。題目就是做到自己覺得問心無愧了,知道自己有好好準備這次考試了,這樣最重要。不過寫題本有三個很重要的地方,希望你各位要這樣執行:

1. 一定要計時，而且閱讀的時間給自己 **70** 分鐘就好。覺得自己程度不錯的朋友可以給自己 **65** 分鐘就好。

2. 一定要一氣呵成寫完一回題目。哥知道你各位都很忙，而且多益題目真的很考驗耐心和精神。哥在考場有看過旁邊的考生考完聽力部分後就開始熟睡。所以一定要在模擬試題的時候就習慣這樣的「疲憊感」。你或許可以一開始做模擬試題的時候，考完聽力休息一下在寫閱讀，但是聽力和閱讀分別都要一次寫完，不要分次寫。

3. 哥覺得其實累的不是寫題本，而是檢討。模考後的檢討是不能避免的步驟。因為透過這個步驟才會知道自己粗心的程度或是常常錯在什麼題目，也順便把不會或忘記的單字註記。但檢討真的是很繁瑣的步驟啊！

　　哥真的覺得，有些事情真的撐下去就是你的。而且考試除了努力之外，真的還是需要那一點運氣。哥在補教打滾了這些年，看過很多朋友準備多益後我發現如果你真的讀得很認真，這些能量真的都是有累積起來的，只是不一定在哪一次考試爆發出來。不要因為一兩次沒有達到自己的目標就放棄了。我不會跟你說「一分努力一分收穫」，因為我們長大後就會知道這句話過分樂觀，就跟「錢買不到快樂」一樣荒謬！……好厭世的作者 XDD ……

　　應該是說，雖然一分努力不一定會有等同的收穫，但經過努力的過程，我們至少可以知道自己哪一個部分是不足的，就可以對症下藥。讓我們一起堅持下去吧！

四、

令人
聞之色變
的題型

0%   100%

CH12 第六部分

恭喜總算看到最後一個章節了！相信各位有毅力看到最後一個章節，離你心目中的理想分數也不遠了！

Part 1 解題技巧

第六部分其實也是在考單字和文法而已，只是考題融合在一篇文章中以克漏字的方法呈現。文章可以是一篇廣告、公告、新聞、或是一封信等。多益在 2018 年改制後，在這一部分多了一個句子插入的題目，這個題目在閱讀測驗也會出現。這個題目讓很多考生很苦惱，因為會搭配四個選項然後把文章從頭到尾看一遍，然後覺得好像每個選項都不錯。哥在這個章節就特別聊聊句子填空的解題技巧。你各位抓住三不和一個概念：

1. **不跳 tone**：空格的句子一定跟前後句相關。前面後面在聊什麼，基本上空格的句子也會在談論相關概念。

2. **不發瘋**：空格的句子和文章內容不會衝突。例如，如果這篇文章是一封信，信裡面有請對方做選擇（參加會議的日期或要不要合作等），錯誤的選項常出現已經幫對方做選擇了。選這個選項的話，不就表示寫信人不就是腦袋燒壞了嗎？

3. **不囉嗦**：多益的文章不會囉哩囉唆，說過的內容說一次就好。所以前文或後文會出現的內容如果是選項的話，也不要選。

4. 如果空格在第一句，基本上會告知這篇文章主要在說什麼。有的題目空格在最後一句，看是什麼題材而訂。例如廣告最後常會告知消費者優惠訊息，或是給店家網址讓消費者更清楚相關的服務。如果是寫信詢問對方事情，最後常會表達很期待盡快收到對方回覆。如果這篇文章是表達公司有什麼樣的事情可能會打擾到客戶（例如公司翻新或公司網路要維護所以暫停服務），那最後常會表達歉意，因為造成對方不便。

看完這幾個點後，哥等等再來跟大家聊兩個更深入看答案的方法，先來給你各位一篇文章再來進行說明。

雖然有些人可能跟哥活在不同世代，但某些共同的回憶應該會有吧？例如哥發現不管哪個世代的孩子，一定會有跟「巧虎」的美好回憶。「多啦A夢」應該也是不分世代的卡通吧？哥記得有個法寶是記憶吐司，所以哥也來做個白日夢，來發明記憶麵包……。

Alex Yao, the founder of ETALEX, will partner with Yummy Bakery and Star Technology to develop a kind of bread that can help English learners to memorize English words. As English learners eat the bread, which is implanted with a special chip, the English words that the learners want to memorize can be digested with the bread, enabling English learners to memorize these words and considerably facilitating learning. Many English learners are excited about the development of the product, and expect that it can be available on the market soon. However, many English teachers consider that the product should not be developed. They are even thinking about asking the government to prohibit Alex Yao from releasing the product.

給你幾個單字的意思讓你看文章更順利：
implant (v.) 植入、chip (n.) 晶片、digest (v.) 消化、prohibit (v.) 禁止

內 容 翻 譯

ETALEX 的創辦人 Alex Yao 將會跟 Yummy 麵包店和 Star 科技公司合作，來研發一種能幫助英文學習者背單字的麵包。當英文學習者吃這種植入特別晶片的麵包時，學習者想背起來的英文單字就能跟著麵包消化，使英文學習者可以記憶這些字，並且相當程度地促進學習。很多英文學習者對於這個產品的研發很興奮，並且期待可以很快上市。然而，很多英文老師認為不應該研發這個產品。他們甚至考慮要求政府禁止 Alex Yao 推出這項產品。

I 代名詞

　　句子填空常常出現代名詞的觀念。可能是答案的句子有代名詞，要能搭配空格前的句子的指涉對象，或是空格後的句子有代名詞，要確定選到的答案可以和後面句子的代名詞做搭配，用文字總是很難表達。這裡就來實戰演練：

> 　　Alex Yao, the founder of ETALEX, will partner with Yummy Bakery and Star Technology to develop a kind of bread that can help English learners to memorize English words. As English learners eat the bread, which is implanted with a special chip, the English words that the learners want to memorize can be digested with the bread, enabling English learners to memorize these words and considerably facilitating learning. Many English learners are excited about the development of the product, and expect that it can be available on the market soon. However, many English teachers consider that the product should not be developed. _____ .

　　雖然你各位已經知道答案了，不過哥還是給四個選項讓你思考一下為什麼其他三個選項不適合：

(A)Sales of the product have been at an all-time high.

　　這個產品的銷量一直很高。

(B)They are even thinking about asking the government to prohibit Alex Yao from releasing the product.

　　他們甚至考慮要求政府禁止 Alex Yao 推出這項產品。

(C)They have tasted the bread before.

　　他們之前品嘗過這款麵包。

(D)Mr. Yao himself is also an English teacher.

　　Yao 先生自己也是一位英文老師。

● 先思考整篇文章說過的內容，然後刪除和文章內容衝突的選項。

→ 從文章可以知道這個產品只是在研發階段，還未上市。因此 (A) 和 (C) 與文章內容有衝突，因此刪除。

● 看清楚空格前後文在談論什麼。這個題目是最後一個句子，所以只要看前一句。

→ 前一個句子在說英文老師們認為這個產品不該被研發。因此題目的句子應該優先選擇這些英文老師們對這個產品看法的相關選項。因此選擇 (B)。(B) 的 they 也可以指涉到前一個句子的 "many English teachers"。選項 (D) 則和上一個句子沒什麼關聯。

II 連接副詞

這個題目也常考各位對連接副詞的理解。哥在 CH1「詞性判斷」跟你各位聊過這種副詞，這種副詞是在連接上下文的語意。哥再提醒你一次這類的副詞有哪些：

此外	in addition、additionally、besides、furthermore、moreover、also
然而	however、nevertheless、nonetheless
因此	as a result、as a consequence、consequently、 thus、hence、therefore
相反地	conversely、on the contrary、in contrast
在此同時	meanwhile、in the meantime
同樣地	likewise、similarly
另一方面	on the other hand
換句話說	in other words
舉例來說	for example
否則	otherwise

有的時候是題目的選項有這種副詞，或是題目的下一個句子有這種副詞。來練習看看吧：

Alex Yao, the founder of ETALEX, will partner with Yummy Bakery and Star Technology to develop a kind of bread that can help English learners to memorize English words. As English learners eat the bread, which is implanted with a special chip, the English words that the learners want to memorize can be digested with the bread, enabling English learners to memorize these words and considerably facilitating learning.Many English learners are excited about the development of the product, and expect that it can be available on the market soon. _____ . They are even thinking about asking the government to prohibit Alex Yao from releasing the product.

這裡也給你各位四個選項來選：

(A)However, many English teachers consider that the product should not be developed.

然而，很多英文老師認為不應該研發這個產品。

(B)Many English teachers also anticipate the launch of the bread product.

很多英文老師也期待這個麵包產品的推出。

(C)Additionally, those who have tasted the bread love its flavor.

此外，品嘗過這款麵包的人喜愛它的風味。

(D)Mr. Yao hasn't yet announced when the bread product will be released.

Yao 先生目前還未宣布什麼時候會推出這款麵包產品。

⊙**這樣思考答案**

● 先思考整篇文章說過的內容，然後刪除和文章內容衝突的選項

→ 從文章可以知道這個產品只是在研發階段，還未上市。因此 (C) 與文章內容有衝突，因此刪除。

●看清楚空格前後文在談論什麼

→ 前一句在說英文學習者期待這個產品儘早上市。不過後面一句的語意似乎

對這個產品是抱有相反的看法。因此選擇 (A) 最恰當。因為 however「然而」就有表達「轉折」的語氣。選擇 (B) 會無法和下一個句子連貫。(D) 則是和前後兩句沒有什麼關聯。

另外，哥要提醒你各位一個在 CH1 也提過的文法。連接副詞最常見的用法是當作句首副詞。句首副詞放在句首並打逗號，後接完整句子。例如：

> I was sick yesterday. **Therefore**, I didn't go to school.
> 我昨天生病，因此，我沒去學校。

這裡重點是，**如果看到題目空格後面有逗點，然後再加上句子，要選擇副詞，不能選介系詞或連接詞喔！**

還記得哥在 CH6 「連接詞」的章節跟你各位聊過一種很重要的題目——「介系詞 + 名詞」、「連接詞 + 句子」——所以介系詞和連接詞後面都不會直接打逗點。

Part 2 綜合練習

● **Overall Practice**

Questions 1 – 4 refer to the following letter.

Rita Smith
Great Plains Lane
Houston, TX 77064

Dear Ms. Smith,

We are ___1___ to offer you the position as a product developer. Your outstanding resume and ___2___ working experience are impressive. After the interview last Friday, we are firmly convinced that you will be an ___3___ to Novel Technology and bring fresh ideas to the development of our products.

Please note that all the new hires are required to attend an orientation session. There are two sessions for you to choose from – August 1st and August 2nd. ___4___ .

Congratulations and welcome aboard!

Sincerely,

Ruth Eisenberg
Human Resources Director, Novel Technology

1. (A) delightful
    (B) delighted
    (C) delight
    (D) to delight
2. (A) prior
    (B) adjacent
    (C) approximate
    (D) prospective
3. (A) accessory
    (B) asset
    (C) amateur
    (D) attendant
4. (A) Thirty new employees will attend the orientation session.
    (B) We'll see you on August 1st.
    (C) You can consult the employee brochure for information about employee benefits.
    (D) Registration for either of the sessions should be completed online by July 20th.

● 解析

1. **Ans: (B)**，空格前有 be 動詞，可放形容詞。雖然 (A) 是形容詞，但這題是情緒動詞相關，可以想到「人」感受到的情緒要搭配情緒動詞的 p.p.，因此選擇 (B)。

2. **Ans: (A)**，這一題為單字題。配合文意，可以知道要表達的意思是「之前的」工作經驗。

3. **Ans: (B)**，這一題為單字題。配合文意，可以知道要表達的意思是公司相信 Smith 小姐將會是公司的人才「資產」。

4. **Ans: (D)**，空格前面在談論新人訓練，並且提到有兩個時段可以做選擇，因此空格的句子應該要順著這個內容，要 Smith 小姐在 7 月 20 號前上網報名要參與的日期。選擇 (C) 完全脫離了前一句談論的內容；(A) 雖然也提到新人訓練，但跟 Smith 小姐沒有什麼關係；(B) 則是邏輯不對，上一句才給對方兩個日期做選擇，所以日期還未確定。

    譯 (A) 三十名新進員工將會參加新人訓練。

    (B) 我們 8 月 1 號見。

    (C) 您可以參考員工手冊了解關於員工福利的資訊。

    (D) 任一時段的報名必須要在 7 月 20 日前在上網完成。

內 容 翻 譯

Rita Smith

Great Plains Lane

Houston, TX 77064

親愛的 Smith 小姐：

　　我們 (1) 很高興給您產品研發人員的職位。您出色的履歷和 (2) 之前的工作經驗令人印象深刻。在上個禮拜五的面談後，我們確信您將會是 Novel 科技公司的人才 (3) 資產，並且對我們產品研發帶來嶄新的想法。

在此通知您，所有的新進人員都要參加新人訓練。有兩個時段讓您選擇——8 月 1 號以及 8 月 2 號。(4) 要在 7 月 20 以前上網完成報名任一時段。

恭喜您並且歡迎您加入我們的公司

Novel 科技公司人力資源部門主任
Ruth Eisenberg 敬上

Questions 5 – 8 refer to the following letter.

MUNICH (10 November) – Jacky Peterson, the CEO of Star Electronics, announced his retirement yesterday after the ___5___ of the company's latest laptop model – Speed X. ___6___ . According to the corporate spokesperson, Mr. Peterson ___7___ his retirement with the board for several months. The president respected Mr. Peterson's decision and extended gratitude for his 40-year ___8___ .

Though the spokesperson didn't reveal who would take over
Mr. Peterson's position, many market analysts considered that the general manager of the company, John Wilson, could be one of the candidates.

5. (A) reward
   (B) association
   (C) launch
   (D) commitment

6. (A) The news was actually not surprising to the board of Star Electronics.

   (B) Mr. Peterson hadn't made the final decision on his retirement.

   (C) The new laptop will soon be available on the market.

   (D) The board wasn't notified of the news.

7. (A) discuss

   (B) was discussed

   (C) would have discussed

   (D) had been discussing

8. (A) contribution

   (B) contribute

   (C) contributive

   (D) contributed

● 解析

5. **Ans: (C)**，這一題為單字題。 配合文意，可以知道要表達的意思是「推出」公司最新型號的筆記型電腦。

6. **Ans: (A)**，雖然空格前面有提到公司發表新產品，但可以知道前一句的重點是 Jacky Peterson 宣布要退休。因此不適合選擇 (C)。此外，從之後的內容可以看出 Jacky Peterson 已經決定要退休，而且董事會也知情，所以 (B) 和 (D) 不是答案。

   譯 (A) 這個消息對 Star 電子公司的董事會並不意外。

   (B) Peterson 先生還沒有對退休的事做出最後決定。

   (C) 新筆電將會很快上市。

   (D) 董事會沒有被告知這個消息。

7. **Ans: (D)**，這一題考動詞的概念，要思考三個概念：「主詞動詞一致」、「主動被動」和「時態」。 可由「主詞動詞一致」刪去 (A)；可由「主動被動」刪去 (B)。另外，選項 (C) "would have discussed" 是「助動詞 have + p.p.」的結構，這個結構常會表達「與過去事實相反」。寫多益題目的時候可以先刪去這樣的選項，因為多益考試真的極少出現「與事實相反」的概念。

8. **Ans: (A)**，觀察選項可以知道該題是考詞性判斷的概念。空格前面有所有格 his，因此知道要選擇名詞選項。

内 容 翻 譯

【慕尼黑（11 月 10 日）】Star 電子公司的執行長 ——Jacky Peterson—— 在昨天該公司 (5) 發表了最新的筆電型號 ——Speed X——之後，宣布退休。(6) 這個消息對 Star 電子公司的董事會並不意外。根據公司發言人，Peterson 先生已經跟董事會 (7) 討論他的退休好幾個月了。總裁尊重 Peterson 先生的決定，並且對於他 40 年來的 (8) 貢獻表達感謝。

　　雖然發言人並沒有透漏誰將接替 Peterson 先生的位置，很多市場分析家認為公司總經理—— John Wilson——可能會是人選之一。

Questions 9 – 12 refer to the following letter.

Memory Creator Inc.

Memory Creator helps your company plan all types of events. Whether you want to hold a casual gathering or training sessions for your employees, simply tell the purpose of the event to our creative consultants, and they can make a plan for you. ___9___ , our consults can design activities with specific goals such as team-building activities ___10___ encourage collaboration among employees.

As well as event planning, we take care of everything from setting up and cleaning up the venue to contacting ___11___ companies to provide food for your event. ___12___ .

9. (A) In the meantime

(B) As well as

(C) Additionally

(D) Even if

10. (A) which

(B) those

(C) what

(D) the ones

11. (A) utility

(B) catering

(C) supply

(D) courier

12. (A) Here are several venues for you to choose from.

(B) We have just opened a new location on 8th Avenue.

(C) Your employees have to help with the cleanup after the event.

(D) For more information about our service, please visit our website at www. memorycreator.com.

● 解析

9. **Ans: (C)**，可以先將 (B) 和 (D) 刪掉。(B) 為介系詞或對等連接詞，(D) 為從屬連接詞，兩者後面皆不會打上逗號。空格在句首，打逗號後加上完整句子的是副詞，因此考慮 (A) 和 (C)，(C) 符合文章內容語意。

10. **Ans: (A)**，這個句子已經有動詞 "can design"，而空格後的 encourage 也是動詞，一個句子裡會有兩個動詞，表示有連接詞或是子句的成分。觀察選項，且空格前面有名詞 activities，可以想到「形容詞子句」的概念，因此空格應填入「關係代名詞」。activities 適合搭配關係代名詞 which。

11. **Ans: (B)**，這一題為單字題。配合文意，可以知道要表達的意思是聯絡「外燴」公司。

12. **Ans: (D)**，廣告的最後通常會告知優惠或是提供網站讓消費者了解公司的產品或服務，因此選擇 (D)。(A) 和 (B) 應該會有後續的內容，而且這兩個選項和前一句話沒有太多關聯。(C) 和文章內容衝突，前面有提到這家公司會提供清潔活動場所的服務。

(譯) (A) 這裡有幾個活動場所供您選擇。

(B) 我們在第八大道開了新分店。

(C) 您的員工必須要在活動後幫忙清潔整理。

(D) 要了解更多有關我們服務的資訊，請至我們的網站 www.memorycreator.com.。

内 容 翻 譯

回憶製造公司

回憶製造公司幫您規畫各樣活動。不論您想要舉辦一個輕鬆的聚會或是為您的員工舉辦訓練課程，只要將活動的目的告訴我們有創意的顧問，他們都能夠為您計畫。(9) 此外，我們的顧問可以設計活動來達到特地的目標，例如促進員工們之間合作的團隊建立活動。

除了活動規畫，我們也包辦了所有事項，從擺設布置和清理活動會場，到連絡 (11) 外燴公司替您的活動提供食物。

(12) 要了解更多有關我們服務的資訊，請至我們的網站 www. memorycreator.com. 。

★「關係代名詞」在中文裡沒有相對應的翻譯，因此這裡沒有標示第 10 題。

Questions 13 – 16 refer to the following letter.

We Need Your Help to Meet Higher Demand

As you know, we have ___13___ launched a new line of products and favorable feedback about the new products has been received.

Demand for the new products has been much ___14___ than we expected. Therefore, we are going to hire some temporary employees to help ___15___ the demand. We are certain that there will be enough employees by next month. ___16___ . For those of you who want to submit vacation requests, please hold your submissions during this period.

Thanks for your cooperation.

13. (A) recently
    (B) yet
    (C) soon
    (D) generally
14. (A) highly
    (B) height
    (C) higher
    (D) highest
15. (A) arrive
    (B) enable
    (C) meet
    (D) afford
16. (A) Similarly, our previous products were well-received.
    (B) In the meantime, we hope that you could pick up extra shifts until there is enough help.
    (C) However, we won't be able to hire some temporary help because of budget constraints.
    (D) On the other hand, complaints about defects in the new product have been received.

● 解析

13. **Ans: (A)**，該題可以視為時態的搭配字詞的考題。空格前後的 "have launched" 可以看出這個句子是「現在完成式」，因此 (A) 和 (B) 較適合。看到下一個句子可以知道產品已經推出，因此選擇 (A)。

14. **Ans: (C)**，空格後面的 than 可以推測在考「比較級」的概念，因此選擇 (C)。

15. **Ans: (C)**，這一題為單字題。配合文意，可以知道要表達的意思是「符合、滿足」消費者對產品的需求量。

16. **Ans: (B)**，空格前兩句都在討論要雇用臨時人員來幫忙。空格前一句提到確定能在下個月前有足夠的員工。因此選擇 (B) 最符合語意，而且選項中的 "in the meantime" 可以搭配前個句子的語意。(A) 和 (D) 和上下文無關；(C) 的語意和上一個句子有衝突。

> 譯 (A) 同樣地，我們之前的產品接受度也很高。
>
> (B) 在此同時，我們希望您多輪班直到人手足夠。
>
> (C) 然而，因為預算限制的關係，我們無法雇用臨時人員。
>
> (D) 另一方面，有收到關於新產品瑕疵的抱怨。

內 容 翻 譯

我們需要您的幫忙來滿足更高的產品需求量

就如同您所知道的，我們 (13)最近發表了一系列的新產品，也收到了關於新產品正面的回饋。對於新產品的需求量比我們預期的多 (14)更多。因此，我們將會僱用一些臨時人員來協助 (15)符合這樣的需求量。我們確定在下個月前可以有足夠的員工。在此同時，(16)我們希望您多輪班直到人手足夠。想提交假單的人，在這段時間請先不要提出休假的請求。

感謝您的合作。

Questions 17 – 20 refer to the following letter.

Dear customers,

___17___ . The renovation will take ___18___ a month, starting from August 5th to early September. The other floors will remain open during normal hours in the month. Additionally, ___19___ your safety, the escalator to the two floors will be out of service during renovation. To ___20___ the upper level of the building, please use the elevators.

We appreciate your understanding and apologize for any inconvenience caused. Please join us to celebrate the re-opening of the stores on the 3rd and the 4th floor, as well as our 30th anniversary in early September.

17. (A) Our department store will be temporarily closed for renovation.
    (B) In order to improve your shopping experience, we will be renovating the 3rd and the 4th floor of the department store.
    (C) The elevators of the department store will be out of service for routine maintenance.
    (D) We are pleased to inform you that we will be relocating the department store to a new location.
18. (A) less
    (B) most
    (C) approximately
    (D) more
19. (A) in order to
    (B) so that
    (C) regardless of
    (D) For
20. (A) access
    (B) assess
    (C) acquire
    (D) attain

● 解析

17. **Ans: (B)**，公告的第一個句子通常是表達整篇公告的主旨。看到之後的內容可以知道這個百貨公司將會針對兩層樓進行翻新，因此選擇 (B)。

    譯 (A) 百貨公司將會暫時停業進行翻新。

    (B) 為了讓您有更好的購物體驗，我們將會對百貨的三和四樓進行翻修。

    (C) 百貨公司的電梯將會停止運作進行例行維修。

    (D) 我們很高興要告知您百貨公司將會搬到一個新的地點。

18. **Ans: (C)**，看選項看似在考單字，但可以用文法的概念刪除選項。(A) 和 (D) 和比較級相關，而 (B) 和最高級相關。這裡不適合使用比較級或最高級，因此選擇 (C)。

19. **Ans: (D)**，可以先用文法觀念刪除選項。(A) in order to 後面要加上「原形動詞」，而 (B) so that 是連接詞，後面要加上句子。這一題空格後為名詞，因此要選擇介系詞選項 (C) 或 (D)。(D) 符合文意。

20. **Ans: (A)**，這一題為單字題。配合文意，可以知道要表達的意思是「到達、前往」更高的樓層。

內 容 翻 譯

親愛的顧客：

　　(17) 為了讓您有更好的購物體驗，我們將會對百貨的三和四樓進行翻修。這個翻修 (18) 大約會進行一個月，從八月五號開始直到九月初。其他的樓層在這個月都還是會在正常的營業時間營業。此外，(19) 為了您的安全，到這層樓的手扶梯在翻修期間將停止運作。要 (20) 前往更高的樓層，請使用電梯。

　　我們感謝您的諒解並且抱歉造成任何不便。歡迎您與我們一同在九月初慶祝三樓和四樓重新開張的店家和我們第三十年的週年慶。

Questions 21 – 24 refer to the following letter.

To: Lucas White <Lxiao@powersport.com>
From: Cindy Pinkman <Cpinkman@helptheyouth.com>

Dear Mr. White,

On behalf of Help the Youth Organization, I would like to extend my sincere appreciation for your generous donations over the past few years. Your sponsorship for our sports events ___21___ many students from low-income families to receive better training and become outstanding athletes.

Next month, Help the Youth Organization will be hosting a charity run, and I am writing to invite you ___22___ the event. All ___23___ go to the support of highschool students' track and field training programs. As usual, if you decide to contribute to the event, your company name and logo will be listed on all promotional materials and banners at the event. ___24___ .

Thanks again for all of your generous donations and hope you can support us this year.

Sincerely,
Cindy Pinkman
Director, Help the Youth Organization

21. (A) help

(B) has helped

(C) helping

(D) had been helped

22. (A) sponsor

(B) to sponsor

(C) having sponsored

(D) sponsoring

23. (A) proceeds

(B) process

(C) position

(D) premises

24. (A) We are pleased that you have decided to help us again this year.

(B) Attached is the advertisement for the event with your company logo on it.

(C) You can also set up a booth to sell your company items at the event.

(D) This is the first time that we invite you to sponsor our event.

● 解析

21. **Ans: (B)**，觀察選項可以知道這一題在考動詞的觀念。先刪除 (C) 因為沒有時態。接著想到「主詞動詞一致」，記得運用解題技巧「看到介系詞為止」。介系詞 for 前面的名詞 sponsorship 為單數，因此考慮選項 (B) 和 (D)，接著考慮「主動被動」可以選出 (B)。

22. **Ans: (B)**。這個句子已經有動詞，因此想到「不定詞」和「動名詞」的觀念，「邀請某人做某事」可以視為「目標動作」，因此選擇「不定詞」的選項。

23. **Ans: (A)**，這一題為單字題。配合文意，可以知道要表達的意思是所有的「收益」將會拿來資助高中生的田徑訓練課程。

24. **Ans: (C)**，空格前都在談論如果 White 先生願意贊助這次的活動的話，他的公司可以在活動中得到怎麼樣的宣傳。(C) 也在說宣傳相關的事情，因此可以和上個句子連接。(A) 和 (B) 與文意有衝突，因為 White 先生並還沒有回覆是否贊助這次的活動，因此 (A) 和 (B) 的事情應該還沒發生。另外，信件一開始也提到 White 先生贊助了這個組織很多次，因此 (D) 也和整篇文意不符。

譯 (A) 我們很高興您今年決定再次幫助我們。

(B) 附件活動的廣告並且有您公司的標誌在廣告上。

(C) 您也可以在這個活動設立一個攤位來販賣您的公司產品。

(D) 這是第一次我們邀請您贊助我們的活動。

內 容 翻 譯

To: Lucas White <Lxiao@powersport.com>
From: Cindy Pinkman <Cpinkman@helptheyouth.com>

親愛的 White 先生：

我代表協助青年組織對於您這幾年來慷慨的捐款表達誠摯的感謝。您對於我們運動活動賽事的贊助 (21) 幫助了很多來自低收入戶家庭的學生，讓他們得到更好的訓練並且成為傑出的運動員。

協助青年組織下個月將會舉辦慈善路跑。我來信來邀請您 (22) 贊助這個活動。所有的 (23) 收益將會資助高中生的田徑訓練課程。跟往常一樣，如果您決定贊助這個活動，您的公司名字以及標誌將會列在所有的宣傳資料和活動的旗幟。(24) 您也可以在這個活動設立一個攤位來販賣您的公司產品。

再次感謝您所有的慷慨捐款，也希望您今年也可以幫助我們。

協助青年主任
Cindy Pinkman 敬上

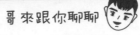
多益考試大哉問—考試篇

Q1. 多益的閱讀考試要怎麼分配時間？

A1. 多益閱讀考試有三大部分，總共 100 題，不過只有 75 分鐘可以作答。所以時間分配真的 HEN 重要！哥建議你各位，第五、六部分時間花少一點，第七部分的閱讀測驗就比較有足夠的時間寫（不過大部分的人應該還是寫不完啦！）

這裡給你各位時間分配的參考：

Part 5： 共 30 題，每題 20 秒 ➔10 分鐘

Part 6： 共 4 題組（每個題組 4 小題），每題 2 分鐘 ➔8 分鐘

Part 7：共 54 題，每題 1 分鐘 ➔ 共 54 分鐘

依照這樣的時間分配，理想狀況可以花 72 分鐘寫完。有人可能會覺得這樣剩下 3 分鐘，哪有時間檢查。放心，大部分的人是寫不完的，然後最後一分鐘的時間把所有剩下的題目猜 C 搞定！

Q2. 一定要把題目全部寫完嗎？

A2. 多益這考試有三個原則——快、狠、準。當然能夠寫完越多題越好，但如果答對率太低也無法得到理想的成績。哥有兩個建議：

1. 熟練多益單字和文法。哥在這本書的開頭就一直強調，多益文法真的就考哥強調的這些文法，因此熟練這些文法和多益的核心單字，可以加快 Part 5 和 Part 6 的作答速度。然後哥建議在練習模擬考題的時候，想要考至少 550 ～ 600 分的話，要做到這兩個部分錯在 15 題以內。想要考 700 ～ 750 分的話，要做到這兩個部分錯在 10 題以內。

2. 如果你各位的目標不是要拿到考金色證書（至少 860 分）的話，10 ～ 15 題沒有寫完也沒關係。其實放棄這幾題，讓自己有更充裕的時間來掌握本來比較容易答對的題目，哥覺得這個

交易是值得的。因為搞不好你花了比較長的時間耗在比較難作答的題目上，最後也沒有答對。倒不如一開始就放棄。不過這就很考驗人性了。能那麼灑脫的人真的不多。來，跟哥一起學會「放下」吧！你可能放不下一段不健康的感情關係，可能放不下薪水高但每天爆肝的工作，但你一定要學會放下想再久也答不出來的多益題目！

而且聊到剩下題數這件事情，哥常遇到有的人只剩 5 題內沒寫完，得到差不多 600 分。有的人剩下 15 題全部用猜的，最後是750 分。所以真的要很在乎「準確度」！

Q3. 閱讀考試一定要從第一題開始寫嗎？

A3. 當然不用啊！只要不要閱讀和聽力題目互寫，沒有人會管你先寫哪一題。你可以先寫奇數題，再寫偶數題（別真的這樣寫嘿）！不過哥是有遇過有些朋友比較擅長 Part 7 的閱讀測驗。如果你也是的話，可以先寫 Part 7，用比較快的速度寫完 Part 7 後，花比較多的時間應付 Part 5 和 Part 6。哥自己的寫法是，先寫完 Part 5 和 Part 6。在 Part 7 的時候從最後一篇閱測（196～200 題那一篇）寫回來。因為哥發現自己容易在前面較簡單的閱讀文章太謹慎花太多時間，一不小心後面長篇幅的閱讀文章就會寫得很趕。所以覺得在 Part 7 的部分，從後面寫回來變適合我的。你各位可以找到自己最適合的方法。不過如果你對英文掌控不好，而且沒有要追求高分，建議你還是從 Part 5 和 Part 6 開始慢慢寫，掌握好單字和文法題，以及 Part 7 前幾篇比較簡短的閱讀文章。

結語 跟 CH0 一樣不容錯過

　　不曉得你看到這裡後，對多益文法有什麼心得呢？哥希望你可以了解到文法不只是拿來 K.O. 選擇題，更重要的是要能理解閱讀測驗中複雜句子的結構，進而了解語意。但切記不要對「分析句子結構」走火入魔，任何句子的重點都是能看懂就好，看不懂再分析結構。

　　至於選擇題，你各位一定要把這個表格銘記在心：

● 必考文法	
詞性判斷	人稱代名詞 / 不定代名詞
連接詞	動詞相關概念

● 常考文法	
不定詞 / 動名詞	形容詞子句
比較級 / 最高級	分詞作形容詞

● 偶爾出現
名詞子句

1. 必考文法每次考，搭配一兩項常考文法。

2. 在寫選擇題時，先看選項來分析是在考什麼文法觀念。

3. 多益其實很喜歡考「詞性」的概念。

　　你各位熟悉的詞性題是長這樣：

The entrepreneur is known for his _____ different management style.

(A) distinctiveness　(B) distinctively　(C) distinctive　(D) distinction

但別忘了，不同詞性在句子中會有不同的功能。因此你把這本文法書讀透之後，你會發現這個其實也算詞性題：

_____ the current roadwork in the area, drivers complain about frequent traffic congestion on several nearby roads.

(A) Owing to (B) Because (C) In the meantime (D) Though

(A) 是介系詞，(B) 和 (D) 是連接詞。不同詞性有不同功能：「介系詞 + 名詞」、「連接詞 + 句子」。所以你也必須分辨出選項的詞性，才能迅速選出答案。有了這個觀念後，就可以速解這一題了：

_____ product is ordered will be delivered within three business days.

(A)Any (B) Other (C) Another (D) Whichever

這個概念在 2022 年 9 月正式考試中出現，有位朋友跟哥分享。因為不能照抄題本的題目，哥把題目完全改寫，但概念是一樣的。

你是不是開始把選項翻譯後帶入題目呢？是的話自己掌嘴！……好像太兇了……

先分析選項，有沒有發現選項 (D) Whichever 最與眾不同呢，因為只有它可以引導子句。接著就來分析題目，可以發現題目有兩個動詞（就是有兩個時態的意思）：

_____ product is ordered will be delivered within three business days.

一個句子中有兩個動詞只有兩種可能：

1. 有連接詞連接，所以這個句子中其實有兩個句子。（別忘了，連接詞就那兩種——「對等連接詞」和「從屬連接詞」）。

2. 有子句。別忘了，子句也是句子的結構，也會有動詞，然後主要句子也有個動詞，所以有子句的句子至少會有兩個動詞。例如：

The girl who is reading a novel is my girlfriend.
那個正在讀小說的女孩是我的女朋友。

這個例句中，"who is reading a novel" 是形容詞子句，在修飾 "the girl"。你瞧，這個句子有形容詞子句，所以有兩個動詞——"is reading" 和 "is"。再回到這個題目：

_____ product is ordered will be delivered within three business days.

因為題目有兩個動詞——"is ordered" 和 "will be delivered"，所以知道這個句子一定有連接詞連接兩個句子，不然就是有子句。選項中只有 (D) whichever 可以引導子句，所以連意思都不用看，就選 (D) 了（你各位讀完了這本書，應該知道 that 和 wh- 開頭的字詞都是引導「形容詞子句」和「名詞子句」吧）。完整句子如下：

> **Whichever product is ordered will be delivered within three business days.**
> 不論那個產品被訂購都會在三個工作天內被寄出。

記得選答案後就頭也不回得看下一題了。不過哥怕你很想知道這個句子的句子結構，所以還是貼心的分析一下好了。這個句子是「名詞子句」 "Whichever product is ordered" 作主詞，動詞是 "will be delivered"。結構如下：

> **Whichever product is ordered** will be delivered within three
>   S   V
> business days.

最後，祝你各位都能早日得到理想中的分數！如果這本書對你很有幫助，來哥的 Instagram 或 Facebook 留言讓我知道吧！

Facebook　　Instagram　　YouTube

國家圖書館出版品預行編目（CIP）資料

NEW TOEIC多益必考文法攻略/Alex 堯著. -- 初版. --
　臺中市：晨星出版有限公司, 2023.04
　　384面；16.5 × 22.5公分. -- (語言學習；32)
　ISBN　978-626-320-286-3(平裝)

1.CST: 多益測驗 2.CST: 語法

805.1895　　　　　　　　　　　　　111016907

語言學習 32

NEW TOEIC 多益必考文法攻略
突破650分，畢業、求職、加薪無往不利

作者	Alex 堯
編輯	余順琪
校對	李芃、余思慧、陳馨
封面設計	高鍾琪
美術編輯	許裕偉
創辦人	陳銘民
發行所	晨星出版有限公司
	407台中市西屯區工業30路1號1樓
	TEL：04-23595820　FAX：04-23550581
	E-mail：service-taipei@morningstar.com.tw
	http://star.morningstar.com.tw
	行政院新聞局局版台業字第2500號
法律顧問	陳思成律師
初版	西元2023年04月15日

讀者服務專線	TEL：02-23672044 / 04-23595819#212	
讀者傳真專線	FAX：02-23635741 / 04-23595493	
讀者專用信箱	service@morningstar.com.tw	
網路書店	http://www.morningstar.com.tw	線上讀者回函
郵政劃撥	15060393（知己圖書股份有限公司）	
印刷	上好印刷股份有限公司	

定價 520 元
（如書籍有缺頁或破損，請寄回更換）
ISBN：978-626-320-286-3

Published by Morning Star Publishing Inc.
Printed in Taiwan

| 最新、最快、最實用的第一手資訊都在這裡 |